O Legado de Renata

Coleção Paralelos
Dirigida por J. Guinsburg

Equipe de realização

Edição de texto: *Lilian Miyoko Kumai*
Revisão: *Marcio Honorio de Godoy*
Projeto gráfico, diagramação e capa: *Sergio Kon*
Produção: *Ricardo W. Neves* e *Raquel Fernandes Abranches*

O Legado de Renata

Gabriel Bolaffi

Dados Internacionais de Catalogação na Publicação (CIP)
(Câmara Brasileira do Livro, SP, Brasil)

Bolaffi, Gabriel
O legado de Renata / Gabriel Bolaffi. – São Paulo : Perspectiva, 2006.

Bibliografia.
ISBN 85-273-0762-6

1. Ficção brasileira I. Título.
06-4064 CDD-869.93

Índices para catálogo sistemático:

1. Ficção : Literatura brasileira 869.93

EDITORA PERSPECTIVA S.A.

Av. Brigadeiro Luís Antônio, 3025
01401-000 São Paulo SP Brasil
telefax: (11) 3885-8388
www.editoraperspectiva.com.br

2006

A Renata,
que sempre me contou tudo!

Sumário

Esta é uma obra de ficção,
apesar de quase todos os seus personagens, locais e datas
serem reais ou muito próximos do real.

Legados da ficção e da memória

(Em lugar de um prefácio)

Este livro, *O Legado de Renata*, me surpreendeu e me fascinou. Conheço Gabriel Bolaffi há muitos anos, mas nunca suspeitei que ele pudesse estar elaborando algo tão revelador e explosivo. Eu o conhecia como professor e estudioso de Ciências Sociais, bem respeitado no meio em que atuava, mas agora ele me surge mais próximo e diretamente envolvido em problemas que me preocupam.

A emigração é sempre um trauma bem doloroso para uma criança. No entanto, ao contrário do que sucedeu com muitos, Gabriel procurou manter uma relação estreita com os familiares que permaneceram no país de origem, além dos vínculos com os que emigraram. E o que surpreende realmente é a franqueza absoluta com que narra os fatos. Não é fácil deixar de lado os pequenos pudores, a complacência natural com que se tratam os mais próximos, mas Gabriel atravessa esta barreira com a maior naturalidade, sem autocomplacência, com muita clareza e senso de humor.

Dono de memória incomum e de uma notável capacidade de investigação, o carinho com que trata os lugares de sua infância, abandonados aos cinco anos, não o impede de apontar a miséria humana ligada às situações de guerra e convulsão social. O quadro que ele apresenta, por mais vivo que seja, não pretende ser exaustivo, nem representa a situação geral dos judeus na Itália, durante o fascismo. Alguém certamente poderá alegar, e com razão, que era muito pior a situação dos judeus em Roma ou a dos que viviam ao norte do rio Pó. Nada disso, porém, invalida o quadro apresentado com tanta vivacidade e segurança.

Muito interessante, o método que elaborou para realizar o romance, pois se trata, de fato, de um romance: ele pesquisou o que realmente aconteceu, mas supriu com a imaginação os pormenores, acrescentando diálogos e tudo o que tivesse a ver com a vida interior das personagens, surgindo assim um panorama rico e com a marca do autor. Em suma, ele penetrou deste modo na zona ambígua em que o mundo da memória se mescla com uma aura ficcional.

No meu caso particular, o interesse da leitura foi reforçado pela lembrança que tenho dos lugares onde se desenrola boa parte da ação: Pietrasanta e arredores, ao pé dos Alpes Apuanos.

Foi, creio eu, em fins de outubro de 1944, num anoitecer chuvoso, cinzento, que o caminhão enorme no qual íamos ("trator", como se dizia) passou pela catedral e pelo casario da cidadezinha, antes de se deter diante de um galpão, para onde fomos carregando caixotes e outros objetos, e em seguida instalamos ali a central de tiro de meu grupo de artilharia. Arrumar a prancheta, fixar nela o mapa da região, marcar ali com tachinhas coloridas alguns objetivos para os tiros, efetuar cálculos, foram os passos seguintes, antes de me deitar sobre a manta estendida no chão.

Na manhã seguinte, o tempo estava claro, e eu vi pela janela a escarpa abrupta e as grandes pedras lisas dos Alpes Apuanos. Continuei calculando tiros sobre posições alemãs lá em cima: no mapa que eu tinha na prancheta, apareciam as cidades de Massa e Carrara, ambas em poder dos alemães. Uma delas ficava fora do alcance de nossos canhões e eu só calculei tiros sobre a outra.

Quando estava entretido nessa tarefa, chegou um capitão do grupo e me comunicou que ia me levar de jipe para outro povoado, nas proximidades de Lucca, onde ficava o comando do Terceiro Batalhão do Sexto Regimento de Infantaria: ali eu serviria de ligação com um destacamento norte-americano de tanques e um grupo de artilharia inglês. Reunidos meus pertences, subi no jipe e lamentei deixar Pietrasanta, pois eu tinha muita curiosidade de ver a catedral e o que mais houvesse ali de obras de arte. E infelizmente, só voltaria mais de uma semana depois, quase duas talvez, para acompanhar a minha unidade no deslocamento para o vale do Serchio. Por conseguinte, continuo com água na boca devido às alusões de Gabriel ao que existe para se ver em Pietrasanta.

Outras passagens do livro tratam igualmente de assuntos que me são bem familiares. Passados mais de sessenta anos, eles continuam muito presentes na memória. Às vezes, dá vontade de discutir as afirmações de algumas personagens. Vou citar um exemplo.

Um avô de Gabriel, Icílio Terracina, foi oficial de artilharia italiano na Primeira Guerra Mundial e vivia delirando com os comandos de tiro. Pois bem, a terminologia desses comandos era a mesma que eu aprendi e utilizei até o final da guerra. A própria técnica de regulagem dos tiros era essencialmente a mesma que eu assimilei em 1944-1945. Somente quando já íamos nos lançar na ofensiva final, apareceram instruções para uma técnica diferente, inclusive com utilização do controle remoto, mas quase não chegamos a utilizá-las.

Escondido numa pequena localidade nos Alpes Apuanos, Icílio ficava indignado com as ratas da artilharia norte-americana. Para explicar sua origem, baseou-se num episódio por ele observado: um general americano era servido, na casa em que se hospedara, por garçons que vestiam *summer* branco. Isto seria para ele, certamente, o típico de relações senhoriais com os inferiores e uma futilidade incompatível com o espírito militar.

Aliás, este fato por ele observado está de acordo com o que o escritor italiano Curzio Malaparte conta em seu romance *A Pele*, cuja ação decorre na cidade de Nápoles, pouco após a ocupação pelos Aliados. Mas, ao mesmo tempo, está em completo desacordo com o que pude observar nos contatos que tive com militares norte-americanos.

Segundo pude perceber, tinha-se ali mais propriamente relações de trabalho. Havia muito mais comunicação e camaradagem do que em nosso exército, sobretudo na artilharia, onde se deu a minha experiência. No entanto, é verdade que, entre os norte-americanos, havia um racismo entranhado, e só este fato já é suficiente para anular a vantagem que levavam sobre nós.

Foi uma tese de doutoramento defendida em 2004 junto à Universidade de São Paulo, *Trincheiras da memória – Brasileiros na Campanha da Itália, 1944-1945*, de César Campiani Maximiano, baseada inclusive em bibliografia norte-americana, que encontrei uma explicação para o que eu havia observado. As relações entre oficiais e praças, no exército norte-americano, se transformaram completamente depois da mobilização em massa, podendo-se, a partir de então, falar de "uma nação em armas". Enfim, temos aí um quadro completamente diverso do exército norte-americano hoje, constituído praticamente de mercenários, devido ao fim da conscrição obrigatória.

Outras recordações de Gabriel batem igualmente com as minhas. É o caso daquele povoado no alto dos Alpes Apuanos, Rosignano Maritimo, em contraste com a cidadezinha praieira Rosignano Solvay, que tem este nome por causa de uma fábrica de soda caústica ali instalada. Aquele Rosignano Maritimo sempre me espantava quando eu o via no mapa.

Enfim, lidando com situações dramáticas e contudentes, *O Legado de Renata* nos traz também o cheiro e o colorido das terras da Itália e da vida que se desenrolou ali no período abordado. Cheiro e colorido que permanecem, mesmo depois que as personagens emigram para o Brasil.

História puxa história, conversa puxa conversa, imagens bem demarcadas fazem surgir outras imagens, o mundo suscitado por este livro de Gabriel Bolaffi fez ressurgir em mim, com intensidade, um outro mundo, uma sucessão de acontecimentos ocorridos na mesma época.

Cada leitor certamente criará suas próprias imagens a partir dos quadros aí apresentados. E o livro marcará seu próprio caminho, com a presença forte que a ficção tem em nosso mundo.

BORIS SCHNAIDERMAN

Prólogo

"Contos que não se Contavam" ou "Coisas que não se Diziam". Afinal, até recentemente, ninguém saia contando por aí que tivera um bisavô bígamo, uma avó lésbica e tantas mais dessas intimidades que sempre existiram nas famílias, mas foram perpetuamente ocultadas não só aos de fora, mas até mesmo às gerações mais jovens da própria família. Ao lerem o livro, talvez muitos se surpreendam com a minha afirmação de que essas e tantas e tantas outras pequenas revelações tenham sido comuns e correntes. Mas só será assim para aqueles aos quais nunca ocorreu ler algum texto sobre história e sociologia dessa abominável instituição que tem sido a família ao longo da história.

Palpites daqui, palpites de lá, quis chamar o livro de "Uma Família do Século 20", posto que mesmo se começando em meados do século 19, é no século 20 que a maioria das histórias se passa. Além disso, alguns eventos políticos importantes do século 20, assim como o espírito daqueles tempos e seus *mores*, constituem o tecido sobre o qual as histórias se bordaram. Mas ao fim e ao cabo dos quatro anos durante os quais pesquisei e escrevi o texto, não houve como deixar de explicitar o que aliás sempre esteve subjacente à minha imaginação. Não fora por minha mãe Renata e por tudo quanto ela, com o seu espírito vivaz, lúcido e destituído dos "grandes" preconceitos da época, não fora até, por sua inocência, eu jamais teria herdado o material que constitui o cerne dos relatos que constituem este texto. Esse livro, portanto, não passa de mais um "legado de Renata", entre os muitos que ela me deixou.

O relato é romanceado e obviamente me servi da imaginação, principalmente nos capítulos pertinentes aos personagens mais remotos. Mas todos os fatos registrados são rigorosamente reais, inclusive aqueles que dizem respeito a figuras conhecidas da vida política do século 20. Eugênio Pacelli, futuro papa Pio 12, Haim Weitzman, primeiro presidente de Israel ou o escritor Dino Segre, mais conhecido no Brasil como Pitigrilli, pois foi sob esse pseudônimo que seus livros foram traduzidos para o português entre 1935 e 1950, aproximadamente. Todos eles em alguns ou em muitos momentos, segundo o caso, tiveram contatos diretos com Renata ou com a sua família.

Como diz o próprio título que acabei adotando, a principal fonte para a redação desse texto foram as histórias que Renata, minha mãe, me contou ao longo da infância e adolescência. Mas isso não significa que ela tenha sido a única colaboradora. Clélia, minha mulher, vasculhou pacientemente caixas e mais caixas de velhas cartas e outros documentos de família, encontrando muitas preciosidades que utilizei. Além disso, opinou sabiamente a cada parágrafo que eu escrevia.

Minha tia Marcella Bolaffi Ascoli, de Turim, irmã do meu pai, do alto dos seus 89 anos completou muitas histórias contadas por Renata e me contou muitas outras, da família Bolaffi de Florença e da família Bassi de Veneza, que acabaram se unindo com o casamento de seus pais e meus avós. Assim também fizeram minhas primas Franca Sraffa Venturelli, Elena Ventura del Canto, e seu irmão recentemente falecido, Alberto Ventura, sobre a família em Pietrasanta e Livorno. Todos esses, na Itália, também me contaram as respectivas vicissitudes durante a Segunda Guerra Mundial.

Lilo Rehfeld e Alberto Hahn me relataram eventos importantes sobre o judaísmo alemão e sobre personagens de suas famílias, dando-me pistas que persegui e que aproveitei avidamente. Neuma Cavalcante, com todo o carinho, paciência e cuidado fez a primeira revisão criteriosa do manuscrito. Silvia Campolim fez importantes sugestões sobre a formatação do texto, que foram adotadas. Meu querido professor Antonio Candido, meus amigos, José Pasta, Roberto Schwarz, Britta Fischer, Heitor Ferraz de Mello e Walnice Nogueira Galvão leram o manuscrito e me estimularam a publicá-lo, como o fizeram meus caros amigos e editores Gita e Jacó Guinsburg. Lilian Miyoko, da editora Perspectiva, fez uma tranqüila e eficiente revisão do meu texto final e Rosa Aparecida de Oliveira, minha secretária, ajudou-me pacientemente, imprimindo e montando meus manuscritos, além de desincumbir-se de outros assuntos meus para que eu pudesse dedicar-me mais ao trabalho.

A todos, sou imensamente grato.

Capítulo 1
Giácomo Ventura
(1821-1887)

Eu já havia visitado o cemitério judeu de Pisa e sabia que o herói, por qualquer razão, estava enterrado lá. Mas o setor onde estavam enterrados os mortos anteriores à Segunda Guerra Mundial estava tão abandonado e tão infestado de mato alto que foi impossível ver qualquer coisa ou muito menos penetrar. Mais recentemente, após a morte de uma tia, voltei a Pisa para visitar seu túmulo ainda sem lápide. Para minha surpresa, o cemitério estava limpinho, uma beleza. Obra de um judeu aposentado que assumiu para si os cuidados do setor judeu do cemitério. O Sr. Pacifici, muito obsequioso e ciente de sua obra, ao intuir meu interesse, foi logo mostrando todos os túmulos. Desde os primeiros, do século 16, em cujas lápides as inscrições ainda eram em espanhol, português ou ladino[1], até outros, mais recentes, dos séculos19 e 20, com inscrições em italiano e algumas outras línguas.

Viro-me em outra direção e vejo um túmulo vertical, o único nessa posição e, por isso, o mais conspícuo do cemitério, embora nada monumental, até um pouco brega, ou kitsch, como era chique escrever até uns anos atrás. Sua inscrição dizia:

1 Dialeto falado pelos judeus mediterrâneos de origem ibérica. Originalmente, havia dois desses dialetos: o judeu-português e o judeu-espanhol, ambos constituídos por uma mistura de palavras das duas línguas ibéricas, tais como eram faladas na Idade Média, com palavras hebraicas. Com a expulsão dos judeus da Península, e seu estabelecimento em países desde Holanda e Inglaterra até várias partes do antigo Império Otomano, o ladino foi se diversificando pela assimilação às línguas faladas nos diferentes países. O ladino é a contraparte Mediterrâneo do ídiche falado pelos judeus do centro-leste europeu.

Giácomo Ventura
Túnis 1821 – Livorno 1887
Pai Amado de muitos Filhos dos quais Sempre Cuidou.

Só! Das mulheres, nem menção, nem sinal? Ou melhor, bem ao lado, numa pequena pedra retangular estava escrito Sara Ventura. E basta. Nem origem, nem data. Terá sido sua mulher? Sua filha? Alguma criança que não vingara? Não deu pra averiguar. E tunisino?!

Durante toda a minha juventude, quando minha avó Diana e Renata, minha mãe, me falavam sobre o seu prolífero ancestral e das muitas proezas que lhe eram atribuídas, jamais mencionaram que ele não fosse italiano. Foi só um tempo depois, quando Alberto Ventura, um primo, me passou o livro *Ebrei di Livorno tra due Censimenti – 1841-1938* (Os Judeus de Livorno entre Dois Censos), onde encontrei seu nome no censo de 1841, com a respectiva origem, profissão de marinheiro e endereço, que o quebra-cabeça começou a se formar. Ainda assim, passei um tempo perplexo: "Mas o homem vinha de Túnis? Nem era italiano e nem foi ourives! Mas Diana, sua neta, até herdou jóias que teriam sido feitas por ele!", pensei.

E, tunisino?! E as histórias que me contavam como a da aranha na qual deu uma chinelada machucando-lhe uma pata, só para perceber, no dia seguinte, que a babá da casa estava mancando? Aranhas à noite dão sorte, de dia, azar. Nunca abra um guarda-chuva dentro de casa, dá azar. Nunca ponha um chapéu sobre uma cama, também dá. Essas e tantas outras superstições da época teriam vindo da sua casa. Renata, minha mãe, posando de moderna, fingia não acreditar. Mas quando a ocasião surgia, dizia imediatamente: *Non si fá* (Isso não se faz). Ou a outra história, toda em ladino-português-italiano, das três meninas que ganharam presentes: um anel para a primeira, sapatos para a segunda e, para a última, um par de brincos:

– *Oi. Aranha*! dizia a primeira, apontando com o anular onde brilhava o anel novo.

– *Mataia, Mataia*!, dizia a segunda, batendo os pés, simulando o assassinato do aracnídeo, massacrado pelos sapatos novos de verniz.

– *No! No! Deixaia, deixaia, para que matarla*?, dizia a terceira, negando com a cabeça e balançando os brincos conquistados na véspera.

História ingênua que Renata, minha mãe, após a nossa chegada ao Brasil, só me contava para salientar a semelhança do ladino com o português que estávamos aprendendo.

Só há poucos dias o enigma pareceu resolver-se, pelo menos parcialmente. Conversando com um velho amigo dos meus pais, contou-me, do alto dos seus 87 anos muito bem levados, que um de seus avôs também havia nascido em Túnis, de uma daquelas famílias de mercadores judeus italianos, como havia tantas, espalhadas por todo o Mediterrâneo, em Smirna, Salonica, em Alexandria, Rhodes, Tetuan ou Casablanca. Os maridos, mercadores, viajavam pelo mediterrâneo, faziam filhos cá e lá e muitas vezes, lá como cá, formavam uma segunda família. Mas com freqüência, o filho mais velho, o primogênito, como se dizia então, tão logo adulto era mandado para alguma cidade italiana, ou como correspondente comercial, ou para ser aprendiz de alguma arte.

Fazia muito tempo que eu vinha ouvindo falar de meu tataravô Giácomo Ventura. Judeu, ele teria vivido em Livorno, no século 19, tendo sido um próspero ourives. Até aí, nada de especial. Mas sua grande proeza, que junto com muitas outras histórias me foi contada e repetida desde que me conheço por gente, foi ter tido 36 filhos com duas mulheres: 21 da primeira e 15 da segunda. Federigo Ventura, meu bisavô, teria sido o último filho do primeiro leito. Aliás, Federigo Ventura nascera Abramino Ventura e só adotara o nome italiano, Federigo, depois de adulto.

Quando minha mãe, Renata, maliciosa como era, me contava essa história do seu bisavô, sempre dizia: – Trinta e seis filhos, (*pausa*), legítimos, porque quanto aos demais... – Como assim?, eu perguntava já com alguma malícia, aos doze anos, atiçado pela história do velho garanhão. – É que ele era o ourives predileto do sultão do Marrocos, onde a cada ano, passava seis meses. O sultão lhe desenvolvera tal afeição, que lhe franqueara o harém.

Na sua família, ainda que todos já falassem italiano, também se usavam muitas palavras remanescentes do ladino, o dialeto espanhol-português renascentista, com algumas palavras hebraicas intercaladas, característica dos judeus mediterrâneos, a que me referi acima. Assim como o ídiche, falado pelos judeus ashkenazitas da Europa Central, o ladino atesta o grau de segregação no qual viveram os judaicos até meados do século 19. Esse ladino foi lentamente sendo deixado de ser usado devido ao rápido processo de integração e de assimilação dos judeus italianos à cultura e à nacionalidade italianas. Isso ocorreu a partir da emancipação concedida formalmente por Napoleão, isto é, a partir da concessão aos judeus de plenos direitos civis e à conseqüente abolição dos guetos e demais restrições.

Desse jargão judeu chegaram a mim não só muitas palavras, como frases inteiras e até pequenas histórias. Era usado tanto na vida doméstica quanto nos negócios em geral, quando se desejava que algum empregado ou cliente não entendesse a conversa.

Quando o empregado não deveria entender, dizia-se "davar", que em hebraico significa "palavra", mas cujo sentido era "Não Fale" ou "Não repita". Quando algum freguês rejeitava uma boa mercadoria ou uma barganha era dito: – *Ai hamorim* (burros) *non li piacciono i confetti* (Burros não gostam de doces bons), ou já totalmente em italiano: – *A lui tanto fa suonarli un corno che un violino* (A esse aí, tanto faz o berro de um chifre quanto os acordes de um violino). Ou, se o freguês tinha jeito de sonso: – *A quel bobo, vendigli pure il chaltume* (A esse bobo venda os saldos defeituosos!). Porém, "bobo" é palavra ladina de origem portuguesa que não existe em italiano. E assim por diante. Natalia Ginsburg escreveu um lindo texto sobre esse jargão, *Lessico Familiare*. Mas o dela é de Turim, um tanto diferente daquele de Livorno. Primo Levi, no seu lindo *A Tabela Periódica*, dedica todo o primeiro capítulo "Argônio" (um elemento químico nobre e raro) a esse saboroso dialeto.

Livorno, onde todo esse ramo da família se originou, foi a única cidade italiana que jamais enclausurou seus judeus num gueto. Os guetos, ao contrário do que muitos supõem, foram antes uma instituição pós-renascentista do que medieval, instituídos no bojo da Contra-Reforma. Foram criados a partir de 1555, pelo Papa Paulo 4º, com a edição da bula *Cum nimis absurdum...* (Por mais que seja absurdo...). Quanto aos judeus de Livorno, sua fortuna começou em 1541, quando Cosimo 1º de Medicis decidiu fazer daquela cidade um grande entreposto marítimo. Livorno era então um lugar miserável, habitado por pouco mais de mil almas, infestado pela malária e outras pestilências.

Em 1548, com o objetivo de atrair novos habitantes para o lugar, o Príncipe proclamou um édito que garantia a anistia de condenações sofridas alhures, a isenção de impostos pelos próximos dez anos, assim como a proteção contra atos da Inquisição a quem quer que lá se estabelecesse. Isso foi o bastante para que o porto de Livorno começasse logo a crescer. Mas o grande impulso lhe seria dado no final do século quando outro Príncipe endereçou cartas patentes aos mercadores de todas as nações, particularmente aos perseguidos por motivos religiosos, convidando-os para a cidade.

Para aqueles que aceitassem seu apelo, o grão-duque prometia o perdão das dívidas de até quinhentos escudos, isenção de impostos e absolvição por qualquer crime cometido, incluindo os crimes de apostasia. Esse último perdão era dirigido não só aos protestantes como aos marranos[2] e cristãos-novos da Península Ibérica. Ademais, o Príncipe garantia, explicitamente aos judeus, o livre trânsito por toda a Toscana, a dispensa de roupas e sinais distintivos, o direito de andar armados, a liberdade de culto e o direito de construir sinagogas. Garantia também a proibição absoluta da prática de batismos forçados de crianças judias, da qual o clero se tornara useiro e vezeiro, além de um crédito comercial de cem mil escudos. Na realidade, prometia muito mais, inclusive o direito de aquisição imediata da cidadania toscana.

Embora tudo indicasse que toda essa boa vontade era dirigida principalmente aos judeus, estes, desconfiados, não reagiram imediatamente, ao contrário dos protestantes franceses e católicos alemães. No início, apenas um pequeno número de marranos espanhóis e principalmente portugueses se encoralaram a aceitar as ofertas. O fluxo apenas se iniciava. Em outubro de 1595, um novo convite foi dirigido especificamente aos judeus alemães e àqueles que viviam, oprimidos, no Estado de Milão. Mais uma vez a reação, de início, foi positiva, mas limitada[3].

Com o tempo, se ampliaria de tal forma que antes da morte de Ferdinando I, a importância comercial de Livorno já havia superado a de Pisa, que declinou de vez alguns anos mais tarde, com a criação do porto franco de Livorno.

2 Marrano, do espanhol, leitão. Como eram designados os judeus, que, convertidos à força ao cristianismo, na Península Ibérica entre 1390 e 1630, continuaram secretamente a cultivar sua fé judaica.

3 Cf. A. Milano, *Storia degli Ebrei in Italia*, p. 324.

Nos dois séculos seguintes, bem à época na qual Giácomo Ventura ali teria desembarcado, Livorno tornou-se um dos maiores entrepostos do Mediterrâneo, mais especializado em mercadorias em trânsito, do que naquelas para o consumo regional. Operadores estrangeiros, turcos, gregos, holandeses, ingleses, predominavam nas transações comerciais, mas, entre todos, destacavam-se os judeus.

Por que será que todo príncipe renascentista e mercantilista, quando possuía um projeto de estímulo à economia do seu estado ou de alguma das suas regiões logo cuidava de atrair os judeus para lá? As razões são muitas e diferem ligeiramente de situação para situação, mas podem ser resumidas a duas. A primeira decorre do fato de que nos séculos da decadência do Império Romano a economia se contrai, a produção cai e Roma sobrevive importando bens do Oriente e do Norte da África, pagos a peso de ouro. Assim, a Europa se desmonetariza e as trocas, com o desaparecimento da moeda, diminuem e quase cessam. Quando, a partir do século 11, a economia européia recomeça a florescer, renascem as cidades e as trocas se intensificam, a falta de moeda-ouro torna-se um grave entrave ao crescimento. Não é por outra razão que no século 16, o século das navegações, a procura do ouro se tornaria tão febril. Ora, a riqueza medieval, até então predominante, era constituída basicamente pela terra arável e pelos imóveis urbanos, cuja edificação apenas se iniciara. Nesse contexto, os únicos detentores da pouca moeda líquida existente eram os judeus e os lombardos. Além disso, segundo o direito canônico, eles eram os únicos autorizados a emprestá-la a juros. Assim, foi entre eles que surgiram os primeiros banqueiros e agentes de seguros, funções indispensáveis para o desenvolvimento mercantil.

Não que judeus fossem todos banqueiros ou prestamistas, nem generalizadamente ricos. Como se verifica no censo dos judeus de Livorno de 1841, acima referido, dos 2.907 judeus economicamente ativos apenas 0,76% exerciam a profissão de banqueiro, diretor de banco ou diretor de companhia de seguros. Os outros 11,4% eram proprietários, atacadistas, lojistas, ourives, médicos e advogados, que permitem considerá-los ricos ou burgueses bem situados. Os cerca de 88% restantes, mestres-escola, músicos, açougueiros, sapateiros, tipógrafos, impressores, marceneiros, lenheiros, carregadores, faxineiros etc. situavam-se entre a pequena burguesia e o proletariado, apresentando portanto um perfil de renda apenas ligeiramente superior ao da população italiana em geral.

Outra razão é a de que os judeus são por definição alfabetizados. São tantas as rezas que precisam ser lidas diariamente, e que variam ao longo da semana e do ano, que é impossível praticar o judaísmo sem saber ler. Houve casos de analfabetismo entre os judeus, nas aldeias paupérrimas da Europa Central, mas foram poucos, excepcionais, e resolvidos, do ponto de vista religioso, pela prática das rezas coletivas. Com o advento da Revolução Industrial e da urbanização, no século 18 e 19, e a conseqüente multiplicação das oportunidades econômicas, mais do que em qualquer outro grupo, os judeus estavam preparados para aproveitá-las. Daí, na segunda metade do século 20, e somente numa data tão recente, terem quase todos ascendido para a classe média.

Por que será que Diana, Renata e os demais sempre esconderam, ou pelo menos deixaram de mencionar a origem tunisina do nosso mítico ancestral? Com o cemitério de Pisa ali pertinho, onde acompanharam o destino final de tantos outros familiares, é impossível que ignorassem. Com certeza foi puro preconceito. Não ficava bem a uma família bem posta de judeus italianos do século 20, ter um ancestral africano ou mesmo "levantino", como diziam, pejorativamente, quando se referiam aos judeus de outras partes do Mediterrâneo. É que os judeus italianos, da geração da minha avó Diana para cá, sempre se consideraram superiores aos demais, justamente por estarem tão integrados e assimilados à vida italiana.

Mas Giácomo era seguramente tunisino, tendo desembarcado em Livorno em 1838. As jóias o fascinavam e queria tornar-se ourives e não um mero comerciante-atacadista de corais e de diamantes como seu pai. Lá de Túnis, o pai costumava levar os corais para a Índia e China, onde os barganhava por pérolas, diamantes e outras pedras preciosas. Era jeitoso, já sabia consertar relógios e seu bom gosto fora aprimorado pela familiaridade com as policromias a esmalte dos mostradores e das caixas de tartaruga, em ouro e prata, dos relógios. Desde os treze anos fora aprendiz de um relojoeiro, amigo do pai.

Ao desembarcar em Livorno, à época governada pelos austríacos, Giácomo não teve dificuldades. Não trazia cartas de recomendação, pois deixara Túnis rompido com o pai, mas conhecia de nome vários proprietários de oficinas de artesanato de coral, dos quais o pai era fornecedor. Foi bem recebido, mas com desconfiança. Por que o velho Ventura não lhes escrevera e nem ao menos lhes mandara algum recado? Quando disse que queria ser aprendiz de joalheiro, riram dele. O aprendizado se inicia aos treze anos, um mocetão daqueles, com quase dezoito anos já podia até ser mestre. Além disso, a desconfiança: quando seu pai lhes escrevesse ou quando os visitasse, como acontecia a cada par de anos, veriam o que poderiam fazer.

Giácomo não teve dúvidas. Ao saber de um navio que se preparava para levar sabão de Marselha para um porto greco-otomano do mar Adriático, e então voltar com uma carga de tabaco da Macedônia, muito mais barato do que o tabaco toscano, foi imediatamente procurar o dono da carga de sabão. Conseguiu logo a vaga de imediato comercial, encarregado de negociar o escambo e verificar a qualidade do tabaco. Já não era fácil naqueles tempos encontrar um jovem judeu fluente em várias línguas e, acima de tudo, em ladino, além do árabe, disposto a viajar por qualquer bagatela. A maioria já o fazia por conta própria. Assim, depois de ouvir recomendações do comerciante que havia fretado a escuna, Giácomo embarcou levando consigo a esperteza e a determinação. Além disso, levava também o rico relógio de ouro, inglês, com estojo de tartaruga, que ganhara do pai quando completou treze anos. Foi quando, pela primeira vez na vida, na sinagoga, subiu ao palanque sagrado para ler a passagem do *Pentateuco*, correspondente àquele sábado, tornando-se, assim, um judeu adulto. Na mente, uma idéia fixa: no porto grego venderia o relógio por um número suficiente de moedas de ouro para, na volta, iniciar-se como ourives. Lá, mais longe, sabia, aqueles relógios valiam muito mais. Ainda não sabia bem como se tornaria ourives, mas de algum modo o faria. E assim aconteceu, ainda que por caminhos bem diferentes dos que imaginara. Também levou um riquíssimo *shaddai*[4], um amuleto de ouro que pertencera aos avôs, e que a mãe lhe dera ao perceber que tinha tomado a decisão de partir.

Essa peça ele nunca vendeu, mesmo nos momentos de maior aperto, não sei se por amor à mãe, ou por temor ao amuleto.

4 *Shaddai*, acróstico das palavras hebraicas *Shomer Delatot Israel*, Guarda das Portas de Israel. Na realidade, trata-se de uma espécie de amuleto, cujo significado e propósito devem ter mudado muito ao longo do tempo, mas que até a geração dos meus avôs, era visto como uma espécie de protetor contra mau olhado e outros espíritos pouco simpáticos. Há hipótese segundo as quais esse amuleto tenha alguma conexão com a passagem da *Bíblia*, "Êxodo", onde deus teria recomendado aos judeus que fizessem um sinal sobre as portas das suas casas para que, no decurso da praga sobre a morte dos primogênitos, essas fossem poupadas pelo "anjo da Morte". Dentro dele, enrolado, há um papelzinho em que está escrita a profissão de fé no deus único e a demanda de que esta crença seja dita e repetida em várias circunstâncias, inclusive escrita no *Shaddai*.

Acabou dando a Federigo, junto com o famoso relógio. Por fruto de várias circunstâncias, essas duas peças estão hoje comigo.

Quando desembarcou de volta, em Livorno, em outubro de 1839, e alugou um quarto, foi registrar-se no escritório da comunidade judia e rezar no serviço vespertino da sinagoga. No livro de registros havia escrito sua profissão provisória: marinheiro. Em tempo: vendera o relógio, obtivera as moedas de ouro, mas como sempre acontece nas histórias que se contam em família, o ouro lhe foi roubado na marra por um velho grego, no porto de Icomenitza, durante a viagem de volta.

Não queria continuar no mar e precisava estabelecer-se de algum modo, rapidamente, senão, estaria arriscado a amadurecer trabalhando em algum mister simples e mal remunerado, sem possibilidade de voltar à posição social a que estava habituado. Que fazer? Tinha algumas opções. Casar-se com alguma judia órfã, daquelas para as quais a comunidade reservava um dote razoável, suficiente para abrir algum pequeno negócio. Ou empregar-se como relojoeiro, arte que dominava e na qual poderia progredir. Queria mesmo casar-se, mas não com uma desconhecida, e ainda por cima órfã. Preferiu empregar-se.

Numa sexta-feira à noite, na sinagoga, logo após as rezas vespertinas para a entrada do sábado, Giácomo foi apresentado a Rafaello Cassuto, dono de uma oficina de conserto de relógio, que, como usava naqueles tempos, também os comprava e vendia, até mesmo relógios novos. Bateram o habitual papo pós-rezas, Cassuto se inteirou da situação de recém-chegado à cidade, e interessou-se mais ainda por ele quando soube que o simpático jovem era relojoeiro. Acabou convidando-o para jantar em sua casa, onde o aguardavam a mulher, a filha Fortuna e os filhos menores. O filho mais velho estava em viagem a Gênova, onde fora à procura de algumas peças delicadas que faltavam ao pai. A ceia transcorreu muito simpática, com as duas mulheres muito prestimosas em agradar o jovem hóspede, que há anos não provara pratos tão saborosos e tão semelhantes aos que sua mãe costumava fazer. A *halla*, o pão que os judeus costumam comer na entrada do sábado, estava macia e saborosa e o *cuscussú,* feito de semolina grossa, cozida no vapor, melhor até que o da sua mãe. Já passavam das onze horas da noite, quando após muitos cálices de Marsala[5] e muita conversa jogada fora, despediram-se. Mas não sem um convite de Cassuto para que Giácomo o visitasse na oficina. Queria testar as habilidades profissionais do simpático rapaz.

O velho relojoeiro impressionou-se logo com a habilidade de Giácomo em desmontar os patacões da época, localizar a mola defeituosa do mecanismo da corda e, conforme o caso, parafusá-la, encaixá-la melhor ou substituí-la. Os relógios de então ainda retesavam suas molas por meio de uma minúscula corrente, miniatura das correntes de bicicleta de hoje, que se enrolava em torno de pequenas rodas dentadas. Seu conserto, além de conhecimento, exigia dedos hábeis e firmes, como os dele. O prestígio e o sucesso de Giácomo como relojoeiro estavam assegurados.

De novo, como sempre acontece nesse tipo de histórias, Fortuna, a primeira filha de Rafaello, logo se engraça com o novo mestre da loja. Bem cedo, ele seria elevado à condição de gerente, permitindo ao patrão que viajasse a Milão e Marselha para adquirir modelos novos. Os irmãos menores ainda cursavam a escola elementar e o ginásio. O mais velho preparava-se para estudar engenharia em Pisa. Para encurtar a história, quando Giácomo mal completara 24 anos, casaram-se e tiveram muitos filhos.

Poucos anos depois, Rafaello morreria de "males do fígado", provavelmente apendicite. Giácomo cuidou da loja até que um dos cunhados pudesse substituí-lo e, então, com o dote de

5 Tipo de vinho doce, criado pelos ingleses na cidade siciliana de Marsala.

Fortuna associou-se à ourivesaria de Angelo Benedetti, um florentino que necessitava de capital para expandir-se. O hábito do entesouramento, que sucessivas inflações vinham desenvolvendo na França desde meados do século anterior, irradiara-se por toda a Europa, encarecendo consideravelmente os preços do vil metal, alimentando a inflação ainda mais. E mesmo que as joalharias ainda operassem principalmente na base de encomendas, eram necessários mostruários básicos diversificados e estoques caríssimos de matérias-primas nobres, ouro, platina, diamantes, esmeraldas, e outras pedras apreciadas, além das pérolas. O capital nada desprezível que Giácomo pudera amealhar junto com o dote da sua Fortuna vinha a calhar e lhe permitiu ditar condições.

Embora já não tão jovem, devia andar lá pelos trinta, queria aprender ele mesmo a desenhar e produzir as jóias. O desenho era fundamental, dizia, não só para mostrar aos clientes, mas principalmente porque determinaria os melhores procedimentos para a fabricação. Desenho para ele já era projeto. Benedetti, o futuro sócio, achou ótimo! Seu novo sócio pouco iria interferir nos aspectos comerciais do negócio. Prosperaram juntos por muitos anos até que, por qualquer razão, Giácomo decidiu que chegara a hora de montar a própria barraca e passar a ser o único dono do próprio nariz. Sempre viveu bem, mas nunca chegou a ficar rico, provavelmente pelas razões que descrevo a seguir.

Giácomo e Fortuna casaram-se e tiveram muitos filhos. Um chavão! Chavão nada! Tiveram 21 filhos e filhas, uma exorbitância mesmo para a época. E quando Giácomo enviuvou com a morte inesperada de Fortuna, não demorou em casar novamente com uma senhora cujo nome ignoro. Nela, fez outros 15 filhos, inteirando 36, uma exorbitância ainda maior! O censo de 1841 mostra que entre as 1.178 famílias judias presentes em Livorno naquela data, a mais numerosa possuía

Relógio de Giacomo Ventura.

O Shadai *de Giácomo.*

nove filhos; quatro possuíam oito filhos e oito chegaram a sete filhos, mas a média é de três, com numerosas famílias que haviam ficado no filho único. Os 36 de Giácomo, os 21 de Fortuna e mesmo os 15 da segunda mulher, são realmente um exagero excepcional. E só falo dos que vingaram, superando os dez anos de idade! Como se explica ?

O *coitus interruptus*, embora nem sempre praticado, é conhecido desde tempos imemoriais. No *Pentateuco* é referido na conhecida história de Onan, de onde a palavra portuguesa "onanismo", hoje é equivocadamente entendida como masturbação. Pois bem, da Renascença em diante, na medida em que crescia o suprimento de alimentos e assim diminuíam as doenças e a mortalidade infantil, foi necessário reduzir os nascimentos e assim o número de filhos que vingariam. Por muito tempo essa interrupção providencial seria a forma mais comum de contracepção, amplamente praticada pelos judeus ocidentais, particularmente os de Livorno, como de resto, por toda a burguesia européia. Comunidade relativamente mais nova do que as demais do Ocidente europeu, os judeus livorneses eram, especialmente no século 19, muito estimulados para a ascensão social. Queriam viver bem e manter a família estável para educar seus filhos com conforto, dar-lhes educação formal, religiosa e leiga. Não é, portanto, coincidência que muitos dos judeus italianos que se destacaram na arte, na ciência, na política e nas finanças, sejam de Livorno ou de famílias originárias de lá. Nomes de artistas, políticos, cientistas, escritores e cineastas como Modigliani, Sraffa, Montefiore, Rosselli, Montalcini, Pereyra, Ascarelli, Pontecorvo e muitos outros, vêm de lá. Mas para isso tudo, sabiam que não podiam ter muitos filhos e tomavam as necessárias precauções.

Giácomo Ventura obviamente também sabia. Mas não podia! *"Nel momento giusto, mi si spacca il cuore!"*. (Na hora H, me estoura o coração). De estouro em estouro, 36 filhos..., legítimos, como gostava de lembrar Renata. Por que os demais...?? Afinal, o Sultão não lhe havia franqueado o harém? Poderia ter enriquecido?

Federigo Ventura, na sua casa em Pietrasanta, por volta de 1938.

Capítulo 2
Federigo Ventura
(1860-1943)

Vigésimo primeiro filho de Giácomo Ventura, Federigo deve ter freqüentado a escola pelo menos até completar o ginásio, num colégio interno, provavelmente judeu, por causa da comida que tinha de ser religiosamente correta. Nem todos os seus irmãos tiveram o mesmo destino, pois segundo os hábitos das famílias burguesas, ou socialmente ascendentes de então, é provável que as irmãs e os irmãos mais velhos tivessem escapado desse triste privilégio. Os primeiros filhos varões geralmente começavam a trabalhar mais cedo e eram preparados para associar-se aos negócios do pai. Quanto às filhas, eram geralmente alfabetizadas e educadas em casa mesmo, preparadas para o casamento. Nem uns nem outros haviam sido amamentados pelas mães, pois isso não ficava bem para a burguesia da época. Era comum enviá-los ao campo, onde sempre havia mulheres robustas com seios fartos que os aleitavam, ou então ganhavam amas-de-leite na própria casa.

Conta-se que certa vez, nas vésperas da páscoa judia, Federigo estava no colégio quando o diretor o manda chamar: – Alguém importante veio lhe buscar. Ao entrar na sala, depara-se com um senhor de fraque, cartola e bengala, que lhe sorri dizendo: – Bom dia, Abramino (pois esse era o seu verdadeiro nome, sendo que Federigo foi uma aquisição muito mais tardia), vim te buscar. Sou teu irmão, Michele! Abramino, assustado e sem jeito, respondeu: – *Se melo dice lei... Ci credo...!* (Se é o Senhor quem diz, acredito!), utilizando uma significativa terceira pessoa. Esse episódio era contado por sucessivas gerações da família, pois era considerado engraçadinho e emblemático da grande diferença de idade entre os irmãos.

Pouco se sabe sobre como possa ter sido a vida familiar na juventude de Federigo. Mas a lógica faz supor que deva ter mudado muito ao longo do tempo, na medida em que a família ia aumentando ou que os negócios do pai melhoravam ou pioravam. Com tantos nascimentos e filhos para serem alimentados e vestidos, jamais pôde haver fortuna sólida que os tornasse imunes a altos e baixos. Ademais, que vida familiar poderia haver, quando as diferenças de idade entre os irmãos podiam chegar a 35 ou 40 anos? Uns ainda mamavam enquanto outros já eram avôs! Muitos dos filhos de Giácomo partiram e foram ganhar a vida alhures. Simone voltou para Túnis, onde as relações com o avô, tios e primos haviam se restabelecido e mantido sólidas, primeiro, porque era assim que acontecia, mas também em virtude dos interesses comerciais recíprocos. Daniel casou-se com uma jovem viúva de Alexandria e sumiu do mapa. Moíse casou-se em Viareggio, onde abriu uma pequena loja de tecidos. Angiolo casou-se com uma italiana cristã, mas, ourives como o pai, permaneceu ao seu lado e cuidou para que os filhos fossem educados como judeus.

Já então os casamentos mistos eram cada vez mais freqüentes, principalmente após 1848 quando o rei Carlos Alberto de Savoia emancipou os judeus das seculares discriminações, conferindo-lhes direitos plenos de cidadania. A Toscana somente seria cedida pelos austríacos ao novo reino da Itália em 1859, mas uma vez emancipados os judeus nos novos estados italianos, na prática, foram emancipados em toda a península.

Quando Giácomo cansou-se de viajar, muitos dos filhos e genros o substituíram, mas era principalmente Angiolo quem voltava a Túnis para vender jóias de coral, em Florença, Milão e, certa feita até em Paris e Londres, para vender coral e para copiar modelos novos de brincos, pulseiras, colares e mesmo anéis. Herdara do pai a habilidade do desenho. Certa vez foi até Istambul para comprar objetos de marfim trabalhados na China. Fora Simone, de Túnis, quem lhe recomendara essa viagem, que acabou sendo realmente proveitosa.

É evidente que, mesmo na sua maturidade, Giácomo e sua segunda mulher jamais puderam contar com todos os filhos e netos em casa. Nem mesmo para os grandes jantares das festas religiosas. Mas também é verdade que entre filhos de Giácomo, sobrinhos de Fortuna, visitantes de outras cidades ou do exterior, nunca havia menos de trinta pessoas sentadas à mesa em cada refeição, principalmente no jantar. Ainda eram sinceramente religiosos, rezavam diariamente de manhã e à noite e iam à sinagoga nas sextas-feiras à noite a aos sábados. Giácomo até encontrava tempo para ocupar-se com algumas funções comunitárias, para angariar fundos para a reforma da escola religiosa da comunidade ou para fazer uma visita cerimonial ao Cardeal de Lucca. Mas sua religiosidade já era mais formal do que mística, quase que apenas dietética e gastronômica. Dietética, na obediência aos ritos religiosos no trato da comida, mas gastronômica principalmente na degustação da saborosa comida judia. Sempre um doce especial para cada festa do calendário religioso. Pratos originados em Estrasburgo, em Túnis, Roma ou ali mesmo na Toscana, mas sempre uma glória.

Quanto aos aspectos dietéticos, uma observação. O judaísmo contém carradas de restrições alimentares: não comer carne de porco é um pequeno detalhe, mais conhecido precisamente pela freqüência com que é consumida por outros povos. Na realidade são proibidos todos os mamíferos que não são ruminantes e que não possuem pata fendida, como coelhos, camelos, cavalos. São proibidos todos os predadores, mamíferos ou pássaros. É proibido tudo o que vive nas águas, mas não possui escamas ou se arrasta, como camarões, ostras, peixes lisos, enguias. Também são proibidos todos os animais que morreram por si mesmos. Até quanto aos animais considerados puros e permitidos, há uma série de restrições sobre como devem ser abatidos e sobre partes que não podem ser ingeridas ou que, para tanto, requerem tratamento especial como, por exemplo, a retirada do nervo ciático no gado, e assim por diante *ad nauseam*.

Na prática, a conversa é totalmente diferente. Até poucas gerações, judeus deixavam de comer isso tudo, simplesmente porque lhes haviam ensinado que essa comida era nojenta. Isso chegava a ocorrer mesmo com aqueles que embora educados religiosamente tinham se tornado agnósticos. Mais ou menos como alguns cristãos que jamais comeriam urubus, minhocas ou gatos, embora nada os proíba.

Giácomo também não desprezava a boa comida italiana, a vitela do Piemonte, as *lasagne* de Bolonha, as massas de toda a Itália, os queijos e os risotos do Vale do Pó, mas, acima de tudo, as frutas na mostarda, de Cremona e o Panforte de Siena. Esses dois últimos eram uma raridade, pois como sempre acontece na Europa, não eram vendidos e muito menos produzidos fora das cidades de origem. Para obter um Panforte era necessário encomendá-lo a um *procáccia,* um comprador viajante, que de cidade em cidade comprava e vendia as especialidades de diferentes regiões que lhe haviam sido encomendadas.

De 1950 para cá, em Siena, passaram a se produzir Panfortes gigantescos, de muitos quilos, que se vendem aos pedaços, mas, à época, os maiores eram de um quilo. Giácomo encomendava vários, três ou quatro vezes por ano, principalmente no inverno, quando eram considerados mais apropriados. Para as festas judias do início de outono até a primavera. A Festa das Cabanas, para aquela da rainha Ester, para a festa dos Macabeus, quando se acendiam oito velas e assim por diante, até a Páscoa, na primavera da qual o Panforte era excluído, porque poderia conter algum fermento e assim tornar-se temporariamente impuro. Mas quanto podia render para cada pessoa à mesa, um ou dois quilos de Panforte, quando os sentados eram trinta? Federigo ficava louco, não dava nem para encher a cova do dente.

– Abramino, cosa farai, quando sarai grande? (Abraãozinho, o que você vai fazer, quando crescer?) – Mi comprero um Panforte e melo mangiero tutto da me! (Comprarei um Panforte, para comê-lo inteiro sozinho). Como veremos mais adiante, Federigo carregaria por muitos anos essa fixação pelo Panforte.

Ao concluir o ginásio, não tendo nenhuma atração pelos estudos, o pai colocou-o a serviço de um amigo, Isacco Cohen, dono de uma grande loja de tecidos e armarinhos. Federigo foi pegando o jeito. Ele era trabalhador, e esperto também. Tornou-se logo pau pra toda obra: faxineiro, carregador, desempacotador de caixas de mercadorias e, pouco mais tarde, supervisor dos estoques, balconista e caixeiro. Ganhava uns míseros caraminguás e sabia que estava sendo explorado, mas sabia também que estava apenas adquirindo as condições para dar o troco.

Aprendeu logo a lidar com as duas principais alavancas do ramo. De um lado, a clientela, como tratá-la, como satisfazê-la, conservá-la e ampliá-la; quando e a quem vender a crédito, em que circunstâncias facilitar e em quais negar. Na outra ponta, tão ou mais importante quanto, aprendeu a conhecer mercadorias, fabricantes, atacadistas e vendedores. Como obter descontos em troca de uma compra maior, ou da fidelidade em detrimento de concorrentes. Afinal, percebeu logo que o jogo com clientes e fornecedores era o mesmo. Aí chegou o momento em que decidiu que era chegada a hora de seguir o exemplo paterno e estabelecer-se por conta própria. O encanto que começara a desenvolver por Elena Barocas estimulou-o nessa decisão.

Seu pai não podia ajudá-lo, nem lhe dar nada de substancial, a não ser o velho relógio e o riquíssimo amuleto judeu, um *shaddai,* em ouro, cravejado de rubis, já mencionados. Ganhara-os dos pais, destinara-os ao caçula. Fora isso, algumas jóias: um par de brincos, quatro anéis com diamantes e esmeraldas, e um bom número de correntes de ouro, tudo sobra de antigos mostruários.

O relógio, esse era especial. Como o mundo é pequeno e menor ainda o Mediterrâneo, esse relógio era o mesmo que Giácomo havia ganho do pai por ocasião da sua maioridade religiosa e que havia sido vendido em Corfú. Décadas mais tarde Giácomo encontrou-o no Bazar de Salonica (uma enorme feira, característica das cidades árabes, turcas e gregas, onde se compra e vende de tudo, jóias, tapetes, camelos, máquinas e alimentos) e recomprou-o por uma moeda a menos do que as pelas quais o havia vendido. No ato decidira reservá-lo para presentear o último filho que lhe nascesse, na ocasião da maioridade religiosa, exatamente como o ganhara, já que não poderia deixar-lhe mais nada, ou quase.

Quando Federigo nasceu e, em seguida, Fortuna morreu, o relógio lhe foi destinado. Naqueles dias, Giácomo jamais imaginou que casaria novamente e muito menos que viesse a ter novos filhos legítimos. Isso também é típico desse gênero de histórias, que beiram o folhetim, não fosse o fato do relógio estar agora na minha casa, em cima da penteadeira da Clélia, minha mulher. Assim, ou a história é verdadeira mesmo, ou trata-se de uma dessas mentiras cultivadas na família para tornar-se mais engraçada, ou, o que é mais provável, há algo de verdade e um pouco de fantasia. Afinal, o relógio existe e realmente pertenceu a Federigo, ex-Abramino.

Nessa época, Federigo já estava encantado com a prima, Elena Barocas, e já pensava em mandar pedi-la assim que tivesse condições para tanto. Sem muitas perspectivas, decidiu criá-las. Vendeu as correntes de ouro e quase todas as jóias, conservando apenas as melhores, o relógio e o *shaddai*, e foi para Pietrasanta, onde abriu uma pequena loja de tecidos.

Pietrasanta possui hoje 25 mil habitantes, dos quais boa parte ainda vive na zona rural, e já devia contar com essa população quando Federigo lá chegou, pois desde então nada mudou a não ser a construção de mansões de vilegiatura nas antigas propriedades rurais, por novos proprietários, ingleses, alemães e suecos e outros nórdicos ricos. Se houve alguma mudança, talvez foi a demolição de parte das muralhas que a circundavam. Boa parte ainda é murada e a porta principal da cidade, defendida por uma pequena fortificação ainda está lá, bela e elegantíssima.

O lugarejo possui três ruas: Via di Mezzo, Via del Marzocco, e Via Mazzini (A Rua do Meio, e como toda cidade italiana, a Via Mazzini; a Via del Marzocco, jamais consegui apurar a que ou a quem foi nomeada). Mas também não se deve exagerar o aspecto minúsculo de Pietrasanta, pois já chegou a ser um local de alguma importância. Grande centro de comercialização dos mármores de Carrara, já era visitada pelos escultores renascentistas, inclusive Michelangelo e Leonardo da Vinci, para a escolha e o desbaste dos blocos de mármore que seriam esculpidos em Florença ou em Roma. Assim, desde então conservou seu caráter de centro de artistas, pintores e escultores e, até o presente, no verão, há interessantíssimas exposições na Piazza del Duomo, a grande praça da Sé, extraordinariamente bonita.

Ao escolher Pietrasanta para estabelecer-se comercialmente, Federigo fez uma aposta e ganhou. Todos os seus irmãos, quando não permaneciam em Livorno, sempre escolhiam centros aparentemente mais promissores, como fizera Moíse, em Viareggio, ou centros maiores como Florença, Siena, Gênova ou Marselha e até Milão, ou o norte da África. Demais, Pietrasanta era pequena, mas era um importante centro comercial de toda a região toscana dos Alpes Apuanos, cordilheira que percorre o

Gravura da entrada principal e das muralhas de Pietrasanta, do final do século 18.

centro da Itália de Norte a Sul. Aos sábados, a cidade se enchia de montanheses que desciam desde a Garfagnana, de Querceta e de outras localidades para comprar sal, bacalhau, farinha de trigo, fósforos, querosene e todos os tecidos, botões, linhas e outros armarinhos que o jovem Federigo estava pronto para lhes vender. A propósito, foi aí também que Abramo Ventura *detto* Abramino virou Federigo. Sentia-se bem posto na vida e não queria ser confundido com um judeu qualquer, daqueles antigos. Em dois anos, estava pronto para casar. Já trocara a pequena loja no fim da Via di Mezzo para outra mais larga, e assobradada, no início da rua. Obviamente ele e a futura mulher dormiriam em cima da loja, no quarto ao lado do depósito e da saleta que serviria de escritório e sala de visitas. As refeições seriam feitas na pequena cozinha. Ainda não casara, mas já tinha tudo planejado.

O pedido por Elena Barocas não surpreendeu ninguém, nem ela própria. O viúvo Barocas assentiu de bom grado, tanto mais que lhe restaria Ersília, a filha mais nova, para cozinhar e cuidar da casa. Casaram-se na sinagoga mesmo, pois Barocas ainda que bem de vida não possuía casa suficientemente grandiosa para ali casar a filha, como faziam os judeus mais ricos. O dote não foi lá essas coisas: uma soma em dinheiro, apenas o suficiente para que o casal pudesse passar uma semana em Florença. Mas o enxoval era bom, de linho e suficientemente numeroso para quando a família crescesse. Também fazia parte do enxoval um faqueiro de prata para 24 pessoas, como se usava, para que alcançasse também para alguns hóspedes nas ceias da Páscoa e do Ano Novo judeu. Para tamanho desprendimento de parte do velho Barocas, contribuiu sua convicção de que Ersília, a filha mais nova, jamais chegaria a casar e que quando ele morresse, iria viver com a irmã e o cunhado. Seu outro filho, o único varão, Ettore, herdaria a farmácia, modesta, mas em prédio próprio. O velho não gostou quando soube que Abramo mudara seu nome para Federigo, mas resignou-se logo ao dar-se conta de que quatro décadas antes, um pouco mais e um pouco menos, seu próprio pai já havia escolhido nomes italianos para nomear os filhos, inclusive ele mesmo!

Quase dez anos depois, Giácomo morreria inesperadamente, durante curta viajem a Pisa. O enterro foi concorrido, embora a maioria dos presentes fossem as filhas e suas famílias, pois muitos dos filhos estavam tão longe que nem puderam ser avisados em tempo. Já havia telégrafo, ferrovias e navios a vapor, mas, naqueles tempos, de pouco adiantava. Corria o ano de 1887.

Em Pietrasanta, Federigo prosperou mais rápido do que esperava. Tinha acabado de comprar o imóvel no início da Via di Mezzo. Um sobradinho cujo terreno atravessava o quarteirão, chegando até a Via del Marzoco. E ainda sobrava algum dinheiro no banco. Também já perdera dois filhos, um natimorto, e outro em circunstâncias muito estranhas.

O Panforte de Siena, até pelos eventos já relatados, passou a ser,-continua sendo e sempre foi, o doce mais venerado e cobiçado pelos descendentes de Federigo. Doce feito em Siena desde a Idade Média, provavelmente de origem árabe ou bizantina, é um verdadeiro festival de perfumes e sabores. Os outros doces muito gostosos de Siena, como os *Ricciarelli* e as *Cavalluccie* – os primeiros feitos de amêndoas e os últimos de nozes, jamais gozaram de qualquer popularidade. São meras variações do marzipan, uma especialidade de toda a Toscana, onde em cada lugar é feito com inúmeras variações, sempre gostosas, mas sempre marzipan. Já o Panforte, feito de amêndoas e avelãs torradas, cascas de laranja e de cedro cristalizadas, mel e inúmeras e fortíssimas especiarias, que em alguns casos incluem vários tipos de pimentas orientais, é um manjar dos deuses. Quando apimentado, vem chamado de *Pan Pepato,* pão apimentado. Isto é, mais forte do que o *forte.* Em Livorno e Pietrasanta, o Panforte era uma raridade, sempre reservada para as grandes ocasiões festivas, particularmente na família Ventura na qual era tido como a quintessência do prazer.

Pois bem, quando Danilo, o primeiro filho dos Ventura de Pietrasanta a vingar, foi desmamado e voltou para casa com pouco mais de um ano de idade, Federigo o teria acolhido com enorme entusiasmo dizendo: – *Questo quá non patirá mai la voglia del Panforte!* (Este aqui jamais padecera da vontade de comer Panforte!). Logo em seguida deu-lhe uma enorme fatia. A criança teria amanhecido morta. Pensando bem, esta é outra história que parece pouco plausível. Mas, verdadeira ou não, enfatiza até que ponto o panforte na família sempre foi um acontecimento.

Nos anos seguintes, nasceram Augusto, Diana, Raoul, Gualtiero, Felicina e Luciano. Quando morreu o velho Barocas, como já estava previsto, Ettore herdou a farmácia e Ersília juntou-se à irmã e ao cunhado, em Pietrasanta. A fortuna desses Ventura, durante muitas décadas, também teve muitos altos e baixos, mas não sei se houve relação entre esses baixos e as coisas que vou contar em seguida, porque há contradições. Isso deve ter acontecido lá por volta de 1890, quando o hábito dos banhos de mar começou a se difundir. Federigo, muito prático, mandou construir uma cabana de madeira na praia de Forte dei Marmi, dois ou três dormitórios, para onde toda a família ia, com a charrete carregada de comidas e tranqueiras, às sextas-feiras e onde Federigo os alcançaria na noite de sábado, logo depois de fechar a loja. Creio que nessa época já havia bonde puxado a burro entre Pietrasanta e Forte dei Marmi. No final dos anos trinta, lembro-me ainda dos bondes elétricos.

Em todas as cidades italianas, desde o respectivo surgimento ou revitalização, a partir do século 11, sempre houve feiras. Algumas mais famosas e conhecidas, como a feira que existe até hoje diariamente em San Lorenzo, em Florença. Outras menores, mas sofisticadas, como a de Forte de Marmi, a poucos quilômetros de Pietrasanta, onde se vendem desde sofisticadas roupas para bebês e crianças, até eletrodomésticos e ferramentas de pequeno porte. A qualidade das mercadorias varia ao longo das épocas do ano; colheita das verduras na primavera ou das castanhas, no outono. Mas seu auge é em agosto quando a cidade se enche de veranistas de todo o norte europeu, principalmente ingleses e alemães, em busca de sol e praia. Há também a feira de Seravezza.

Elena não gostava da barraca que o marido mandara construir, que lhe parecia brega demais e uns anos depois decidiu que ela e a irmã venderiam os tecidos e armarinhos da loja nas feiras. Com os lucros obtidos, construiriam uma casa de verdade em Forte dei Marmi.

Assim, as irmãs Barocas, Elena e Ersília passaram a carregar asnos com mercadorias da loja, para vendê-las nas feiras. A primeira em Forte de Marmi e a segunda em Seravezza, um pouco mais longe. Quando Adalberto Ventura, um esnobe[1] sobrinho das duas, contou-me isso com um misto de ironia e de desprezo, cresceu a minha admiração pelas duas velhinhas, que cheguei a conhecer em criança. As irmãs Barocas devem ter sido fantásticas; uma dupla de mulheres, sofridas, mas vigorosas, como só se faziam antigamente!

Ganharam dinheiro suficiente para construir uma casa de verdade para o veraneio da família. Essa casa, aliás, resultou em uma enorme mansão, onde, como decidiriam os fados, eu nasci. Até hoje está de pé, embora adaptada para o comércio, no piso da rua, e para escritórios, no piso superior.

Um par de anos depois do nascimento de Gualtiero, o penúltimo dos filhos de Elena e Federigo, a Ersília engravidou do cunhado. Elena não fez nenhuma cena de ciúmes, não chamou a irmã de puta nem o marido de cafajeste. Não ameaçou sair de casa, nem tentou expulsar o marido e muito menos pensou

1 Do latim, *sine nobilitate;* sem nobreza

em matá-lo para suicidar-se em seguida. Enfim, não houve nem sinal de cena melodramática. Em primeiro lugar, porque esse era um fato comum e corrente, que, desde que o mundo é mundo, aconteceu em todas as partes, em todos os países e em todas as camadas sociais. Aliás, ainda acontece, só que menos, em virtude da pílula e, principalmente, das maiores facilidades de aborto. E mesmo assim acontece. Se a *Bíblia* apenas o insinua em algumas passagens, toda a mitologia grega está aí para nos lembrarmos dele. Em segundo lugar, porque os três há anos já vinham vivendo em sólido triângulo. Sócios no trabalho, sócios nos cuidados das crianças, sócios na cozinha e na sala, por que não também na cama?

Realmente, embora ficando meio sem jeito, as duas teriam se entreolhado, posto as mãos na cintura, pensando e dizendo com o olhar: "E agora, que fazer?". O mais urgente e importante era guardar as aparências, estas sim. Tudo continuou como estava até o sétimo mês de gravidez, quando Federigo encontrou uma família simpática em Val di Castelo, no campo, que acolheu Ersília com o maior prazer, por algumas dezenas de liras mensais. Ali mesmo havia boas parteiras e amas de leite em quantidade. Ersília voltou para casa um mês após o parto de Felicina, o novo rebento. Felicina, a recém-nascida, demoraria ali pouco mais de um ano, como, aliás, acontecera com todos os demais rebentos da família Ventura daquela geração.

Houve dramas sim, mas muitíssimos anos depois, quando os filhos de Elena, Ersília e Federigo, de algum modo, precisaram esclarecer os próprios filhos, nos anos cinqüenta, quando a repressão ao sexo e tudo que lhe dissesse respeito era terrivelmente maior e pesou como um manto de chumbo sobre todos nós. Aí se inventaram toda sorte de explicações, aliás tão convencionais quanto demandava a época.

Segundo essas explicações, a grande paixão de Federigo teria sido Ersília, que aí foi promovida a mais jovem. Parafraseando a conhecida história bíblica, o velho Barocas recusara o pedido, pois a mais velha, supostamente Elena, precisava casar antes. Federigo só aceitou sob condições: seu amor platônico por Ersília, como se houvesse isso na Livorno do século 19, era tão grande, que ele casaria com Elena se lhe fosse assegurado que a irmã também iria viver com eles. Mais tarde, o inevitável aconteceu.

Na realidade, pareceria mesmo que o acontecimento em nada afetou a vida da família. Quando Felicina voltou da amamentação, foi recebida e tratada como filha e como irmã e nunca mais se falou no assunto. E as irmãs Barocas continuaram juntas exercendo a sua dupla jornada e venerando o macho. Quando nos anos sessenta, só de sacanagem, contei a um primo que o avô dele fora bígamo, dias depois o pai telefonou berrando para Renata. Tranqüila e cínica, ela respondeu: – Mas alguém falou alguma mentira? Alguma coisa feia? Eu sempre ouvi do teu venerado pai que feio era mentir.

Ersília continuou sempre, muito carinhosamente, chamada por todos de tia, *Zia Ersí*, até mesmo pela filha, Felicina. A única que, muito garbosamente, nunca não se deixou envolver pelo cinismo mentiroso da família, foi sua neta Franca. Quando alguém diz "tia Ersí", Franca, segura e certeiramente aparteia: – *Zia, no! Per me, nonna Ersilia!* (Tia não! Avó Ersília!), deixando claro que se para alguns ela fora tia, para ela foi avó.

Lá por volta de 1902, Federigo estava bem, mas cansara da loja. Em tempo, o pequeno sobrado dos primeiros anos fora reformado e substituído por um palacete monumental de três andares, escadas de mármore e tudo o mais quanto o homem mais rico da cidade podia ter direito. Também está lá até hoje, com um banco funcionando onde era a loja e uma companhia de seguros nos andares superiores. Foi vendido pelos herdeiros, bastante empobrecidos, no final dos anos quarenta. Mas Federigo, dizia eu, sonhava com vôos mais altos. Conversando com o cunhado Ettore, de Livorno, chegaram à conclusão de que o grande negócio do momento era a exploração do mármore de Carrara. Já era exportado às toneladas para Chicago e Nova York e até para Buenos Aires, de onde vinha a carne e para o Rio de Janeiro, de onde vinha o café. Ali, sob o nariz deles.

Não sei bem o que fizeram com a loja e com a farmácia. Federigo, se intuí bem de quem se tratava, deixou a loja para as mulheres tocarem, depois de descapitalizá-la, para ampliar sua capacidade de investir. O fato é que alguns meses depois eram donos de uma *cava di marmo*, uma pedreira de extração de mármore, nos Alpes Apuanos. Foi um desastre do qual nunca mais se falou, ou melhor, falou-se muito, mas sempre à boca pequena. Faliram e parece que falência na Itália de então era coisa séria. Ficaram na mais negra miséria, até parte dos móveis de Pietrasanta foi confiscada e penhorada. Chegou a faltar comida.

Na época, Luciano, o caçula da nova geração de irmãos Ventura já havia nascido e andava lá pelos seis ou sete anos de idade. Não sei por qual razão Ersília precisou ir até Lucca e o levou consigo. Na bolsa, a passagem e algumas liras. Passam em frente de uma loteria e Luciano diz: – Zia, quero fazer um jogo! – Lucianinho, não podemos, não temos dinheiro e isso é um desperdício; prefiro te comprar um sorvete. – Quero fazer um jogo tia! Sei que vamos ficar ricos! Ersília estava por dizer não mais uma vez, quando Luciano começa a chorar, a pedir, a soluçar, bater os pés e sapatear. – Está bem, que número você quer? Luciano deu o número e jogaram. Ersília era supersticiosa, mas sempre mentia, dizendo não acreditar em jogo. Deixou o bilhete com o sobrinho, olhou o jornal *Corriere Lucchese*. Estava na primeira página, haviam ganho o primeiro prêmio!

Esta foi pelo menos a história que Ersília contou aos demais, e pouco adiantou. Todos sabiam que ela sempre fazia a sua "fezinha" no jogo da Loto e continuaria a fazê-la até a velhice, mesmo depois desse episódio. Luciano teria na verdade sido instigado por ela a querer fazer o jogo, para que ela, à noite, pudesse explicar aos demais aquela despesa em tempos de penúria. Mas não importa a versão, o fato é que ganharam de verdade. Isso deve ter acontecido pouco antes ou pouco depois de 1903.

Em 1910, Federigo, após ter usado muito bem a soma que a cunhada e o caçula haviam ganho na loteria, era novamente um homem rico, pelo menos para os padrões provincianos de Pietrasanta. Começou a casar as filhas e os filhos. Primeiro Diana, a filha mais velha, seria casada em 1913, com Icílio Terracina. Icílio fora criado em Chieti, ao sul de Roma e nunca perdeu o sotaque meridional, mas sua família era de Ancona. Não faço a menor idéia de como foi pescado. Como não herdaria, Diana ganhou a mansão de Forte dei Marmi. Na festa do casamento, Augusto conheceu Allegra Giuseppina Trevi, prima de Icílio, que vivia em Ancona. Somente se casariam cinco anos depois. Para Felicina, a Feli, como sempre foi chamada, arrumaram o Aldo Sraffa, de Pisa. O pai também lhe deu uma casa em Pisa. Os demais, mais jovens, escaparam dos casamentos arranjados. E como não se achassem judias soltas por lá, casaram com jovens cristãs, mas bonitas. Gina, mulher de Gualtiero, além de bonita foi uma mulher rija e enérgica. Enviuvou cedo, durante a Segunda Guerra e, com dificuldades, educou os filhos em Florença. Raoul, o único que concluiu estudos universitários em engenharia, casou com uma genovesa muito bonita que, velhinha, está hoje no Brasil. Luciano casou-se com uma moça de Pietrasanta e, antes da guerra, também veio para o Brasil onde faleceu prematuramente nos anos cinqüenta. Deixou aqui filhos, netos e bisnetos. Faltou falar de Leone Barocas, filho do Ettore, mencionado acima. Ettore também faleceu prematuramente logo após a falência. Deixou os pequenos Leone, Arnoldo e Inês. Leone foi adotado e criado como um filho por Federigo, os outros dois irmãos por outro parente, mas os três sempre permaneceram ligados. Leone sempre foi uma figura muito simpática e pouco antes da Segunda Guerra Mundial viria para o Brasil com a mulher e o filho, como fizeram meus pais, e alguns outros parentes.

A vida em família era cheia de regras, mas divertida. Federigo era um leitor voraz, principalmente na privada onde havia uma estante de livros. Os franceses, Alexandre Dumas, Victor Hugo, Zola – *quasi uno dei nostri* ("quase um dos nossos", a memória do caso Dreifus ainda era recente) – e Júlio Verne, eram os preferidos, mas Manzoni, De Amicis e Salgari, também estavam lá. Ele lia para se divertir, mas também lia para conhecer. À mesa, sabatinava os filhos e a neta Renata com perguntas de algibeira: – Renata, o que é a *felakah*? – É um castigo, uma espécie de tortura praticada pelos janízaros, do Império Turco, respondiam todos em coro, pois as perguntas eram quase sempre as mesmas. Federigo dava extrema importância à aparência das pessoas, ao traje e à postura. Isso incomodava muito Renata que havia nascido com uma luxação na cabeça do fêmur, e mancava. Embora fosse bonita, inteligente e vivaz e fosse reconhecida como tal, sentia-se diminuída por mancar. Às vezes, Federigo fazia os filhos crianças comerem à mesa com um livro debaixo de cada braço. Se caísse, a punição era severa. Certa vez, flagrou Raoul e Luciano cabulando aula para jogar gude no jardim de Pietrasanta, na outra extremidade da Via di Mezzo. Conta-se que teria suspendido os dois pelas orelhas, levando-os para casa sem permitir que pusessem os pés no chão. E contam, como se fosse uma proeza.

O velho Federigo deve ter sido uma peste. Mas teve seu lado simpático e generoso. No trato dos filhos foi estupendo, ainda que pouco feliz. Em vez de comportar-se como era regra no seu tempo, guardando a fortuna para só distribuí-la de dentro da sepultura, distribuiu quase tudo a todos, de forma bastante equitativa. É claro que respeitou a posição de herdeiro do primogênito, Augusto, que sempre ficou ao seu lado na loja. Assim que Raoul se formou em engenharia, encomendou-lhe uma casa destinada a Augusto. Mas foi mais para treiná-lo e tentar lançá-lo. Quando Diana se casou, além da mansão de Forte dei Marmi, deu ao marido uma soma suficiente para montar uma loja em Turim. Durou somente até a crise de 1929, quando faliu, não foi culpa de ninguém. Levou-os de volta para Forte dei Marmi onde lhes deu uma segunda loja. Quanto a Feli e Aldo, também foram contemplados com uma casa em Pisa e outras ajudas significativas. Para Gualtiero abriu uma loja em Florença, nunca foi muito bem, que eu saiba. Raoul tentou a vida como engenheiro, arrumando um emprego na instalação de cabos submarinos nas Ilhas Canárias, mas pegou malária e voltou. Aí o pai financiou-lhe uma camisaria no setor mais chique de Turim. Luciano, o caçula, que até então não saíra de Pietrasanta, quando veio ao Brasil, foi o único a receber do pai uma fortuna, com a qual fez um cinema, em Santo André.

Ou será que quem fez isso tudo, ou mandou fazer, não foram as duas irmãs, deixando os louros para o venerado marido? Jamais poderemos saber ao certo, mas, no contexto, as probabilidades são grandes. Ele gostava muito da primeira neta, Renata. Ela havia passado a maior parte da infância em Turim, desde adolescente habituara-se a viajar, chegou a ir com uma amiga e a respectiva família para a França, passar o Carnaval em Nice, coisa rara naqueles tempos. Falava francês e fumava! Por tudo isso ele a achava moderna e a adorava. Certa feita, em Pietrasanta, passando em frente a uma loja de frios, comprou-lhe cem gramas de presunto toscano, cru, dizendo-lhe: – Você que pode, coma e aproveite Renata. É tão bonito! Já sou velho e não posso, a religião do meu pai não permite[2]. Ele ainda rezava por hábito e superstição, mas já não dava a mínima para a religião: "A lei de Moisés, quem a toma pela cabeça, quem a toma pelos pés". Gerações da família repetiram e repetem isso, até que chegaram os que já não tomam a lei nem pela cabeça, nem pelos pés. Mas, não obstante todo o carinho de Federigo pela neta, ou talvez até por causa dele, quando a via andar, exclamava: – Renata ande direito, não manque!. Como se dependesse da vontade dela!

Federigo também adorava o teatro, as artistas e as personalidades. Quando artista e personalidade fossem uma só, então exultava. Quando ia ao teatro em Lucca ou em Livorno, freqüentemente convidava uma ou todos, conforme o caso, para um almoço ou uma ceia em Pietrasanta, também conforme o caso. E isso ia do teatro erudito ao de revista. Assim, foi anfitrião tanto de inteiras troupes circenses quanto de Eleonora Duse, Gabriele D'Annunzio, Pitigrilli, Thomas Mann e sua filha Anna Mann Borghese e, para a glória suprema de toda a família, de Haim Weitzman, líder sionista da Inglaterra que se tornaria o primeiro presidente de Israel. Em 1930, Renata fora aperfeiçoar seu alemão num curso para estrangeiros que já haviam estudado as bases da língua em Nuremberg. Quando voltou, falando alemão erudito com os hóspedes de Federigo, e eles comentavam admirados, ele babava.

Federigo sempre foi muito mulherengo. Era mulherengo, como forma de afirmação da sua vontade e do seu poder. Não tinha a ousadia para cortejar alguma amiga de família ou parente remota, pois essas, para ele, não eram putas. Já todas as moças e mulheres socialmente inferiores, essas sim ele assediava, pois

2 História análoga é contada por Arthur Koestler, ambientada em Budapeste, no primeiro volume das suas memórias. Mas como Renata contou-me esta história antes que eu lesse Koestler, só posso concluir que *tutto il mondo é paese* (o mundo todo é uma aldeia).

não constituíam um risco. Na loja adorava colocar os tecidos, especialmente os finos, sobre os seios das clientes para em seguida passar a mão e apalpá-las dizendo: – Como a Senhora é graciosa. Veja como esse tecido lhe cai bem. Engraçara-se por muitas das vendedoras da loja e, sendo macho e patrão, sempre obtinha o que queria. Na loja, tinha até uma amante oficial, a Ermira, notória até para os contra-parentes de Florença e de Turim. Com freqüência e, solenemente, viajava para Viareggio, Lucca e Livorno para visitar os bordéis locais. Não escondia de ninguém. Quando envelheceu, lá pelos setenta anos, já não tinha mais coragem para ir sozinho aos bordéis. Pedia aos filhos mais velhos que o acompanhassem.

Ainda assim, e até por causa disso, Federigo foi sempre considerado um *Galantuomo, un Cavalliere, un Signore*. Um cavalheiro, um grande senhor.

Capítulo 3

Augusto Ventura

(1888-1963)

Filho mais velho de Federigo e Elena Ventura, foi criado para herdar a loja e ser o sucessor do pai nos negócios; muito talentoso, tão mulherengo quanto o pai, não deu em nada, ou muito pouco. Assim como os demais irmãos, estudou como interno até acabar o Liceu, em Florença. Em seguida, lá mesmo, cursou a academia de Belas Artes. Desde os seis ou sete anos de idade já começou a desenhar, a pintar e a moldar. Desenhava no chão, nos muros dos quintais ou em qualquer pedaço de papel que lhe caísse nas mãos, por menos apropriado que parecesse. Aos nove anos de idade, divertia-se retratando o pai, a mãe e as demais figuras que o rodeavam. Moldava a argila cinzenta que Ersília lhe conseguia. Retratava paisagens, os portões multisseculares das muralhas que até o presente ainda cingem, parcialmente, Pietrasanta, as igrejas, as fachadas e os interiores da catedral.

Divertia-se especialmente desenhando caricaturas de padres, freiras, professoras chatas e de outras pessoas das quais não gostava. Não que tivesse muitas razões para desgostar dos padres e das freiras que até lhe davam uma atenção especial por ser membro da única família de judeus do local. Às vezes até lhe davam balas. Mas, não obstante a *Rerum Novarum* – a encíclica de Leão 13 que tentaria modernizar a face do catolicismo – já ter completado mais de uma década e ter afetado profundamente a atitude do clero italiano para com os judeus, a desconfiança ainda era muito forte.

Por mais que quase todas as igrejas, conventos, orfanatos e hospitais da região já se abastecessem de tecidos na loja de Federigo, os antigos temores e o medo de tantos séculos persistiam. Em casa, todos os Ventura ainda temiam o peso e a força da Igreja e alertavam as crianças reiteradamente para se manterem distantes. Aliás, havia boas razões para tanto. A memória da eterna discriminação, assassinatos em massa, impostos, multas, raptos, resgates, saques, restrições e expulsões de toda ordem às quais os judeus, no passado, foram periodicamente submetidos. O confinamento nos guetos (desde 1555), a obrigação de usar trajes distintivos e, freqüentemente, a famigerada estrela amarela. As inúmeras proibições, de possuir imóveis, de lavrar a terra e tantas mais que batiam na telha de algum bispo, cardeal ou papa. Na Itália, mesmo que não ocorressem muitas matanças, pelo menos sistemáticas, sempre houve muito sofrimento, como de resto, em toda a Europa.

Acima de tudo ainda estavam muito presentes na memória coletiva os raptos e seqüestros de crianças judias para efeito de conversão forçada. Esses seqüestros são até datados. Foram comuns e correntes entre 1530 e 1870. Fazia pouco mais de cinqüenta anos que esses seqüestros deixaram de acontecer e, um dos últimos, o seqüestro de Edgardo Mortara não só abalara todos os judeus da Itália, como provocou uma profunda comoção internacional, repercutindo até na América do Norte.

Até a Reforma Protestante e a sucessiva Contra-Reforma, as relações entre a Igreja, o papado e os judeus do Ocidente sempre foram predominantemente tranqüilas. Se nos dez primeiros séculos do atual calendário civil houve perseguições aos judeus numa Europa predominantemente Cristã, esses conflitos caracterizaram-se mais como uma competição entre religiões emergentes do que uma forma institucionalizada de anti-semitismo. Até os abalos que a Igreja sofreria com a Reforma, o papado sempre manteve uma atitude benevolente, embora ambígua, para com os judeus. A Igreja jamais negou suas próprias raízes no judaísmo, nem o caráter de "eleito", do povo judeu, não só por ter recebido a revelação do *Pentateuco*, mas também por ter gerado o próprio Cristo[1].

Isso não significa que não houvesse perseguições, principalmente a partir de 1096, quando se inicia a era das Cruzadas e com ela, a era das perseguições em grande escala. Mas ainda se tratava dos conflitos normais entre *diferentes* ou entre *maiorias* e *minorias*, e não do anti-semitismo institucionalizado que viria a surgir a partir dos séculos 14 e 15, na Península Ibérica e, século 16, na Europa toda.

Um fato muito significativo da atitude do papado nesse período ocorreu logo no início do século 16. É que representantes dos judeus de Roma, temerosos da concorrência que lhes poderia fazer um grande número de judeus advindos da Península Ibérica, dirigiram-se ao Papa Alexandre 6º oferecendo-lhe uma doação de mil ducados de ouro para que impedisse a entrada dos possíveis imigrantes nos Estados Pontifícios. O Papa, que não era bobo nem nada e conhecia as virtudes da concorrência, ainda por cima irritado com tamanha falta de solidariedade, multou os judeus de Roma em dois mil ducados e escancarou as portas da Itália aos fugitivos da Inquisição Ibérica[2]. É que desde o renascimento do comércio e das cidades a partir do século 11, os papas e os reis passaram a necessitar cada vez mais dos judeus, em virtude da função econômica de banqueiros que somente eles, além dos lombardos e outros poucos, podiam desempenhar, posto que as leis canônicas proibiam os cristãos de exercê-la.

A Reforma Protestante iria abalar esse convívio relativamente tranqüilo. Por volta de 1530, no bojo da Contra-Reforma, Ignácio de Loiola fundaria, em Roma, a *Casa dos Catecúmenos*, local para onde todos aqueles "dispostos" à conversão deveriam

1 L. Poliakov, *De Cristo aos Judeus da Corte*.
2 Apud A. Milano, *Storia degli Ebrei in Itáli*, p. 237. Veja também L. Poliakov, *De Maomé aos Marranos*, p. 261.

se internar para serem iniciados na doutrina do catolicismo. É nessa época também que foi introduzida a *predica coacta,* um sermão sobre as virtudes do cristianismo e as belezas da conversão, ao qual todos os judeus de Roma e de outras cidades, eram obrigados a assistir semanalmente. De fato, a ruptura protestante transformara a Igreja, de um colosso tranqüilo e sem rivais, numa instituição que agora precisava lutar e conquistar para manter a supremacia. É assim que se inicia o esforço proselitista dos jesuítas, a catequese e a disputa pelas almas por meio de batismos e conversões forçadas. À fundação da *Casa dos Catecúmenos* em Roma seguiram-se outras em quase todas as cidades dos Estados Pontifícios e assim iniciou-se a era das conversões, estimuladas ou forçadas.

Ainda em 1858, no eco do canto do cisne do poder temporal da Igreja na Itália, o menino Mortara, de seis anos de idade, fora seqüestrado por ordem do Santo Ofício e abrigado na *Casa dos Catecúmenos* de Roma, sob pretexto de que havia sido batizado por uma jovem empregada. A Igreja já não recomendava tais batismos, mas, uma vez batizado, o menino não poderia ser educado por pais judeus. Isso ocorreu bem na época da unificação da Itália, quando Bolonha e toda a região da qual é capital, se libertou dos Estados Papais para juntar-se ao Reino da Itália, de Carlo Alberto de Savoia, e de Vittorio Emanuele 2º grandes defensores dos judeus. Em tais circunstâncias os pais de Edgardo tiveram condições de apelar para o auxílio das comunidades judias da Itália e da Europa, causando uma ampla comoção, quase tão grande como aquela que iria ocorrer décadas mais tarde com o *Affaire Dreyfus*.

Com efeito, além dos políticos liberais italianos, envolveram-se apaixonadamente no caso Napoleão 3º, os Rothschild, Sir Moses Montefiore e o próprio parlamento britânico (consta que até a Rainha Vitória, embora privadamente, atuou no caso). O presidente dos Estados Unidos somente não se manifestou publicamente contra o papado, porque afinal seu país, ainda escravocrata, em vésperas da Guerra da Secessão, era useiro e vezeiro nessa prática de separar filhos dos pais pela violência. Alguns autores atribuem a perda dos Estados Pontifícios pela Igreja ao caso Mortara (o que é um exagero, não só porque o processo já vinha desde a Renascença, mas também porque Garibaldi, com toda a fanfarronice que lhe é atribuída, e Camillo Cavour, primeiro ministro do rei Vittorio Emanuele 2º não brincavam em serviço). De qualquer forma, não há dúvida de que as seqüelas do seqüestro de Edgardo Mortara e a posterior prisão e julgamento dos seus autores pelo novo Estado italiano provocaram um verdadeiro terremoto sob os alicerces do Vaticano.

Assim como aconteceu em toda a Europa Ocidental, os judeus italianos vinham se assimilando muito rapidamente à cultura de seu país desde quando Napoleão proclamara a primeira emancipação. Ainda assim, embora o judaísmo dos Ventura já fosse bastante diluído, a consciência de ser judeu e dos riscos que isso implicava ainda era muito forte. Aliás, por ironia da história, quatro décadas mais tarde ficaria terrível e eloqüentemente demonstrado o quanto esses temores eram fundamentados.

Era, portanto, compreensível que Augusto gostasse de carregar nos traços, quando retratava padres e freiras, além das professoras da escola pública. "As freiras andam sempre aos pares", dizia-se na sua casa, "porque enquanto uma só sabe ler, a outra sabe só escrever". Quanto à escultura e à modelagem, aos doze anos Augusto já era um mestre. Pietrasanta ainda possuía um bom número de *ateliers* de escultura, na época mais ocupados com a confecção de túmulos e mausoléus de mármore da região, além de uns poucos bustos de caquéticos patriarcas de família do *ancièn regime* ou da nova burguesia. Assim, não só podia observar as técnicas básicas, como obter o tanto de argila e de gesso necessários para ensaiar moldagens e cópias. Uma de

Piazza del Duono de Pietrasanta, alma mater *dos Ventura, a partir da 2ª geração, em um quadro pintado por volta de 1840.*

suas moldagens, um busto da mãe que executou lá pelos catorze ou quinze anos, impressionou tanto Federigo que, orgulhoso, mandou fundi-lo em bronze. Com isso acabava de coroar-se uma daquelas expectativas que tão freqüentemente se fazem nas famílias com relação a algum dos seus filhos e que uma vez feitas, todos se empenham em fazer cumprir.

Por causa desse talento para desenho e moldagem, o pai de Augusto Ventura permitiu que ele, após concluir o liceu, continuasse em Florença para cursar a Academia de Belas Artes.

Figura intrigante esse Augusto. Era muito talentoso como pintor e como escultor. Vi várias de suas obras e acabei herdando duas delas, indiretamente. Uma marina (tempera sobre madeira) muito simpática, tranqüila, como se espera desse gênero de pintura, que, com pinceladas do gosto dos impressionistas, retrata a antiga barraca de madeira que Federigo mandara construir na praia, e um auto-retrato, que deve ter sido pintado no final dos anos quarenta. Muito interessante esse auto-retrato, que não chega a ser acadêmico, é visivelmente influenciado por traços expressionistas e outros impressionistas. Esse quadro sempre me sugere que se Augusto tivesse tido um pouco de arrojo, se não tivesse sido tão provinciano e se tivesse tido a garra para se profissionalizar como pintor e escultor, talvez pudesse ter tido sucesso. Mas ele sequer tentou profissionalizar-se.

É verdade que estudara em Florença e isso logo nos faz pensar em Renascença e artes plásticas, a melhor plataforma possível para quem queria se lançar no mundo da pintura e da escultura. Não é para lá que iam todos os estudantes das academias da Europa, senão do mundo todo, copiar e copiar as obras dos grandes mestres? Talvez, por isso mesmo, pelo peso castrador do mundo acadêmico, Florença não foi capaz de proporcionar a Augusto as condições para que cortasse o cordão umbilical que o prendia à grande loja de Federigo na Via di Mezzo. Aliás, o que era Florença na segunda metade do século 19? Apesar de ter sido capital da Itália durante um breve período de 1865 a 1870, quando os Savoia já haviam deixado Turim em direção a Roma e aos Estados Papais, e de ter sido beneficiada com isso – , continuava uma cidade extremamente provinciana. Numa época em que todas as capitais européias passavam por profundas reformas, os Savoia não podiam se permitir uma capital fedida e encortiçada em cuja vida cotidiana nada restara do esplendor renascentista (que por sua vez, entre palácios e igrejas, também fora fedido e encortiçado). Florença não era Paris, Viena, Berlim ou Praga, os umbigos e os cérebros do mundo de então. Abriam-se avenidas, investia-se e trabalhava-se febrilmente nas obras públicas, mas a cidade permanecia dormente. Nem os turistas ingleses, alemães e do resto do norte da Europa, que começavam a chegar em números algo significativos, conseguiam sacudi-la.

Com sua formação e mentalidade, Augusto dificilmente poderia ter notado a sensualidade do *David* de Michelangelo, nem a analogia entre a pintura de Botticelli e aquela que Modigliani pintaria poucos anos depois. Aliás, Ventura e Modigliani foram contemporâneos em Florença. Oriundos de uma mesma região, ambos judeus, e parentes remotos, talvez até chegaram a se conhecer. Mas qualquer proximidade que possa ter existido, pára por aí. Enquanto Modigliani aprofundar-se-ia em Siena e Veneza para depois chegar a Paris, Augusto copiava e copiava, para logo voltar a Pietrasanta, a duas horas de trem, para tomar o *brodo di cappone* (caldo de galo castrado) que Ersília Barocas lhe preparava com um amor terrivelmente asfixiante. Jamais tentou profissionalizar-se como pintor ou escultor, contentando-se em sobreviver da loja do pai, assediar as jovens provincianas e limitar-se a ser bom pintor somente nas horas vagas. Que eram muitas.

Não fiz essa comparação, Ventura-Modigliani, à toa, por mais estapafúrdia que pareça. Foi porque assim que adulto adquiri familiaridade com a obra de Augusto e com o inegável talento que ela manifesta, despretensiosa, mas de muito bom gosto. Sempre me intrigou como e porque esse homem foi castrado, não dando em nada. Algo aconteceu para que faltasse à família aquela motivação para o sucesso tão freqüente entre os judeus recém-assimilados.

A casa de Augusto, em Fiumetto, localizada entre Pietrasanta e Forte dei Marmi, estava situada num enorme jardim, uma chácara cheia de árvores de toda espécie, pinhos mediterrâneos que produziam saborosos e perfumados pequenos pinhões (*pinoli*), pêssegos do tamanho da cabeça de um recém-nascido, ameixas, cerejas e até maracujá, raro na Itália, onde é chamado de *Frutto della Passione*, por causa da cruz que suas lindas flores ostentam. Seu carro era muito maior do que o de todos os demais, inclusive do que o minúsculo Fiat-Topolino de Giulio e de Renata (que eram tidos como ricos).

A casa em que morava fora projetada pelo irmão Raoul, assim que este se formara em engenharia; um modo do pai beneficiar o filho preferido dando uma oportunidade ao outro filho, engenheiro recém-formado. Lembro-me dele e da mulher Allegra Giuseppina, chamada por todos de Zia Beppina. A casa ainda existe e nela moram, hoje, Franca Sraffa, seu marido Mário Venturelli e as filhas. Franca é neta de Federigo Ventura e da respectiva cunhada, Ersília Barocas. Franca tem sido uma das melhores fontes vivas dessas minhas histórias, isenta e objetiva, sem jamais tentar suprir com a imaginação o que não sabia ou tinha esquecido. Além disso, muito ao contrário de quase todos os demais parentes, Franca jamais se deixou levar pelo folclore nem pela mística da antiga família patriarcal.

Augusto e Beppina se conheceram em 1913, durante o casamento de Diana Ventura e Icílio Terracina. Ela era prima de Icílio, morava em Ancona, e seu sobrenome de solteira era Trevi. Ao contrário do que acontecia naqueles tempos quando casamentos arranjados, ou quase, aconteciam depressa, levaram quase seis anos para se casarem. É que Augusto padecia de uma severa gonorréia que levaria um tempão para curar. Aliás, o tempo demonstraria que a doença o deixara estéril. Quando a incapacidade de procriar se tornou manifesta e foi confirmada pelo médico, ao longo do primeiro ano do casamento, Giuseppina deve ter-se resignado, sem criar problemas. Durante o longo noivado ela havia intuído que alguma coisa estava errada. Quando Augusto lhe mentiu dizendo que, segundo o médico, fora o sarampo da infância a deixá-lo assim, ela acreditou ou fez de conta. Com o passar dos anos, sua afetividade seria transferida para os sobrinhos, pelos quais sempre foi muito querida. Renata, por exemplo, foi praticamente educada por ela, especialmente nos anos mais difíceis de sua infância, quando permaneceu por anos engessada sobre uma mesa de bilhar. Até hoje, quando alguém se lembra que seu primeiro nome era Allegra, todos dão risada, pois a vida com Augusto lhe foi notoriamente triste. Mesmo depois de casado, Augusto continuou a ser um inveterado mulherengo. Teria tido várias amantes e, conta-se, teria esbanjado uma fortuna com elas, distribuindo inclusive muitas casas. Provavelmente há algum exagero nisso, alimentado pelos irmãos, que tinham ciúmes dos favores que Augusto, na qualidade de primogênito, recebia do pai. Tudo isso são inferências a partir de conversas que tenho tido com os filhos de um e de outro.

O único momento de ousadia na vida de Augusto foi seu amor por Mariella. Embora não faltasse ternura e respeito nas suas relações com a mulher Giuseppina, o sexo nunca chegou a ser épico na vida do casal. No primeiro ano de casamento era convenção. Augusto ainda procurava Beppina e esta, mais resignada do que empolgada, concedia-lhe seus favores, sem regatear. Mas com o tempo, mormente quando a esterilidade de Augusto se tornou sabida, conhecida e evidente, Giuseppina murchou de vez. A perda de interesse tornou-se recíproca e as escapadas de Augusto, que nunca foram interrompidas, tornaram-se mais freqüentes. Giusepinna não as ignorava e as tolerava até com certa cumplicidade, afinal, sempre soubera, os homens são assim.

Mariella foi uma história diferente. Ela era de uma família humilde de Capezano, situada entre Forte dei Marmi e Viareggio, só que mais para o interior, quase ao pé dos montes. Seu pai, Fecondo Castagnoli, cinqüentão, possuía um carrinho de mão que, repleto de bebidas e guloseimas locais, era diariamente empurrado para a praça central ajardinada de Forte, onde estacionava e vendia. No verão, além de refrescos gelados de anis e de amêndoa, o carrinho estava repleto de *cialdoni* (bijús), *brigidini* (biscoitos crocantes de erva doce), marzipans, balas de menta e pauzinhos de alcaçuz, que as crianças mascavam. Também não faltavam os tremoços, para quem não podia dispor de mais de dois centavos. Já no inverno trazia *nocino,* um delicioso licor de nozes, especialidade da região; um ponche à base de aguardente e geléia de laranjas amargas; *ciácci,* uma espécie de panqueca de farinha de castanhas recheada com ricota; também trazia torrões de avelã e de amêndoas. Tudo, segundo os produtos e as conveniências das diversas estações do ano. Só os tremoços, esses não faltavam nunca. A maioria dos quitutes era preparada por sua mulher Jacinta. Em julho e agosto, quando a demanda se multiplicava em virtude da presença dos veranistas, Fecondo era obrigado a voltar duas ou três vezes para casa, para repor o estoque de mercadorias. Durante sua ausência, era Mariella quem tomava conta do carrinho.

Os banhos de mar estavam se impondo cada vez mais entre os hábitos da burguesia européia, sendo que o número de veranistas aumentava a cada ano em Forte dei Marmi e as vendas de quitutes cresciam com a região. Desde 1905, Forte dei Marmi já recebera iluminação elétrica e a inauguração da *Pensione Idone* (Pensão Idone, que se tornaria famosa em toda a

Europa); por volta de 1906 daria um forte impulso à atividade veranista. Naqueles tempos, algum médico alemão, não sei se descobrira, ou inventara, que os banhos de mar robusteciam os organismos de crianças e adultos, não só por causa da ação solar, mas também devido ao iodo, presente na água salgada. E assim, os banhos de mar passaram a ser considerados uma cura, atraindo hordas de turineses pálidos, de florentinos alegres e praguejadores e de alemães sérios, mas sempre resfriados para Forte dei Marmi e demais balneários da região. A pensão Idone tornou-se o principal centro de atração. Entre 1905 e 1917 hospedou toda a nobreza italiana, inclusive os príncipes Carrega, de Parma; os Sforza, de Milão; os Torlonia; os Colonna e os Pacelli de Roma, e muitos outros. Em 1912, o "Kronprinz", príncipe herdeiro da Alemanha e sua princesa também se hospedaram lá. Finalmente, em 1917, aconteceu o coroamento, ou melhor, a consagração do ninguém mais ninguém menos Cardeal Eugênio Pacelli, então núncio apostólico em Viena, futuro Papa Pio 12.

A proprietária-gerente da pensão lhe reservara o melhor quarto, de número dezesseis, que mais tarde viria a ser chamado "o quarto do Papa". No jantar oferecido ao tão nobre hóspede, seu lugar à mesa fora decorado com flores vermelhas, brancas e verdes, reproduzindo a bandeira tricolor dos Savoia. O cardeal, fazendo de conta que não percebera a gafe ignorante e ingênua daquela gente simplória, fez-se de distraído, desmanchou a bandeira com as mãos, antes de acomodar-se. Afinal, por mais que, enquanto persistências do Antigo Regime, se entendessem nos bastidores, não ficava bem a um representante da Cátedra de São Pedro honrar justamente a bandeira daqueles Savoia, que haviam tomado os Estados papais da Sacra Igreja e enclausurado o Papa no Vaticano.

No pós-guerra, assim que Mussolini garantiu à nova burguesia industrial que ninguém lhe tomaria o mingau, os Agnélli da Fiat, os Pirelli, deles mesmos e os Tovaglieri, das máquinas operatrizes e tantos outros de tantas outras máquinas, começaram a construir seus palácios de verão, transformando Forte dei Marmi num entojo tedioso de entre-guerras.

Foi essa a época na qual Fecondo, seu carrinho carregado de delicadezas e, a ainda mais delicada delas, Mariella, começaram a adoçar e refrescar a praça central de Forte. Alertado de que até o rei, incógnito, podia aparecer por lá, Fecondo não deixou por menos e passou a dirigir-se a todos os fregueses com um respeitoso Vossa Majestade. Isso continuou até que o padre, a quem ele assim se dirigira, enquanto continuava a bater a ricota, irritado exclamou: – *Cretino, imbecille!! Io sô Frá Gerolamo* (Imbecil, eu sou Frade Girolamo) que batizou teus filhos! A única majestade nessas paragens é a Madona, no altar-mor da catedral de Pietrasanta!

Isso confundiu tanto a cabeça do ambulante que da ocasião em diante ficou sem saber se dizia Madonna ou Majestade. Mas não que Fecondo fosse dos mais rudes e primitivos, ele até tocara na banda musical que seu pai, Cesare Castagnoli, havia formado assim que voltara do serviço militar.

Esse Castagnoli, pai de Fecondo, fora uma figura curiosa: aprendera música no exército, onde chegara ao posto de sargento trombeteiro. Apaixonado pela música, tentou fazer da família uma verdadeira orquestra de câmara. Seu filho mais velho, Raul, aprendeu violino; a filha Alba tocava viola; Aurora era pianista e, Gigi, violoncelista. Somente Fecondo não tocava nenhum instrumento, nem concluiu o primário em Pietrasanta; só conseguia escrever o nome e ler as manchetes dos jornais, tornou-se um subproletário do setor de serviços. Ainda assim, membro de uma família cuja execução de Giuseppe Verdi fora elogiada até por Paganini, ele possuía alguma informação. Mas como os irmãos balançavam entre o socialismo e o anarquismo, e assim como o pai, eram republicanos e anticlericais convictos, Fecondo não se sentia nem um pouco à vontade, nem com majestades e muito menos com madonas.

Durante as idas e vindas de Fecondo para a casa, em Capezano, era a filha quem tomava conta do carrinho. Seu nome era simplesmente Maria, sendo Mariella um diminutivo decorrente da sua constituição miúda e delicada e do seu olhar tímido, tenuemente estrábico. Um estrabismo desses que só conferem mais charme à figura. Era também a filha preferida de Fecondo, deixando-a completar o curso primário para em seguida fazê-la substituir o irmão, Tommaso, nos cuidados dos seus petiscos. A presença dos seus olhos castanhos contribuía para aumentar as vendas. Augusto já a notara mesmo antes do casamento com Beppina, em 1918. Esporadicamente, comprava dela ou do pai algo para saciar a sede ou para mordiscar, simpatizara, mas sem maiores fantasias. Mas um dia foi diferente. Já era meados de setembro, quando os veranistas escasseavam e a clientela começava a reduzir-se aos habitantes do local. Ainda assim o calor continuava forte e o xarope de anis estava por acabar. Fecondo foi de bicicleta para Capezano e Mariella assumiu o comando. Augusto, com sede, aproximou-se:

– Por favor, me dê um anis.

– Porque não toma o de amêndoas? O pai já acrescentou mais gelo no anis, e deve estar insonso.

– O de amêndoas é pesado, faz mal ao fígado. Me dê o anis assim mesmo.

Enquanto sorvia o refresco de anis gelado, que, aliás, estava ótimo, o olhar de Augusto foi surpreendido para a graça que emanara daquela face. Sentada no banquinho e olhando timidamente para baixo, como sempre fazia, Augusto não conseguia mais vê-la.

– Como você se chama? Olhe para mim!

– Meu nome é Maria, mas me dizem Mariella.

– Um belo nome para belos olhos, disse Augusto estendendo-lhe uma lira, suficiente para uns vinte copos, sem aguardar o troco.

– Senhor, o seu troco!

– Não precisa, mas não dê a seu pai, compre alguma coisa para você mesma.

Obediente, colocou a lira na caixinha, retirou dela 95 centavos e guardou-os no próprio bolso. Mas não entendeu nada. Na semana seguinte, viu Augusto dobrando a esquina da Via Mazzini, sem deixar de perceber que ele olhara atentamente para ela. Já era outubro quando ele voltou a aparecer, num final de manhã.

– Estou com uma ponta de fome. Teu pai ainda não está fazendo *ciácci*?

– Eee, Senhor, ainda é cedo e os montanheses ainda não desceram suas cargas de farinha de castanhas, mais uns quinze dias, talvez.

– E minha fominha? O que você tem aí que não seja doce?

– O início do outono é um tempo ingrato! Por que não vai até a pizzaria da esquina comer uma fogaça? É um bom antepasto.

– Fogaça, senhorita, não tem olhos, castanhos e profundos. Prefiro ir almoçar em casa, disse meio brincando enquanto se dirigia para a charrete.

O ano era 1919 e Augusto já tinha trinta e um anos de idade. Mariella tinha dezesseis. Lá pelos primeiros dias de novembro, Augusto reapareceu:

– Como é? A farinha já chegou? Já estão fazendo ciácci?

– Não, Vossa Madonna, digo, Majestade. O outono anda muito úmido, e a secagem das castanhas demorou mais! Ainda não deu para eles moerem. Outro dia encontrei a Carmela em Pietrasanta e ela só prometeu pro comecinho de dezembro..., respondeu o Fecondo.

– Não faz mal, me dê um pacote de brigidini! falou, estendendo uma lira pra Mariella.

Enquanto se afastava na direção do café, Fecondo o lembrou: – Senhor, seu troco! – Deixe prá Mariella, ela já me conhece. Dessa vez foi Fecondo quem não entendeu.

– Que história é essa, filha?

– Sei tanto quanto você, pai. Ele já fez isso uma vez, quando tomou um copo de anis! Disse que o troco era para mim e eu estou juntando pra ver se nesse inverno conseguirei ter meias de lã. Sempre há algum turista que dispensa o troco de 10 centavos, mas de uma lira só esse aí! Perguntei para a Senhora Assuntina, do peixeiro, e ela disse que acha que ele é o filho mais velho do Ventura, de Pietrasanta. De vez em quando ele vem pro Forte fora de época pra cuidar da casa deles lá na Via Mazzini.

Numa segunda-feira de dezembro, Mariella, acompanhada pela mãe, apareceu na loja de Federigo. Ele atendia um cliente que parecia importante e Augusto estava no caixa. Fez de conta que não a viu. Mas só fez de conta, pois, sendo a primeira vez que a via em pé, de perto e de corpo inteiro, não deixou de notar que sua graça não residia apenas nos olhos e nas faces. Era toda graciosa, no físico, na postura e nos movimentos suaves. Era uma elegância inata, pois da educação não haveria de ser. Sua boca secou, suas faces coraram.

Mariella e a mãe foram diretas ao balcão, onde Sílvio atendeu-as: – Ah, um carretel de linha, seis botões médios e três novelos de lã cinza escuro. Ao passar pelo caixa em busca das mercadorias, Augusto, que não perdera uma palavra, sussurrou-lhe: – Dê-lhe um par de meias inglesas, diga que são pontas de estoque do ano passado e cobre o preço dos novelos! Sílvio conhecia os modos do sobrinho-patrão e, como sempre, obedeceu. Assim que o balconista voltou com as mercadorias e a história mal contada, Mariella olhou para a caixa e notou que Augusto a observava ansioso. "Essa não! A desistência de um troco, vá lá, mas essa de presentes caídos do céu, definitivamente não. Se ele quiser me dar um presente eu até seria capaz de aceitar, mas não assim, como quem não fez nem viu. Quem é que ele pensa que eu sou", pensou ela com os botões que havia acabado de comprar. E, para surpresa da mãe, que não entendia nada, disse ao balconista: – Desculpe, o senhor não me entendeu, não pedi meias, mas lã para tricotar as meias. Gosto tanto de tricotar e vocês querem me tirar esse prazer? Seu tom de voz não deixava margem a dúvidas. Sílvio embrulhou o pedido e escreveu a nota da compra. Ela foi até a caixa, entregou o dinheiro a Augusto e, olhos nos olhos, falou baixo, mas firme: – Não gosto de recados dúbios. Se quiser falar comigo, sabe onde me encontrar.

Ao saírem da loja, a mãe, esperta filha de camponeses, lhe sussurrou: – Mas aquele era o senhor Augusto, marido da senhora Giuseppina, o que é que ele quer com você? Ao ouvir a palavra "marido", Mariella estremeceu. Não que cultivasse qualquer ilusão, mas a seqüência dos episódios com Augusto começara a adquirir alguma clareza e dois minutos antes, apesar de sinceramente irritada, ela não deixara de sentir-se lisonjeada. Ademais, o cavalheiro que lhe dirigira tantas atenções era jovem, distinto e bem apessoado. Até então, ela apenas o considerara estranho e desajeitado.

Quanto a Augusto, antes de mais nada, teve uma enorme surpresa. Jamais lhe acontecera algo parecido, tanto mais que não cometera, a seu ver, nenhuma indelicadeza. Ao mesmo tempo, percebeu, pela primeira vez, que aquela moça lhe inspirava sentimentos e emoções que nunca lhe haviam ocorrido. "Sei onde encontrá-la ? Então irei!".

Ele sabia que só a encontraria novamente na praça, no sábado seguinte. Era quase inverno, e durante a semana o movimento já não compensava. Nessa época do ano, já não sobrava nenhum veranista e a população local preferia ir até a *frigitoria,* uma espécie de lanchonete, onde mesmo em pé, os clientes se aqueciam e se deliciavam com *ciácci* e *castagnaccio,* uma espécie de torta de farinha de castanhas, temperada com nozes, uvas passas *pinoli* e alecrim. Além disso, podiam escolher entre uma ampla variedade de frituras doces e salgadas, como mussarela, bacalhau, polenta, *cecina*, feita ao forno com farinha de grão de bico, fatias de maçã, sonhos, bolinhos de arroz doce e outras delícias, tudo regado a vinho tinto ou Tokay Veneto (branco, frisante), *nocino* ou aguardente de uvas, conforme o caso. E enquanto comiam, discutiam política ou os novos carros a motor, que nem eram mais tão raros.

Sábado, lá pelo meio dia, sabendo que Fecundo ia esquentar a sua marmita – e a si próprio – na casa da irmã, Augusto estacionou sua charrete perto do carrinho cuidado por Mariella. Pensou em pedir novamente *ciácci*, certo de que os encontraria, mas achou mais sábio ir direto ao assunto:

– Bom dia, Mariella. Você pediu e eu vim!

– Não pedi! Disse apenas que sabia onde me encontrar, o senhor veio porque quis! Augusto sorriu, encantado com a determinação da jovem.

– É verdade Mariella. Vim te dizer que quero muito te conhecer. Posso te convidar para tomar um Capuccino ou um chocolate quente?

– Pode! Depois das quatro, quando o pai levar o carro embora.

– Estarei aqui sem falta, disse começando a se afastar, quando voltou:

– Por favor, me dê um ciáccio recheado.

– Só se tiver vinte e cinco centavos trocados, ou receber o troco da lira!, disse, escondendo um sorriso triunfal.

– Ora, não me amole!, respondeu Augusto enquanto mecanicamente procurava os centavos contados.

Augusto nem voltou a Pietrasanta. Ele havia saído de lá com a desculpa de que iria cobrar um credor em Camaiore e aproveitou para ir a Viareggio para almoçar um *Cacciucco*, a célebre peixada de lá, uma espécie de caldeirada com uma variedade de frutos do mar, além, obviamente, dos peixes. Na volta, fez o que tinha de fazer em Camaiore, e regressou a Forte em tempo cruzar com Fecondo que empurrava seu carrinho para casa.

Ao chegar à praça, logo discerniu a bonita silhueta de Mariella, contra o sol que se punha no Mediterrâneo, no lusco-fusco do crepúsculo. Alcançou-a dizendo:

– Viu como vim?

– Eu não tinha dúvidas, senhor, o convite foi seu!

– Vamos, Mariella, deixe esse senhor prá lá, me chame de Augusto. Não estamos aqui para nos conhecermos melhor? Que tal o Café Gasperini? A esta hora, os brioches da tarde acabaram de ser desformados, ainda estarão quentes.

– Até que gostaria de ir lá, deve ser tão bonito, vi pela vitrine. Mas preferia ir conversar num lugar mais discreto. Não gostaria de ser vista por aí. Por que não damos uma chegada até Viareggio, num lugar que não costuma freqüentar?

Foram. Àquela hora, o Café estava vazio. Só teria clientes lá pelas sete horas, após o fechamento das lojas, quando proprietários e gerentes passariam por lá pra tomar um Amaro quina quente, um Vermouth ou um Cognac. Até lá, poderiam permanecer tranqüilos, conversando baixinho.

– O que você quer tomar Mariella? Moço, traga-nos o cardápio!

– Não precisa pedir o cardápio Sr. Augusto, eu nem conheço as coisas pelo nome. Nunca estive aqui nem em outro lugar tão bonito, antes. Escolha o senhor o que achar bom.

O garçom chegara, Augusto pediu:

– Por favor, traga um chocolate quente e um cappuccino, ambos com creme chantilly. Traga também dois brioches e quando tivermos terminado, duas fatias de Apfelstrudel quentes.

Mariella, que não podia deixar de estar impressionada com aquele lugar tão cerimonioso, não perdeu o controle:

– Então Sr. Augusto, sobre o que queria falar-me?

– Já falei prá deixar prá lá essa história de Senhor. Antes de mais nada, vamos ficar amigos. Tenho muito a te dizer, mas antes quero te conhecer e te ouvir. Fale-me de você.

– Bom, você. Você já me conhece e sabe tudo sobre mim. Já faz cinco anos que conclui a (escola) elementar em Pietrasanta e desde então trabalho ajudando o pai. Somos gente pobre, mesmo se meu avô foi maestro da banda e meus tios dão aula de música. Eu também gosto de música, mas nunca tive como aprender algum instrumento...

Augusto sentiu que era sua vez de dizer alguma coisa, mas naquele átimo intuiu a loucura que estava fazendo. Mariella não era uma biscate qualquer, nem ele, mesmo que pudesse, queria reduzi-la a isso. Quanto mais a conhecia, mais se encantava e mais se sentia atraído por ela: – Mariella, eu só quis estar com você por que você me enche os olhos. E não somente os olhos, como o coração também! Eu só... Mariella precisou admitir intimamente que, além de lisonjeada, ela também estava se encantando por aquele moço, simpático, bonito e rico, no qual acabara de ver um homem cativante. Realmente, apesar de saber muito bem que estava se metendo em complicações, ela aceitara o convite para o que desse e o que viesse. Na realidade, a atração havia se tornado recíproca. Com dezesseis anos, não obstante toda a sua maturidade, tinha todo o direito de sonhar. Foi por isso que interrompeu Augusto: – Você só queria que nós sonhássemos um pouco! Sonhar também é bom, mesmo se acordar é triste! – Não, Mariella, não te convidei para sonhar. Convidei porque te quero. Ficaram em silêncio, até que Augusto pagou a conta e tomou-a pelo braço, para a saída. Na rua, deram alguns passos e, no primeiro local adequado, beijou-a, recebendo uma retribuição tão ardente quanto seu beijo. Já abraçados continuaram a caminhar.

– Não consegui, nem quis te evitar. Mas será que terei de ser como todas as outras? Será que daqui a dois meses você vai fazer de conta que nem me conhece?, Augusto não respondeu. Ela falara a própria verdade, mas não, não, dessa vez não seria assim. – Vou te levar para a tua casa. – Está bem. Mas não para Capezano, eu disse pra mãe que dormiria na casa da Yole, irmã dela, no Cinquale. Yole era a irmã mais moça de Jacinta, gostava da sobrinha e já se acostumara a protegê-la com algumas mentirinhas, se necessário. – Ah! A Yole do Cícero? Eu os conheço. Quando vou te ver de novo? Sabe, Mariella, eu sou pintor. Você posaria para mim? – Nua? Como você fez com a Mirina, e a cidade toda ficou sabendo? Mas nem que o Senhor Jesus descesse do céu para me ordenar! Augusto, encabulado: – Não Mariella! Aliás, você já devia ter percebido que é diferente! – Como, assim? – Porque eu sinto assim e você é sensível, já devia ter percebido! Realmente, ela havia percebido, mas também sentia que estava dando um salto no escuro. Queria um pouco de luz: – Não sei Augusto. Estou confusa. Venha me encontrar no próximo sábado!, e desceu da charrete na esquina anterior à rua onde viviam Yole e Cícero.

Muitos anos depois, em 1955, quando Renata voltaria para a Itália pela primeira vez desde o pré-guerra, encontrou-se comigo, que vinha de outro lugar, em Turim. De lá, após uma boa semana, fomos para Pietrasanta. Ela estava impossível, excitadíssima e emocionada, mostrando-me tudo como se fossem relíquias do Santo Graal. Visitamos a casa ancestral, fomos ao quarto onde costumava dormir e nos demoramos na sala de jantar, onde a enorme mesa permanecia: – Quando vínhamos, te sentávamos aqui, num cadeirão, ao lado da tua babá. – Qual, mãe, aquela alemoa, que papai garfava?, perguntei, só para tentar quebrar aquela atmosfera solene que ela havia criado e que me incomodava. – Acho que teu pai garfava todas, respondeu ela sem interromper suas fantasias nostálgicas e sem se dar por achada. Fez questão de me mostrar cada ambiente, com atenção particular para a cozinha da Zia Ersí.

Na rua, na Via di Mezzo, insistia em mostrar-me casa por casa, muitas por dentro, com a anuência feliz de antigos conhecidos: – E então, Renata, vocês estão bem no Brasil, não é? Mas ouvi dizer que no início vocês penaram. Imagine, com tanto café! – Gabi, olhe para aquela fachada, mas não o todo, concentre-se naquele querubim de mármore, na soleira da porta-janela da sacada do andar de cima. Dizem que foi esculpido por Michelangelo. Olhei, e não achei graça nenhuma. Teriam de passar-se vinte anos para que uma vez eu notasse a linda perfeição daquela escultura.

Dias depois, numa manhã ensolarada de abril, saímos novamente para passear. Como já ocorrera, a cada passo trombávamos com algum conhecido: – Gabi, esta é a senhora Wiener, viúva de um grande pintor, amigo do teu tio Augusto. – Mas Gabi! Como o senhor cresceu! É um cavalheiro, e pensar que me lembro perfeitamente dele levado pelas mãos da pajem alemã que vocês tinham! Assim que nos desvencilhamos da viúva Wiener, de quem, aliás, anos mais tarde, Renata ganharia um quadro lindo, ela apressou o passo e me disse: – Venha, quero mostrar-te uma coisa curiosa.

Entramos na praça maior da cidadezinha, onde estava a linda Sé e outros monumentos e, de lá, para a Via del Marzocco, onde estavam os fundos do sobradão de Federigo. Os andares superiores, ali, não chegavam até a rua. Antes, havia uma escada a céu aberto que conduzia até eles. Ao lado do portão de ferro trabalhado que impedia o acesso à escada, havia outras duas portas de madeira, simples, mas fortes, uma das quais, pela sua largura, fora a entrada para alguma garagem ou mais provavelmente, estábulo. Da rua, podia-se ver a parede desse estábulo, onde estranhamente havia um alto e comprido vitral fosco. Quando Renata buscou a chave na bolsa, lembrei-me de tê-la visto pedindo-a ao tio, que relutara e resmungara muito antes de ir buscá-la. Lembrei-me aí, de ter ouvido a sua última frase, mais sonora, porque já estava se afastando: – Só te dou e te deixo, porque a você não posso negar nada!

Renata deu-me a chave e mandou abrir. Abri com dificuldade a velha fechadura e com maior dificuldade ainda a porta pesada, emperrada: – É o atelier do nosso tio Augusto!, disse minha mãe. – Hum!, fiz eu, sem interesse, pois com a arrogância de meus vinte anos não podia imaginar que a pintura de um velho tio provinciano pudesse despertar o menor interesse. Grande engano. Ao entrar no estúdio bem iluminado, assim que consegui fixar os olhos nas telas, desenhos e aquarelas displicentemente espalhadas pelas paredes, percorrê-las uma a uma e voltar às já vistas para observar melhor, fiquei extremamente chocado. – Mas como ele é bom! Quanta coisa bonita! Renata, muito feliz, sorria e se comovia. Até que enfim seu filho havia gostado sinceramente de alguma coisa que era dela! Sim, era dela, porque tudo lá lhe pertencia, o tio, seus quadros, as ruas, os cafés, os expressos, os *cappuccini*, as alcachofras macias e sem pêlos, os pêssegos e a paisagem emoldurada pelos ciprestes que Giosué Carducci cantava, tudo, tudo era dela. Era a sua Itália, cuja falta lamentara por tantos anos. Até Giosué Carducci era dela e seu filho não gostava.

Amontoados num canto, uma estante com as prateleiras cheias de pilhas de aquarelas, desenhos, estudos e esboços. Vários cavaletes e bancos para a pose de modelos. Um, dois e três degraus. Enrolados em outro canto, maços e maços de desenhos. A única coisa que se distinguia, pela ordem e pela limpeza, era um pequeno móvel-vitrine, com muitas dezenas de pequenos frascos de tintas. Os pincéis também estavam limpos e bem arrumados. Foi a primeira vez que aprendi a apreciar e a respeitar a pintura de Augusto Ventura. Claramente não era acadêmico, nem impressionista e muito menos modernista, expressionista ou cubista. Mas em muitos dos seus óleos e dos seus pastéis há despretensiosas pinceladas e até cores de um ou do outro. Enfim, foi um pintor contemporâneo.

Enquanto eu permanecia ali, absorto e contemplativo, olhando e refletindo, Renata folhava as pilhas de desenhos. Percebi que estava procurando alguma coisa, quando me disse: – Gabi, vem cá! Olhe estes aqui. Fui olhar. Era uma grande série de desenhos a carvão, uma linda menina, ou melhor, adolescente, pois em alguns perfis podia se perceber a deliciosa curva dos seios já brotados. Havia sim, alguns nus, de costas ou de perfil, a um tempo sensuais e pudicos, mas a maior parte eram retratos, belíssimos. – Quem é, mãe? Você? Renata sorriu e respondeu: – Não. Ele até que me desenhou, em criança. Não reparou, está na casa de Forte dei Marmi, um grande, de corpo inteiro, bem na entrada. Mas esta é Mariella, uma paixão de Augusto, nunca inteiramente consumada. – E então, contou-me a história. – Foi o maior amor de Augusto, amor sincero e carinhoso que por isso mesmo jamais pôde avançar até o fim! Aliás, disse-me Renata, o carinho de Augusto por Mariella e a sua atração pela moça, continham um misto de sensualidade com uma boa dose de afeto paternal. Nada tinha de romântico. Foi tudo muito ambíguo, muito mais ambíguo do que a carnalidade animal dos pais, irmãos e tios que se apoderam de filhas, irmãs e sobrinhas. Saímos, fechamos a porta, e com ela o segredo mal guardado do tio pintor.

Alguns anos após 1945 e o fim da Segunda Guerra Mundial, a loja que Augusto tocara sozinho, desde a morte do pai, teve de ser vendida para que a herança pudesse ser distribuída entre os herdeiros de Federigo. Essa herança não consistia na loja propriamente dita, que desde sempre era para ser do próprio Augusto, mas do valioso imóvel que a abrigava. O contrato de venda, que estipulava que Augusto continuaria gerindo a loja como assalariado, não foi cumprido. Simplório, ele não percebera que o interesse dos compradores não era pela loja decadente, mas pelo imóvel e por sua bela construção. A loja foi fechada e o edifício revendido. Aí começaram as dificuldades e boa parte do terreno no qual estava situada a casa de Augusto, que ocupava todo o quarteirão, foi sendo vendida, aos pedaços, em diferentes períodos. A última venda já foi realizada por minha prima Franca Sraffa Venturelli, durante a década de 1980, não por dificuldades, mas para aproveitar o altíssimo pé direito e o sótão da mansão para fazer um segundo andar. Assim ela pode agora alugar o andar térreo para veranistas na estação e obter um bom complemento da aposentadoria de professora de inglês, e daquela do marido, motorista de caminhão e magnífico conhecedor das estradas italianas.

Nada quebraria a rotina de Augusto: pintura, mulheres e a loja. Nem mesmo a partida, em 1939 de três irmãos, oito sobrinhos e um sobrinho-neto, para o Brasil, e nem a guerra que estouraria logo depois. O fascismo e as famigeradas leis raciais ainda demorariam muito para atingir a pequena Pietrasanta, onde a família Ventura era respeitada e querida por todos. Alguns dos irmãos até haviam chegado a flertar com o fascismo do qual somente se afastariam nos anos seguintes, sem fazer muita onda. Aliás, com exceção de Leone Barocas, que acabou ficando entojado com as fanfarronices de Mussolini, os demais afastaram-se mais por preguiça e desinteresse do que por convicção. Mas se jamais houve convicção, o grande susto e muito medo não demorariam a chegar. Nos seus primeiros anos, a Segunda Guerra Mundial, apesar do eixo Berlim-Roma e das "Leis Raciais", pouco afetou os judeus. Mas após a derrocada do fascismo em setembro de 1943 e a conseqüente rendição da Itália para os aliados anti-nazistas, a maior parte do país seria ocupada militarmente pelos alemães. Mussolini fundaria a República de Saló, no norte da Itália e os judeus começariam a ser realmente perseguidos. Foi num desses meses, quando Federigo já estava por morrer, que um dia a porta da loja de Via di Mezzo apareceria pixada:

ABAIXO OS JUDEUS!!!

Somente aí Augusto se deu conta de que seu mundo tranqüilo acabara. Ele e os demais parentes esconderam o fato ao velho doente de oitenta e três anos e começaram a preparar-se para fugir, assim que o patriarca morresse, pois eram demasiadamente conhecidos na pequena Pietrasanta e nas suas vizinhanças. Mas

Federigo nunca foi bobo, percebia tudo. Em junho, Felicina teve de admitir, para si e para os demais, que estava grávida. Seu pai, ainda que carinhosamente, a repreendeu: – Minha filha, bem numa hora dessas! Quando o velho morreu, em outubro, tiveram que se dispersar imediatamente. Icílio fugiu para Rosignano, uma das mais altas aldeias dos Alpes Apuanos; Augusto foi para outro lugarejo, Diana, sua filha Graziana e Gualtiero com sua família, preferiram tentar Florença onde, desconhecidos, numa grande cidade, sua condição de judeus passaria desapercebida. Felicina, como veremos mais adiante, foi a única a viver uma experiência dramática.

Não conheço todos os detalhes. Alguns contarei mais adiante. Quanto a Augusto, sei apenas que antes de deixar Pietrasanta, deixou crescer a barba e passou a usar um chapéu preto. Quando passada a guerra, conseguiu mandar a primeira carta, acompanhada de uma fotografia aos parentes que estavam no Brasil, todos aqui exclamaram: – Fantasiou-se de judeu!

Augusto Ventura disfarçado para não ser reconhecido como judeu, quando escondido fora de Pietrasanta, no final de 1943.

Auto-retrato Augusto Ventura por volta de 1948.

Capítulo 4
Diana Ventura & Icílio Terracina
(1889-1973) (1882-1960)

Diana, minha avó, foi a segunda filha de Elena e Federigo. Sei muito pouco sobre sua infância e juventude. Sempre foi muito bonita, esbelta e elegante e desde jovem foi acostumada a assumir uma postura altiva e cuidada. É pouco provável que tenha estudado em Florença, como os irmãos, mas também recebeu uma educação esmerada. Certamente cursou o ginásio, provavelmente algum liceu, talvez em Lucca, em Pisa ou até em Livorno: é tudo perto e, de trem, podia ser feito no máximo em meia hora, de porta a porta.

Muitos anos mais tarde, já madura, desenvolveria um estranho conjunto de fobias. Por causa delas sempre levava na bolsa uma caixa de fósforos, uma vela e uma pequena garrafa cheia de água. A explicação que Renata me deu: em Forte dei Marmi, onde freqüentavam a praia, havia um pier (*ponte caricatore)* onde chegava a linha férrea e trens carregados de mármore que era embarcado ali nos navios. Diana, esportiva, tinha o hábito de mergulhar do tal pier, elevado mais de dez metros acima da água. Certa vez, ao mergulhar, acertou a cabeça dentro de um tonel semiflutuante. *Porca Madonna, che spavento*! Puta susto a deixaria claustrófoba o resto da vida. *Se non é vero, é bene trovata!*

Em 1913, Diana foi, como se dizia naqueles tempos, dada em casamento a Icílio Terracina, um belo homem de Chieti, nos Abruzzi, licenciado em contabilidade. Assim que concluiu seu curso, Icílio foi convocado para o exército, onde após um ano recebeu a patente de tenente e transferiu-se para a reserva. Guido Terracina, seu irmão mais velho, dedicara-se à carreira militar, cursara a Academia de Guerra e já era coronel. Não sei como esse casamento foi arranjado, mas sei que lhe foram conferidas as aparências de um noivado espontâneo. Icílio, sua mãe e outros parentes vieram para uma festa na casa Ventura. Icílio e Diana foram apresentados e lhes foi dada a oportunidade de ficarem sozinhos, de irem juntos tomar sorvete na praça e de outros encontros, segundo um enredo antecipadamente preparado. Claro que a Feli, irmã caçula, acompanhou Diana e Icílio em todos esses encontros. Naqueles tempos, mesmo se algumas intimidades eram toleradas ou até estimuladas, as aparências exigiam a presença de alguém "para segurar a vela", ou como se dizia então, para servir de *chaperon*.

Logo nos primeiros contatos, Icílio encantou-se com Diana e ela simpatizou com o jovem que, como não ignorava, lhe estava destinado. Ao primeiro encontro, sucederam-se outros, cada vez menos espaçados, ao longo de vários meses, até que Icílio declarou seu amor por Diana e perguntou-lhe se podia pedi-la em casamento. A resposta, como estava programado, embora não imposto, obviamente foi afirmativa.

Sei também que o casamento nunca foi feliz. A primeira noite de núpcias deve ter sido uma tragédia, fato bastante comum naqueles tempos. Icílio casara-se virgem e, ao que parece, segundo os relatos que chegaram até mim, não tinha uma noção muito clara sobre como deveria se comportar e sobre como iria se desenrolar esse episódio tão ansiosamente esperado. Diana, pelo que conheço da família, talvez fosse um pouco menos desinformada, mas não a ponto de poder interferir decisivamente na situação. Diana estava satisfeita, feliz e até radiante com o casamento. Durante o noivado, encontrara-se várias vezes com o futuro marido, com sua futura sogra e até com o irmão do noivo, Guido, e sua jovem mulher, Giorgina (o pai de Icílio e de Guido, de quem herdei o nome Graziano, já havia falecido anos antes). Gostou de todos e achou que se entrosariam bem, particularmente com os cunhados, gente do grand monde, que vivia em Roma.

Apesar de todas as predisposições favoráveis, as coisas não foram bem. Muitos anos mais tarde, Diana contaria às filhas que ao acordar, na manhã seguinte ao casamento, viu Icílio em frente ao espelho da penteadeira, aos pés da cama, fazendo estranhos gestos para si mesmo, mas cujo significado era indubitavelmente: consegui! consegui! consegui! A primeira relação foi dolorosa, Icílio adormeceu logo em seguida e na manhã seguinte, a cama estava com algumas manchas vermelho escuro.

O casamento fora na casa Ventura, na Via di Mezzo, em Pietrasanta, celebrado por um rabino vindo especialmente de Livorno. Cada casal, da centena de convidados, ganhou de lembrança uma pequena bomboniere de prata, contendo confeitos de amêndoas, pois esse era o costume na pequena burguesia italiana. Na alta burguesia, a bomboniere era maior e, na aristocracia, maior ainda. Já nos casamentos reais, da casa de Savoia, a bomboniere devia ser da idade de uma banheira. Federigo foi generoso com os noivos, presenteando Diana com um riquíssimo par de brincos de diamantes, obra de Giácomo, seu pai. A Icílio deu um relógio de ouro, comprado especialmente para a ocasião. Os Terracina não podiam deixar por menos e deram a Diana um par de anéis, feitos para serem usados juntos: um com quatro diamantes e outro com três rubis. Como ocorria naqueles tempos, todos esses presentes foram discreta, mas previamente combinados. Afinal, negócio é negócio.

Ficaram ainda uma semana em Forte dei Marmi e só então foram se conhecendo um pouco mais. Haviam se encontrado várias vezes, mas quase sempre em companhia de outros. Icílio adorava Diana cada vez mais, na mesma medida em que ela o achava cada vez mais estranho. Ele lhe disse que simpatizava com os anarquistas e que era necessário enforcar os nobres com as tripas dos membros do alto clero, já que a Revolução Francesa havia falhado nesse sentido. Também lhe disse que a sua principal distração era colecionar selos do correio e lhe mostrou um *Penny Black,* um dos primeiros selos ingleses de 1843. Ele trouxera o selo de casa, em Chieti, só para impressioná-la.

Diana não entendia nada. Anarquista, como aquele que quando era menina matara o rei Humberto I de Savoia? Ou como aqueles arruaceiros de Forte dei Marmi? O marido vinha com essa conversa justo para ela que, desde menina, sempre sonhara com príncipes e nobres?! – Mas você não sabe Icílio, que são justamente os nobres que estão tornando Forte dei Marmi um lugar famoso e conhecido? Você não gostaria de ser um nobre? É tão bonito. Até pouco tempo atrás eu sempre pensara que nós judeus jamais poderíamos ser nobres, mas depois ouvi falar nos Rothshild e no Barão Hirsch. Fiquei tão contente que até sonhei, um dia, tornar-me nobre!

– Nobre, é isto aqui, respondeu Icílio, estendendo-lhe o Penny Black que ainda há pouco ela desprezara. – Uma nobreza que não vem da exploração da miséria alheia, mas do enorme significado histórico-prático que possui. Você já imaginou, antigamente, ou não era possível mandar cartas e encomendas ou, para mandá-las, era necessário ser suficientemente rico para empregar um mensageiro, comprar-lhe um cavalo e outras coisas mais que só os poderosos podiam fazer. Hoje, qualquer um pode ir até o correio, mandar uma carta e pronto! Além disso, esse é um selo muito raro. Não tão raro como aquele de 1840, mas ainda assim, existem poucos no mundo.

– Grande coisa. Antigamente, os carros eram puxados a cavalo, mas hoje todos os nobres já têm carros que andam sozinhos. É o progresso! Definitivamente, não só não se entendiam, como Diana não estava minimamente disposta a submeter-se. Ainda assim, ela achava Icílio bonito, era tenente, um oficial do Exército italiano, o que para um judeu era coisa rara. Por algum tempo ainda cultivaria a esperança de que as coisas acabariam dando certo.

Em algumas coisas, combinavam, mas, mesmo nessas, tinha que haver coisas estranhas. Icílio, assim como os Ventura, gostava de ler e havia levado vários livros para o que ele chamava de férias de núpcias. Na contracapa de cada um dos seus livros, um carimbo: *Rubato a Icílio Terracina* (Roubado de Icílio Terracina).

Durante a semana, iam com freqüência a Pietrasanta e Diana começava a sentir quanto lhe custaria, em breve, ter de abandonar a família e a Versília, a sub-região da Toscana, ao longo do litoral do mar Tirreno, onde se concentram os principais balneários e centros de veraneio, em troca dos Terracina e da ignota Chieti, onde eles viviam. No sábado, a despedida foi festiva, mas triste. Um rico e esmerado jantar com muita comida e pouca fome. Enquanto os homens tomavam café e Cognac, Elena pegou Diana carinhosamente pelo braço, levou-a até o quarto e, enquanto a abraçava, chorando sussurrou: – Seja paciente, minha filha. Em breve você terá filhos, terá a tua casa e será feliz. Nenhuma palavra mais.

Na manhã seguinte partiram para Roma, onde Guido e sua mulher Giorgina os aguardavam. Gentilmente foram recebê-los na estação. Era a primeira visita de Diana à capital e o encontro com os cunhados foi realmente um grande prazer. Guido era reservado, muito atento e cavalheiro com Giorgina e com as mulheres em geral, elegante em sua farda de oficial do exército e mais elegante ainda, à noite, quando se vestia à paisana, para ir à ópera ou ao teatro. Por que Icílio tinha de ser tão diferente do irmão!?

Giorgina era uma morena corada, meiga e sorridente. Estava sinceramente empolgada com o casamento do cunhado, hóspede freqüente do seu apartamento em Roma, mas demasiadamente provinciano para o seu gosto. Simpatizara muito com Diana e com todos os Ventura, que embora provincianos, pelo menos se esforçavam para não parece-lo. Acima de tudo, agradava a Giorgina a sensação de estar ajudando a construir uma nova família, enfim, de estar participando das núpcias do cunhado. Era filha única e quase não tinha parentes de sua idade e de sua geração.

Giorgina provinha de uma abastada família de judeus de Ancona, como competia à esposa de um oficial italiano. Na Itália daqueles tempos os aspirantes ao oficialato só obtinham a autorização para casar-se mediante a demonstração de que o dote da noiva bastaria para garantir-lhes uma vida confortável. Não podiam depender do soldo, nem fazer da carreira das armas um ganha-pão. Somente assim, julgava-se, sua lealdade ao exército e à Casa dos Savoia estaria assegurada.

Guido e Giorgina se esmeraram na hospedagem dos cunhados. Dispunham de um agradável quarto de hóspedes e Guido havia obtido uma semana de licença para poder dedicar-se aos noivos. Saiam juntos de manhã e levavam Diana para conhecer as atrações de Roma, como se ela fora uma turista austríaca: a fonte de Trevi, a Piazza di Spagna, o Coliseu, os jardins da Villa Borghese, as termas de Caracalla e por que não o Vaticano, seus museus e a Capela Sistina? Roma é Roma e arte é arte. Icílio fez questão de voltar ao gueto, como jamais deixava de fazer quando ia a Roma. Sua família era de Ancona e ele não tinha qualquer ligação pessoal com o gueto de Roma, mas simbolicamente sentia que suas raízes estavam lá e fazia questão de cultivá-las. Diana, que durante os passeios de carruagem chegara a sentir-se uma nobre, estranhou mais este gosto do marido. Como podia gostar daquele gueto sujo, cheio de judeus pobres que ainda falavam um dialeto tão esquisito. Por que não cortara seus laços com aquele passado, como fizera o irmão, que nem judeu parecia?

Na última noite em Roma foram jantar num dos restaurantes mais requintados da cidade. No dia seguinte, prosseguiriam para Chieti, ainda mais ao sul, onde Icílio finalmente assumiria a loja de aviamentos que fora do seu pai, Graziano. Quando o pai falecera, deixando dois filhos pequenos, a mãe, Henriqueta, havia assumido o pequeno negócio, com o auxílio de um irmão solteiro, Cesare. Esperava ansiosamente que os filhos crescessem para que assumissem e ampliassem o negócio. Para tanto, há anos, vinha fazendo economias.

Em poucos meses, Diana engravidou, ficou contente, mas continuou a sentir-se sozinha naquela cidade estranha, capital de província e muito maior do que a sua Pietrasanta. Em breve seria mãe, mas ainda não se sentia mulher e esposa. Foi perdendo cada vez mais as simpatias pelo marido, a quem se entregava mais por resignação do que por carinho. Quanto ao sexo e erotismo, provavelmente à época, não os conhecia nem mesmo como fantasia. Gostava da sogra e do seu irmão Cesare, que, afinal, eram gente como a gente dela e a ajudavam com prazer na condução da casa e da cozinha. – Um bom omelete, dizia Henriqueta, – deve ser suficientemente espesso para que um garfo nele espetado, permaneça de pé. – Uma boa sogra deve ser suficientemente tolerante com a nora para que ela faça os omeletes que se faziam na sua família, retrucava Diana sorrindo. – Mas é claro, filha querida, respondia Henriqueta, dando risadas. Assim, de receita em receita, cotovelada em cotovelada e de risada em risada, foram ficando cada vez mais amigas. No fundo, Henriqueta estava felicíssima por seu filho, indisciplinado e estabanado, ter encontrado uma mulher tão simpática, competente e vigorosa. Ela com certeza seria bastante firme para dar um jeito e por na linha aquele seu filho tão cabeça de vento.

Mas o fato é que Icílio não estava se dando bem na loja. Em primeiro lugar, não gostava. Dizia que não se sentia bem comprando no atacado para vender no varejo a preços muito mais altos, e outras desculpas. Gostava mesmo era da sua coleção de selos e recentemente descobrira outro passatempo. Aprendera a encadernar livros e montara uma pequena oficina de encadernação, para si mesmo, onde se escondia sempre que podia. O tio Cesare que cuidasse da loja. Afinal sempre fizera isso.

Em fevereiro de 1914 viria ao mundo a primeira filha do casal, Renata, minha mãe. Assim que pôde, a pretexto de mostrar a filha aos seus, Diana foi a Pietrasanta. Icílio também queria ir, mas Diana convenceu-o a ficar.

> – Que papel você faria perante meu pai, abandonando a loja e o trabalho sem mais nem menos? Meu pai, que jamais faria uma coisa dessas, acharia que você é um poltrão!
>
> – E a história que você me contou, dele ter deixado sua loja na mão da tua mãe e da tua tia, enquanto se aventurava com teu tio nas cavas de mármore?
>
> – Mas o mármore também era trabalho e não um passeio! Só não deu certo por desgraça.

Diana foi sem ele. Em compensação, levou a sogra, que seria uma ótima companheira de viagem, uma ajudante preciosa e de quem gostava.

Ficaram em Pietrasanta apenas um mês. Diana não queria mostrar à família sua decepção com o casamento e Henriqueta estava ansiosa por voltar a acompanhar os negócios, mesmo se já não permanecia na loja. Mas mesmo essa curta permanência foi suficiente para que Diana percebesse quanto sua meio irmã, Felicina Barocas, estava infeliz. Felicina já andava pelos oito ou nove anos, já freqüentava a escola elementar, mas não gostava. Freqüentemente voltava chorando. Diana perguntou ao pai o que estaria acontecendo, mas, em vez de responder, Federigo fez cara de quem não queria falar no assunto. Quando procurou sua tia Ersília, esta começou a chorar e também não respondeu. Diana gostava da irmãzinha caçula e deixou Pietrasanta decidida a levar a irmã para Chieti na primeira oportunidade. Não era capaz de saber o que estava acontecendo, mas percebia que havia alguma coisa de errado com a irmã menor. Sabia que Feli não era filha de Elena, que fora o fruto de algum acontecimento jamais mencionado na família. Mas o fato sempre lhe parecera tão natural, sempre fora tratado tão naturalmente por todos os parentes, pai, mãe, pela tia Ersília, mãe da Feli, pelos irmãos, em fim, por todos, que jamais supôs que daí pudessem surgir problemas.

Ela, que até pouco tempo atrás sempre vivera em berço esplêndido, preferida pelo pai e bem cuidada por duas mães, começava a perceber que a vida não era tão – *rose e fiori* mar de rosas, como tanto a família quanto a escola lhe quiseram fazer pensar. Henriqueta, que também não era boba, manteve-se o tempo todo discreta, mas sentiu que algo ali não ia bem. Não se surpreendeu nem um pouco quando durante a viagem de volta para Chieti, no trem, a nora lhe perguntou: – Quêta, você se incomodaria se eu algum dia levasse a Feli para nossa casa, em Chieti? Só até ela terminar as elementares?

Em meados de 1914, Diana, para seu desapontamento, deu-se conta de estar grávida novamente. Como, se haviam tomado tanto cuidado? Acontece com freqüência e com a mesma freqüência nascem filhos destinados a serem rejeitados. No final do inverno de 1915, nasceria Mirella Benvenuta Benedetta. Quanta hipocrisia! A coitadinha viria a ser uma rejeitada até sua morte em 1998.

No final de 1914, embora aliada da Alemanha e da Áustria, a Itália começaria a negociar secretamente um acordo com França, Inglaterra e Rússia, para entrar na guerra contra seus aliados em troca de concessões territoriais no Tyrol e na Gorizia. Em abril de 1915 seria assinado o Acordo de Londres e, em maio, a Itália entraria na guerra. Na realidade, os italianos já vinham se preparando para tanto desde o início do conflito e, mesmo antes do início das negociações, já começavam a reorganizar o seu exército, nomeando para tanto o general Luigi Cadorna. Em setembro de 1914, Icílio Terracina foi inesperadamente convocado pelo exército para voltar à ativa. No dia 7 de outubro deveria apresentar-se em Milão. Surpreso, telegrafou ao irmão, em Roma: – Convocado para outubro. Que se passa? Guido respondeu: – Calma. Segue carta.

Em dois dias chegaria uma carta em papel timbrado do Estado Maior do Exército. Surpreso, Icílio abriu o envelope com cuidado para não rasgá-lo, examinou o carimbo do selo para certificar-se, com satisfação, de que saíra claro e nítido e leu a carta. Depois de reafirmar que Giorgina e ele estavam felizes e bem, e depois de indagar como estavam todos, como crescia a pequena Renata e outros assuntos familiares convencionais escreveu: "Icílio, com relação à tua convocação, não posso entrar em detalhes, mas posso fazer com que você venha servir aqui em Roma, como escriturário da Intendência. É um cargo necessário, você tem todas as condições para sair-se bem e estará seguro".

Embora Icílio fosse um leitor ávido de jornais, até então não associara os fatos. Mas ao ler o parágrafo que o irmão lhe dirigira, lembrou-se da recente nomeação de Cadorna para o comando do exército e associou-a imediatamente às convocações que vinham ocorrendo por todas as partes. A Itália estava se preparando para entrar em guerra. Ainda não se tratava de mobilização, pois estavam convocando apenas os oficiais da reserva, mas a coisa estava clara. Agradeceu mentalmente ao irmão pelas medidas que estava disposto a tomar em seu favor, mas pensou: "Não! Com aqueles fedidos de Roma não!". Obviamente não incluía o irmão entre os "fedidos", mas aprendera a conhecê-los dois anos atrás durante seus cursos e exercícios para o oficialato. Detestava suas unhas aparadas, seu bigodinho bem recortado e suas ridículas boas maneiras, que lembravam personagens de Moliére.

Nada disse à mãe, para não assustá-la antes da hora, mas contou a Diana o que estava se passando, dando-lhe a carta do irmão para ler.

– Então você vai para Roma?

– Não, Diana, vou para Milão. É para lá que me convocaram.

– Mas Milão é apenas um centro de recrutamento. Você não lê jornais? Quando a guerra chegar, ou será contra a França, pelo Val D'Aosta ou contra os austríacos, nos Alpes do norte! Você quer mesmo fazer guerra de trincheira, como qualquer camponês. Cretino! Você não leu nos jornais sobre o morticínio que está ocorrendo na França...

– Mas Diana, você ainda não me conhece? Tenho cara de bucha de canhão? Vou prá Milão, mas não para me deixar matar. Nem sei que guerra será essa, mas seja lá qual for, estou me cagando para ela e para quem a fará. Fique tranqüila e espere prá ver. Nós não temos nos entendido muito bem nos últimos tempos, mas dessa vez prometo, nada vai me acontecer!

Menos de um mês depois, enquanto Cesare cuidava da loja, Diana, com Renata no colo, foi com Henriqueta levar Icílio à estação. Antecipara a viagem três dias para encontrar-se com o irmão em Roma.

Na volta da estação, a cabeça de Diana fervilhava. Será que a Itália entraria mesmo na guerra? Aonde, de que lado? E se isso acontecesse, será que aquele doido do seu marido teria juízo? E suas idéias loucas sobre os generais serem uns cretinos, que só possuíam tripas para que com elas se enforcassem o rei e sua corja? Será que ele falaria essas bobagens lá onde quer que o mandem? E se não voltasse, que seria dela e da nené? Voltaria para Pietrasanta e levaria Henriqueta consigo, se ela quisesse ir. Senão, a deixaria aos cuidados de Cesare e, indiretamente, do outro filho, Guido.

Quatro dias depois chegaria um telegrama: "Estou ótimo, segue carta". Cinco dias depois chegou a primeira carta que seria seguida por inúmeras outras, religiosamente, a cada dia par. Icílio conversara muito com o irmão, em Roma, e entenderam-se muito bem. Já estava em Milão, ou melhor, nas casernas de Rho, uma pequena localidade na periferia. Ninguém falava em guerra, mas no dia seguinte todos os jovens oficiais lá reunidos começariam um curso intensivo sobre a geografia de todas as regiões alpinas entre Ventimiglia e Bardonecchia, na fronteira com a França e Veneza, perto da fronteira austríaca. Icílio que, não obstante seu caráter peculiar, era politicamente perspicaz, por isso, não se surpreendeu nem um pouco quando seu treinamento militar passou a incluir a Gorizia e Trieste, onde não obstante 70% da população era constituída de italianos, sempre foram dominados pelo Império Austro-Húngaro. Ele se sentia muito bem, estava bem alojado e bem alimentado.

Na carta de 16 de dezembro, Icílio anunciou: teria uma licença entre o dia 19 e o dia 27 para passar o Natal em casa. Chegaria carregado de presentes entre os quais um Panforte de um quilo, um vidro de frutas na Mostarda de Cremona e outro menor de violetas cristalizadas, especialidade de Ventimiglia e um perfume floral, nada doce, como sabia que Diana gostava. Ela sentiu-se extremamente lisonjeada e feliz. Jamais teria pensado que o marido pudesse chegar a tanto, nem mesmo com seu estado de gravidez avançada. Beijou-o com real ternura como há muito tempo não fazia.

No Ano Novo nevou. Em Pietrasanta jamais nevava, mas nos Abruzzi, onde estava Chieti, embora mais ao sul, era mais alto, montanhoso e fazia muito frio. Mais uma vez, Diana sentiu saudades da casa de seu pai. Teve vontade de encontrar um pretexto para passar uma temporada lá, mas com Icílio fora de casa, e grávida como estava, não ficaria bem. Teria de deixar para um par de meses depois do parto.

Em março, a influência do irmão Guido pesaria decisivamente para que Icílio obtivesse uma nova licença de uma semana, para assistir ao parto da mulher. A troca de favores entre os oficiais superiores, como sempre aconteceu em todos os exércitos, era uma norma na Itália.

Em abril, Icílio escreveu que alguma coisa estava mudando. Já estava bem familiarizado até com a topografia da região alpina, já passara por cursos de artilharia, de logística e de comunicações, mas com a chegada de muitos recrutas e a organização de pelotões e regimentos, sentia que as coisas estavam mudando. Em meados do mês, conseguiu uma licença especial para ir para casa. Fora proibido de contar onde estava e soubera que sua correspondência começara a ser censurada. Aliás, já nem estava em Milão. No comecinho do mês fora transferido para um pequeno platô, ao norte de Verona, nos contrafortes dos Alpes Dolomíticos, por onde passava uma estrada que ia até a Áustria, na direção de Innsbruck, através da famosa passagem alpina de Brenner. Queria mesmo era passar por Roma para ver o irmão e informar-se melhor sobre o que estava por acontecer. Em abril, tudo seria revelado com a entrada da Itália na guerra contra a Áustria. Um dos efeitos perversos da tristemente notória política das alianças e dos acordos secretos, que precedeu a Primeira Grande Guerra.

Em abril, Diana escreveu a Icílio que em maio faria uma breve viagem a Pietrasanta, para mostrar Mirella aos pais e irmãos. E lá se foram, Diana carregando Mirella e Henriqueta, com Renata no colo. Cesare levou-as até a estação, desapontado. Ele também teria gostado de viajar, mas a primavera era uma das melhores épocas do ano para as vendas da loja.

Foram recebidos festivamente. Todos adoraram a pequena Mirella, mas ficaram mais impressionados com a extrema precocidade de Renata, que com um ano e poucos meses já andava e ameaçava dizer algumas palavras. Já naqueles 25 dias, Renata ganharia a grande afeição e respeito que a família lhe dedicou pelo resto dos tempos. Mas havia um senão: ela parecia mancar um pouco.

– Quando será mais crescida, veremos o que fazer, pronunciou Diana sem dar sinais de preocupação. – Crescer, coisa nenhuma, amanhã mesmo você a leva para ser examinada em Pisa, sentenciou Federigo, que, de todos, é quem ficara mais encantado com a primeira netinha. Diana foi, achando que seria inútil, mas alegremente acompanhada pela pequena irmã Felicina, para a qual todo pretexto para cabular um dia de aula, era um alívio.

Assim que o trem partiu, Feli aconchegou-se à irmã mais velha (a diferença de idade entre elas era de quase dezessete anos) e, quase chorando, murmurou: – Diana, quando voltar para Chieti, me leva com você? Diana não se surpreendeu. Respondeu apenas sim. Em Pisa, um médico, já conhecido da família, examinou Renata cuidadosamente, lhe apalpou o corpo todo até chegar na perna direita. Quando chegou à virilha, junto ao fêmur, murmurou: – Há algo de errado, mas é muito cedo, tragam-na de volta daqui a uns três anos, para decidirmos quando vamos intervir. Só então Diana começou a preocupar-se. O que seria? Como iriam tratá-la? Gastariam rios de dinheiro? Bem, Federigo já demonstrara que lhe daria todo o apoio necessário.

A viagem de volta foi silenciosa. Diana limitou-se a assegurar à pequena Feli que a levaria consigo e que logo comunicaria aos demais. Na chegada, embora a estação fosse a distância pedestre, Federigo e Ersília as aguardavam numa charrete. – Eu não queria que a menina tomasse um pé de vento, justificou-se Federigo. – E então? Diana contou; mas imediatamente virou-se para Ersília dizendo: – Tia, você me deixaria levar a Feli comigo para Chieti? Lá, ela iria para a escola e também me ajudaria com

Renata e Mirella? – Claro querida!, respondeu a tia, caindo em prantos. O enxoval foi preparado na surdina, e ninguém falou mais no assunto. Durante o tempo todo Federigo ignorou ostensivamente o assunto, fazendo de conta que não lhe dizia respeito.

Durante os anos de guerra, Icílio obteve várias licenças durante as quais sempre encontrava-se com o irmão e visitava a família. Do início de 1916 em diante, passou a vir sempre acompanhado por uma ordenança, como convinha a um oficial do exército da Casa de Savoia. Era um jovem camponês do Vale do Pó, semi-analfabeto, mas simpático e afetuoso que idolatrava o seu capitão. Diana sentiu-se lisonjeada com esse sinal de prestígio do marido, mas lamentava que a casa tivesse uma boca a mais para alimentar durante esses breves períodos. Chegou até a queixar-se para Henriqueta a propósito disso. Henriqueta não falou nada, mas no íntimo achou graça na sovinice da nora. Embora não quisesse, Diana engravidou uma terceira vez. Em 1918, nascia Graziana, nomeada em memória do falecido marido de Henriqueta.

Figura curiosa e enormemente simpática esse meu avô Icílio, do qual, aliás, lembro muito bem. Lembro-me dele na infância, quando mandou instalar um selim no cano da bicicleta para passear-me por toda a Versília. Já adulto, lembro-me dele quando, em 1954, veio encontrar-me em Turim e me acompanhou por toda parte, Florença, em Pontedera, em Pietrasanta e Forte dei Marmi, de lá para Roma e até Nápoles, de onde eu embarcava para Israel. Lembro-me dele na escadaria de São Pedro, dirigindo-se brincalhão para um jovem vendedor de santinhos:

– *Ma lei si chiama Abramino*[1], *vero*? (Seu nome é Abraãozinho, verdade?)

1 Como se sabe, o patriarca judeu Abraão, quando ainda vivia em Ur, na Caldeia, ganhava a vida vendendo, aos gentios, as imagens de ídolos nos quais não acreditava.

– *No signô, mi chiamo Davide* (Não senhor, meu nome é David)

– *Ah Davide come il re, padre di Salomone*? (Ah! David, como o rei, pai de Salomão ?)

– *No! Davide come Ben Gurion, quello che creó lo Stato di Israele* (Não, David, como Ben Gurion, aquele que criou o Estado de Israel!)

Em seguida, andamos um pouco mais e ele me disse: – Sabe Gabriel, eu acho isso uma tristeza, mas todos esses vendedores de santinhos, desde tempos imemoriais, são todos Abraãos: são judeus, acreditam no Deus verdadeiro, cumpriram seu pacto (a circuncisão) com Ele, mas assim como o nosso patriarca vendem ídolos aos gentios! Não sei de onde vem isso, deve ser resultado de um das centenas de pactos que os judeus dos guetos de Roma fizeram com sucessivos papas.

Outras coisas dele Renata já me havia contado, inclusive sua incrível façanha durante a Primeira Guerra Mundial. Decidi checar.

– Vô, aquelas histórias da guerra são verdadeiras?

– *Niente affato, tutte invenzioni della strega della tua nonna Diana*! (Coisíssima alguma, tudo invenção da bruxa da tua avó Diana), foi logo respondendo, sem sequer perguntar de que histórias se tratava.

– E o capitão Giacomino Bavella, quem foi?

– *Beh!, sono io*! (Bem! Esse sou eu)

Pra encurtar a história, quando a guerra esquentou e lhe foi confiado sei lá o que, um regimento ou um pelotão, Icílio teria conseguido, com a ajuda do irmão, obter documentos falsos que lhe permitiram desdobrar-se em duas personalidades: capitão Icílio Terracina e capitão Giacomino Bavella. Reza a história (que ele não desmentiu, mas isso, pelo que eu sei, não significa nada) que ele e seus homens jamais estiveram no front. Quando perguntado por um, respondia que estava no front e ele, o outro, havia combatido na véspera e estava descansando seus homens. Não ponho a mão no fogo por essa história pelo seu surrealismo e pela quantidade de histórias que sempre circularam na família. Mas uma coisa é certa, finda a guerra, ele foi condecorado por ter sido um capitão cujo Regimento jamais sofrera qualquer tipo de baixa, nem mesmo por doença. De fato, completa a história paralela, eram todos muito bem alimentados, com a dupla ração.

Ainda possuo parte das cartas que trocamos, enquanto eu estava em Israel. Um curioso diálogo de surdos: ele me escrevendo sobre as Santas Escrituras e eu lhe respondendo sobre a construção do socialismo no *kibutz*. Não que desse muita trela para as ditas Escrituras. É que achava que assim me agradaria. Mas o equívoco foi logo desfeito em poucas cartas. Aí, me escreveu: "Gabriel, você é mesmo neto do teu avô, mesmo se um pouco menos ignorante". Também me lembro da carta que ele enviou para mim, quando, na volta, entrei na Faculdade de Filosofia: *Bravo mio adorato Gabriel. Tu sai che socialista e "saragatiano"*[2] (só para destacar seu repúdio ao stalinismo) *lo sono sempre stato anch'io. Anzi, da giovane ero perfino anarchico! Ma, socialista per socialista, meglio un Professore socialista, che un socialista cretino* (Parabéns meu adorado Gabriel. Você sabe que eu sempre fui socialista e "saragatiano". Aliás, na juventude fui anarquista! Mas socialista por socialista, melhor um professor socialista do que um socialista cretino). Morreu um par de anos antes da minha formatura.

Mas bobo não era, e nunca me perdoou uma carta que lhe escrevi aos dez anos de idade, logo após ter sido operado

2 Saragat, que acabaria presidente da Itália, logo depois da guerra, cindiu o Partido Socialista Italiano, quando seu líder Pietro Nenni aliou-se ao Partido Comunista de Palmiro Togliatti.

simultaneamente de uma hérnia estrangulada e do apêndice: *In questa lettera. nonno ti raccontero il dantesco momento nel quale mi legarono al tavolo operatorio...* (Nesta carta, vovô, vou te descrever o dantesco momento no qual me amarraram à mesa de operações...) Jamais eu a tivesse escrito. A resposta veio logo: *Gabriel, lo so quanto sei inteligente, ma Dante Allighieri, sicuramente non lo ai ancora mai letto. Rispettalo e non scrivere sciochezze...* (Gabriel, eu sei como você é inteligente, mas Dante Allighieri você ainda não leu. Respeite-o e não escreva bobagens). Pobre de mim que havia lido a expressão no meu livro de leituras do 4º ano primário, e achado apropriada. Por anos e anos era perguntado, nas suas cartas, como passava o "dantesco momento". Anos depois, também passou a perguntar se eu já estava lendo Dante. Quando eu estava lá pelos quinze anos de idade me escreveu: "Então ainda não leu Dante? Eu imaginava, aliás, tentei uma vez, mas achei terrivelmente chato. Mas, por favor, não deixe de ler *Os Miseráveis* de Victor Hugo, é meio folhetim, mas infelizmente não perdeu nenhuma atualidade".

Terminada a guerra, Icílio regressou com ordenança a tiracolo. Nunca entendi a razão, mas pelo que Renata me contou, essa figura (o ordenança), da qual ela se lembrava muito bem, duraria na casa até 1922. Foi até bom, pois nas viagens cada vez mais freqüentes que as mulheres faziam a Pietrasanta, era ele quem carregava as malas e levava Renata pela mão ou no colo. Icílio definitivamente não estava se dando bem na loja e Diana atribuía isso, pelo menos parcialmente, à presença de Cesare. Talvez, se Icílio se visse forçado a assumir um negócio sozinho, num ambiente estranho e novo, sem mãe nem tio a pagá-lo, será que não criaria juízo e assumiria a si e à família, encarando a vida com seriedade? Ao convencer-se dessa possibilidade, Diana iniciou um duplo trabalho de persuasão: primeiro, com o próprio marido, e em segundo lugar com o pai, para que se dispusesse a financiar a empreitada. Por isso, cada vez que ia a Pietrasanta,

Diana conversava com o pai sobre o seu projeto, obviamente sem deixá-lo perceber que, em Chieti, Icílio, na prática, não estava trabalhando. Pelo contrário, ela elogiava o marido e dizia ao pai que os negócios da loja somente não iam melhor em virtude do caráter acanhado da cidade e da pobreza da região. Se estivessem numa cidade mais rica e dinâmica, como Turim ou Milão, Icílio com toda certeza seria capaz de progredir rapidamente.

Federigo, que não desgostava do genro e até o admirava como herói de guerra, promovido e condecorado, ia lentamente se convencendo com os argumentos da filha. Por sua parte, Icílio também estava se deixando tentar pela idéia. Se pudesse se estabelecer em Turim, ele certamente poderia dar um futuro melhor para a mulher e as filhas. Além disso, sabendo que poderia contar com as economias da mãe, não dependeria apenas do sogro e assim se tornaria mais independente de ambos. Não que desgostasse deles, mas realmente estava ansioso por deixar de ser tutelado, como sempre fora na vida. Ouvia, cada vez mais predisposto, os argumentos da mulher, a quem admirava e gostava e, acima de tudo, a quem queria agradar.

Na Páscoa de 1922, foram todos para Pietrasanta, até mesmo o tio Cesare. A loja poderia ficar fechada por alguns dias, para que afinal toda a família pudesse estar reunida na grande ceia judia. Foi realmente uma grande festa familiar. Ersília, que há tempos fora transformada na grande cozinheira e governanta da família, já mandara limpar e caiar a cozinha, para que nela não restasse o menor resíduo de pão ou de qualquer alimento fermentado, conforme exigia o ritual judeu; Henriqueta deu-se muito bem com ela. Juntas, prepararam dezenas de pratos e doces: carnes conservadas no salitre e muitos doces a base de tâmaras, amêndoa e ovos, uns e outros exigindo vários dias para ficarem com o sabor no ponto. Henriqueta prometeu a Ersília que, uma vez passada a Páscoa, quando o ritual judeu permitisse novamente o uso da farinha de trigo, lhe ensinaria a fazer os famosos omeletes tão espessos que suportariam de pé um garfo neles espetado. Ficaram amigas.

No dia seguinte ao segundo *seder*, a segunda das duas ceias consecutivas que inauguram a Páscoa judia, Federigo chamou Icílio para a sua sala íntima: – Então, meu querido herói de guerra, você está mesmo disposto a aventurar-se em alguma cidade grande com perspectivas comerciais mais promissoras? – Bem, papai (era assim que todos o chamavam), para ser sincero, estou. Reconheço que é um passo ousado, que me exigirá esforços maiores, mas Chieti realmente não dá! E não se trata apenas da pobreza da região e do seu caráter comercialmente limitado, mas confesso que a presença da minha mãe e do tio Cesare me restringem, afinal, reconheço que foram eles que sempre tocaram a loja e isso me impede de ser um pouco mais ousado e de introduzir inovações. Os tempos estão mudando e Cesare não é capaz de acompanhar essa mudança. Não percebe, por exemplo, que atualmente convém reduzir as margens de lucro para baratear os preços e assim vender mais. No final das contas, os lucros aumentariam! Federigo, visivelmente impressionado com a clareza do raciocínio, voltou a indagar: – Mas numa praça mais dinâmica, em Milão ou em Turim, você também trabalharia com margens menores? – Ah! Juro que não sei, depende de inúmeros fatores: do caráter da cidade, da natureza da loja e das mercadorias que vende e até do bairro onde estiver localizada. Se for loja de luxo para clientes ricos, a história muda completamente!

Federigo convenceu-se, sabia que o projeto era da filha, era ela quem queria, e o jovem marido lhe pareceu sensato e preparado. Por que não ajudar o casal? Isso também seria ótimo para as netas, principalmente Renata, de quem gostava tanto. É verdade que Renata tinha aquele probleminha na perna direita, que precisava ser cuidado, mas até para isso, numa cidade grande, encontrariam médicos mais aptos.

Em setembro de 1922, cerca de um mês antes da Marcha sobre Roma que levaria Mussolini e o fascismo ao poder, Diana, Icílio, as filhas e a babá estavam de mudança para Turim. Antes de decidir, Icílio viajara diversas vezes para lá e para Milão, visitara muitas lojas em cada cidade, conversara com muitos patrícios de uma e de outra. Torino era ainda mais fria do que a sua terra natal; lá, no inverno, as temperaturas freqüentemente baixavam para cinco ou dez graus negativos. Mas escolhera Torino por causa de seu visível dinamismo industrial, com a Fiat, a Olivetti e muitas outras indústrias que cresciam e se espalhavam como cogumelos. Lá corria mais dinheiro, lá teria uma boa clientela!

Federigo não hesitou em providenciar logo os recursos necessários, mas na última hora, conhecendo a filha, mudou de idéia sobre um aspecto do empreendimento familiar. Aliás, há tempo já reparava em silêncio que Renata, com quase oito anos, continuava a mancar sem que qualquer providência tivesse sido tomada. – *Renata, resta qui. La badero io. A Torino voi non ne avrete il tempo per farlo...* (Renata fica aqui. Eu tomarei conta dela. Em Turim, vocês nem terão tempo para ela). Mal emitiu a sentença, Federigo mordeu a língua. Ele realmente adorava a pequena Renata, mas como faria? Não sabia nem por onde começar. Giuseppina Trevi, mulher de Augusto, que como muitos dos demais presenciou a cena, percebendo o rosto sombrio do sogro, adiantou-se: – *Bravo, papa! La baderai tu, ma lei verra a stare con Augusto e con me!* (Isso mesmo, papai, você a cuidara, mas ela virá morar com Augusto e comigo!). Foi um alívio geral, todos os rostos se iluminaram. Icílio olhou agradecido para sua prima Giuseppina Trevi. Ele também andava preocupado com o assunto, gostava e admirava aquela filha tão mais esperta do que as irmãs, mas era homem e, como tal, não sabia o que fazer. Tinha certeza de que Beppina poderia contar com Ersília, e que ambas fariam todo o necessário por Renata.

Obviamente, Felicina, filha natural de Federigo com Ersília, que já vivera com Diana, em Chieti, durante e após a guerra, seguiria acompanhando-os para Turim, onde continuaria os estudos.

Assim, um par de semanas após a partida dos pais e irmãs para Turim, Renata foi novamente levada para o médico de Pisa. Tinha oito anos. O doutor a examinou, apalpou-lhe o fêmur direito e disse logo: – Sim, há uma luxação na cabeça do fêmur, mas esse não é assunto para mim; é necessário um especialista. Levem-na ao Doutor Piccarelli, um cirurgião ortopedista que poderá operá-la e fazê-la andar direito. Assim foi feito e, como resultado da primeira operação, Renata passaria por sucessivas outras em razão das quais passaria quase dois anos engessada, do tornozelo à bacia. Dois anos imobilizada sobre uma mesa de madeira, sem colchão, que Renata lamentaria ou gabaria, dependendo das circunstâncias, para o resto da vida. Até porque de nada adiantou. No final da série de intervenções, a menina, agora com dez anos, continuaria a mancar com a perna direita, ligeiramente mais curta que a esquerda.

Mas não foi só sofrimento, contava-me ela sempre. Beppina não a deixava por um minuto sequer e todos os demais, inclusive Federigo, a visitavam pelo menos uma vez por dia. Tinha aulas particulares com uma professora do liceu contratada em Viareggio, estudava muito, e com prazer. No início, Beppina contava-lhe histórias, logo mais, passaria a ler em voz alta, até que um dia Renata lhe disse: – Você abandonou o teu crochê que sempre te agradou tanto. Volte a ele e me deixe ler sozinha. É que Beppina, não obstante todo o seu carinho, era incapaz de ir além da *Bíblia* e da história da unificação da Itália.

Um dia Renata foi deixada sozinha, por umas horas, com um exemplar da *Odisséia* (leitura do Augusto) por perto, pediu à empregada que o alcançasse. A menina encantou-se tanto com Penélope, Ulisses e a seqüência dos eventos que se seguiriam, que quis continuar a ler sozinha. Dali para frente, esgotada a mitologia grega e suas versões romanas – tudo também fazia parte do seu currículo escolar – , adotou o apelido de Cassandra, exigindo que assim fosse chamada, e passou a ler os franceses, que abundavam no banheiro de Federigo. Dumas, pai e filho, Balzac, Hugo, Zola... Stendhal, esse não. Não estava por lá. Somente iria lê-lo no Brasil, quando me viu com uma edição da Difusão Européia do Livro. – E porque não lê no original? – Porque não achei, não procurei, custaria mais caro, pô!, respondi. Também se deliciava com a poesia italiana – Páscoli, Carducci, Leopardi e outros que passou a minha infância recitando. Acabou me criando uma profunda repulsão à poesia. Em setembro de 1925, para tristeza de todos ali, voltou a morar com Diana e com Icílio em Turim, onde passou a freqüentar o ginásio regular.

Diana e Icílio, em Turim, haviam se instalado num bairro modesto, mas na Via Madama Cristina, perto da feira livre (hoje, pois, não sei se já existia na época, provavelmente sim.), uma rua comercialmente importante. E como era costume entre a pequena burguesia de então, loja no térreo e habitação em cima. A loja era de tamanho razoável e vendiam tecidos e aviamentos. Inclusive tecidos caros como casimiras e tropicais, para a confecção de ternos masculinos e *tailleurs* femininos para o inverno.

Icílio dedicou-se ao trabalho como jamais fizera na vida e, aos poucos, as coisas foram dando certo. Logo no terceiro mês, Icílio encontrou na rua um jovem que fora seu subordinado na guerra, e estava desempregado. Na mesma hora veio-lhe à mente algo que jamais havia lhe ocorrido: por que não contratá-lo como auxiliar? Talvez assim pudesse aliviar um pouco o trabalho de Diana e de Feli, que também se revezavam na loja. Ao cometer esse gesto, Icílio mal sabia a sorte que lhe daria. Pierino, que sempre adorara seu ex-capitão, não só se dedicou com toda a prontidão ao trabalho, como espalhou entre antigos companheiros, cabos e sargentos da guerra que terminara pouco mais de quatro anos antes, que o capitão Bavella/Terracina estava em Turim, onde abrira uma loja.

Não deu outra! A notícia espalhou-se e com ela o boato de que Bavella, que sempre fora benquisto por subordinados, colegas e superiores, como era da sua natureza por todos conhecida, fazia enormes descontos a todos os ex-combatentes. Creia o leitor que esse tipo de conversa, que hoje pareceria mero expediente promocional, definitivamente não existia na Itália de então. Mas Icílio, apesar dos resmungos da mulher, decidiu corresponder ao boato. Descontava-lhes metade daquilo que calculava como seu lucro no preço. Um desconto muito considerável para a época. A loja logo passou a ser movimentadíssima e Diana, esperta e sovina como era, passou a ficar no caixa, exigindo documentos comprobatórios da qualidade de ex-combatente dos fregueses. Com Diana no caixa, contrataram uma jovem, Antonina, para substituí-la no balcão. E assim a família foi progredindo de verdade.

Em breve, não obstante os protestos da mulher, Icílio começou a devolver ao sogro o capital que este lhe havia emprestado para montar a loja.

A partir de agosto de 1923, um mês comercialmente morto, iam todos a Pietrasanta visitar a família. O movimento era pequeno e podiam confiar plenamente em Pierino e Antonina. De lá, às vezes levando as meninas e outras não, davam uma esticada em Chieti para visitar Henriqueta e Cesare. Mas Diana gostava mesmo era de ir sem as filhas, pois assim podia dar uma parada em Roma e visitar Giorgina e Guido. Diana, agora, já não era a provinciana de Pietrasanta, mas uma *signora* de Turim, cujo acento cuidara bem de aprender. Giorgina, simpática e carinhosa, notara e demonstrou apreciá-lo.

Em 1926, Mirella, que até então fora uma menina acanhada, mas comum, começou a manifestar sintomas esquisitos: passou a "ouvir vozes". Ia bem na escola, já estava perfeitamente alfabetizada e até escrevia longas cartas para os avós, mas de vez em quando se jogava soluçando no colo da mãe, dizendo que estava com medo das vozes. Decretou-se que ela era anormal; então, mal a deixaram concluir o ginásio, e nunca mais se falou no assunto.

Em setembro de 1929 Icílio era um homem realizado. Já não era tão apaixonado pela mulher, mas lhe tinha carinho e a respeitava, assim como era por ela respeitado. Quando haviam estado em Pietrasanta, em agosto, já havia quitado sua dívida com Federigo há um par de anos e esse lhe demonstrava todo o apreço e gratidão. Eram Icílio e Diana que já há vários anos o aconselhavam sobre as compras de tecidos para a loja. Desde então, a loja de Pietrasanta prosperara mais ainda.

Em princípios de outubro daquele ano, a loja já estava abastecida para o outono e o inverno que estava por vir, quando um vendedor propôs a Icílio um grande negócio. Se lhe encomendasse mercadorias para todo o ano seguinte, da primavera ao inverno, gozaria de um desconto considerável e só pagaria à medida que as mercadorias fossem chegando. Icílio assustou-se, mas sentiu-se muito atraído. Conhecia os preços e as mercadorias, verificou que o desconto realmente era considerável e, provavelmente, com os lucros daria para começar um pé de meia, ou mudar-se para algum lugar mais central, ou abrir uma filial em outro bairro. Protelou a resposta o quanto pôde, enquanto discutia o assunto com Diana, que logo se empolgou com as boas perspectivas do negócio. Mas ele hesitou e chegou a escrever uma longa carta ao sogro expondo-lhe todo o assunto e perguntando sua opinião.

A resposta não demorou. – Realmente, meu querido Icílio, a coisa parece muito atraente. Mas eu não poria mais todos os meus ovos na mesma cesta. Já fiz isso uma vez e você conhece os resultados. De qualquer modo são vocês aí quem tem melhores condições para decidir.

O velho, esperto, tirara as nádegas da seringa e Icílio relutava, afinal, as coisas estavam indo tão bem, por que assumir riscos desnecessários? Mas Diana insistia: – Vai, Icílio, crie coragem, quem não arrisca não petisca! É verdade que estamos bem, principalmente desde que você, cabeçudo, acabou de pagar a dívida para o meu pai. Mas eu bem que gostaria de poder viver mais largamente, de poder tirar férias em Nice de vez em quando, em vez de ir todos os anos para Pietrasanta, lá entre os camponeses da Garfagnana, fazendo de conta que somos veranistas de Forte dei Marmi. Diana tanto insistiu, que Icílio, embora nada ambicioso, acabou pendendo para o lado da mulher, a quem, apesar de tudo, insistia em querer agradar. Desde o ano anterior, Diana, que não perdia uma oportunidade para melhorar o orçamento doméstico, dando-se conta de que na casa havia um quarto pouco usado, alugara-o a um jovem estudante de engenharia, de Florença, Giulio Bolaffi. Seu pai fora um rico mercador de peles e couros, em Florença, e construíra uma casa de veraneio para a sua família, em Forte dei Marmi. Lá, ele e sua mulher Mathilde conheceram os Ventura e os Terracina, e, embora já tivesse falecido, sua mulher, uma judia de Veneza, continuava a freqüentar a praia e a socializar-se com os únicos judeus locais. Quando Renata completou catorze anos, tanto Mathilde quanto os Ventura-Terracina concluíram que os dois jovens constituiriam um bom partido, um para o outro. Nada como alugar um quarto para Giulio, para adiantar o processo de aproximação, que já começara nos verões de Forte dei Marmi.

Icílio, na dúvida, decidiu: – Vou pedir a opinião do jovem engenheiro. Assim, numa noite na qual o jovem se encontrava em casa, chamou-o, expôs-lhe o negócio todo e perguntou: – *Che ne dice Ingegnere*? (Então, o que acha, engenheiro?). Giulio, que até então só se preocupava com a qualidade da neve no Val d'Aosta ou em Cortina d'Ampezzo, se estava boa ou não para esquiar, e jamais pensava em negócios, ficou intrigado, sem saber o que dizer. Ainda assim, seu caráter voluntarístico o levou a responder: – Não sou entendido no assunto, mas o negócio parece bom. Então vá em frente! Na terça-feira seguinte o negócio foi fechado.

No dia 30 de outubro, ao ler o jornal, Icílio encontrou uma notícia engraçada, mas preocupou-se. Voltando-se para Diana, comentou: – A bolsa de Nova York desabou! Diana respondeu: – E daí, é tão longe!

Ao longo dos meses seguintes, os mercados europeus, a começar por Londres, entraram em agitação. Corridas ao ouro e desvalorizações monetárias ocorriam cá e lá. A Itália seria relativamente pouco atingida pela crise, mas Mussolini adiantara-se e logo desvalorizara a lira. Parte das dívidas de Icílio era em libras esterlinas.

Em maio de 1930, já em plena primavera, Icílio, sombrio, volta-se para a mulher, e calcando no seu sotaque *abruzzese*, como costumava fazer quando o assunto era cômico ou dramático, sentenciou: – *Diana, semmo fottutti*! (Diana, estamos fodidos!) – O que aconteceu, marido?, exclamou, mesmo sabendo que as coisas não iam bem e que as vendas, desde dezembro, haviam diminuído sensivelmente. – Estamos cheios de estoques, as vendas mal davam para pagar as mercadorias do inverno. As da primavera, já estavam pagas, conforme o acordo, mas identicamente encalhadas. Logo chegariam os tecidos e aviamentos para o verão e não tinha como pagá-los. Na Itália da época não havia como cancelar pedidos. A única perspectiva era a falência. Icílio estava arrasado e derrotado, e assim continuaria até o fim dos seus dias. O fracasso dessa, inicialmente, promissora experiência comercial restitui-o ao ceticismo generalizado sobre o mundo dos negócios.

Quando voltaram a Pietrasanta, em julho de 1930, Federigo os acolheu bem e os tranqüilizou, afirmando que, como Icílio lhe havia restituído todo o capital investido em Turim, na realidade, não haviam perdido nada, apenas lucros, passados e futuros. Desembolsou a pequena soma que faltava para quitar a falência, evitando que o nome Terracina ficasse comercialmente sujo (Henriqueta e Cesare provavelmente também ajudaram) e prometeu que no próximo outono os ajudaria. À Diana emprestaria os recursos necessários para transformar a mansão da Via Mazzini em pensão de veraneio (o que não foi pouco, considerando móveis, equipamentos de cozinha, cama e mesa, talheres e até alguma prataria; afinal, a Pensione Diana seria de luxo) e a Icílio, o necessário para abrir uma pequena loja, como sempre, de tecidos e aviamentos na praça principal de Forte dei Marmi.

Mas, apesar do considerável apoio e boa vontade de Federigo, a falência de Turim não acontecera inconseqüente para a vida do casal. Diana, para a qual o marido sempre fora um fardo pesado de carregar, quase sem dar-se conta, resolveu na prática a situação. Ao reformar a casa, para adaptá-la à pensão, em vez de reservar um setor para a sua família, reformou-a como se esta não existisse. Para Icílio, reservou um espaço, quarto e saleta, com entrada independente pela rua lateral. Para si, reservou o melhor quarto da casa, no andar superior, com sacada para a Via Mazzini. Para as filhas, não reservou nada. Renata, já fazia anos, vivia na casa de Augusto, sob os cuidados de Beppina. Mirella e Graziana, para não desperdiçar um espaço precioso, durante a temporada, viveriam na casa do avô, em Pietrasanta, e fora dela, que dormissem onde quisessem, no enorme casarão.

Mesmo antes da falência, em Turim, Icílio começara a notar comportamentos estranhos em Diana. Ela recusava-lhe cada vez mais a concessão dos favores conjugais e se afastava, da casa e da loja, sempre que podia. Tinha algumas amigas que ele pouco conhecia, e ia com elas freqüentemente ao cinema.

Na volta para Forte dei Marmi, assim que passara o período de intenso trabalho na montagem da pensão, Icílio notou que definitivamente alguma coisa havia mudado. Continuavam casados, mas já não eram marido e mulher. É verdade que durante a temporada ela trabalhava demais. Tinha de supervisionar a cozinha, comprar os mantimentos, supervisionar as faxineiras e camareiras para que tudo estivesse em ordem e limpo e, acima de tudo, entreter os hóspedes. Mas jamais lhe pedira a menor ajuda. Não podia encarregá-lo das compras? Ela sabia que na sua lojinha sobrava-lhe tempo. Não que ela lhe fizesse muita falta, depois da debacle de Turim perdera o interesse por grandes negócios e preferia ficar em paz, dedicando-se aos selos e encadernando tudo o que lhe caía nas mãos. Para tanto, dispunha não só de um cantinho no fundo da loja, mas também da saleta que Diana lhe reservara e que ele logo transformara em seu laboratório. Realmente, jamais me constou que uma fêmea lhe fizesse falta. Nem a própria mulher, nem qualquer outra. Foi reatando antigas amizades e fazendo novas. Ele e sua bicicleta acabaram se tornando um par muito popular na pequena Forte dei Marmi, até porque, não é que se esfalfasse muito na sua pequena loja, cuja porta freqüentemente ostentava os dizeres: "Volto Já".

Tudo isso não o impedia de observar o comportamento estranho da mulher. Os olhares que ela trocava com algumas das hóspedes, a freqüência com que algumas delas a visitavam nos seus aposentos e lá permaneciam, às vezes, por horas. Mas a coisa só viria a esclarecer-se completamente, e a tornar-se conhecida pelo resto da família, em Pietrasanta, Viareggio e Pisa, no início de 1934, quando ela teve o seu primeiro caso relativamente permanente com uma enfermeira. Alguém contou para Augusto, que muito surpreso e assustado, sentiu-se no dever de contá-lo ao pai. Federigo, que sempre gostou muito da filha, já sentira algo no ar e não se surpreendeu. *La carrozza é sua, che ci faccia montare chi preferisce lei.* Augusto evidentemente também contou para Beppina, que contou para Ersília... Todos ficaram sabendo e não se tocou mais no assunto.

Enquanto isso, Diana jamais descuidara da sua pensão, que realmente ia de vento em popa. A reserva dos primeiros hóspedes alemães, ainda em 1931, fora comemorada em Pietrasanta com a abertura de um Panforte (Federigo sempre os guardava em estoque) e uma garrafa de Vin Santo[3]. Quando a família (um casal com dois filhos) chegou, de Munique da Baviera, ficaram tão encantados com o sol de agosto e com a comida que não só voltariam vários anos seguintes, como se encarregariam de difundir a pensão. Também vinham muitos hóspedes de Florença, Milão e Turim.

Diana, esperta, tratou logo, de temporada para temporada, de elevar os preços e melhorar a qualidade dos serviços. Como em Forte dei Marmi as chuvas de verão são muito raras, as refeições geralmente eram servidas no imenso jardim arborizado e convenientemente sombreado. Ali, à noite, eram freqüentes toda sorte de espetáculos: música, esquetes de teatro, cantores e até um mágico aparecia de vez em quando. Assim, a "Pensione Diana" foi crescendo e prosperando a ponto de permitir que sua proprietária começasse a juntar um bom pé de meia.

Foi só em 1937 que o mundo de Diana desabou. Em 1936, hospedara-se na pensão uma certa Principessa (Princesa) Corsini. Princesa exatamente do quê eu nunca soube, mas pelo que sei da Itália daqueles anos, imagino que pertencesse à, assim chamada, "aristocracia negra". Famílias ricas, pelo menos originalmente, que por qualquer razão ganharam, ou compraram, títulos de nobreza do Vaticano.

Corsini (jamais fiquei sabendo seu primeiro nome), segundo relato de Renata, era realmente uma mulher muito bonita, fina e elegante. Antes mesmo de sua chegada, quando Diana viu a carta com o pedido de reserva, logo encantou-se com o título. Quando chegou foi lampejante! Quando terminou o período

3 Vinho doce, feito a partir de uvas passas, muito apreciado na Toscana para acompanhar sobremesas. Salvo engano, o nome provém do fato de ser usado pelos padres na celebração da missa.

de sua reserva, Diana hospedou-a nos seus aposentos, dando origem a uma amizade colorida que duraria quase uma década, prolongando-se pela guerra adentro.

– Diana, tua pensão só funciona dois meses e meio por ano e é tão bem-sucedida, você é tão competente, por que não fazemos outra juntas, em Milão, para funcionar o ano todo? Diana encantou-se com a idéia, mas, cautelosa como sempre, perguntou: – E quem toca esta aqui? – Ora, você mesma! Você não ficará presa em Milão. No final da primavera, quando, aliás, o movimento em Milão diminui, você volta e assume aqui. Eu continuo tocando lá, até agosto, quando posso até fechar por um mês.

Foram, fizeram e deram-se muito mal. Não conheço os detalhes, apenas o trágico final, incompreensível, quase inacreditável. Não haviam completado um ano, quando foram à falência, com uma dívida absurda, equivalente a quase duzentos mil dólares (lembro-me dessa cifra colossal, porque já no Brasil, por décadas, eu a ouviria repetir e repetir). Diana corria o risco de perder não só a sua pensão de Forte, mas o imóvel também. Pior ainda, não ousava pedir dinheiro ao pai, até porque, dadas as condições, ele provavelmente negaria. O jeito foi pedir ao genro, meu pai. Nem teve coragem de antes perguntar à filha. Mas quando Renata soube, ela que até então jamais se ocupara e ignorava completamente as finanças do marido, berrou: "Não!".

Mas Giulio era mole. Não só era mole, mas morria de pena da sogra, e achava que ajudar era até sua obrigação. Além disso, adorava fazer bonito. Apesar da violentíssima oposição de Renata, acabou "emprestando" o dinheiro necessário para evitar a falência da sogra. Renata apenas conseguiu que ele "só emprestasse o estritamente necessário". Isso significou o fim da "Pensione Diana" de Forte dei Marmi, que teve todos os seus móveis e equipamentos vendidos e, no futuro, implicaria em muito mais coisas mais.

Em compensação, no meio de tanta desgraça, duas descobertas. Em primeiro lugar, a lojinha de Icílio, para qual ninguém dera atenção, crescera, ampliara sua clientela e já rendia o suficiente para sustentar a família, no nível a que sempre estivera habituada. Em segundo lugar, o pé-de-meia que Diana juntara na sua época de vacas gordas, passara incólume pela tempestade, e serviu para pagar algumas dívidas, evitando seqüestros inconvenientes. A outra parte serviu para reequipar a casa para o uso da família. Definitivamente, não estavam na miséria.

Chegara o ano de 1938, o estreitamento das relações Mussolini-Hitler, as leis "raciais", restringindo odiosamente as liberdades de cidadania dos judeus na Itália, na Alemanha a *Kristallnacht*[4], a invasão da Tchecoslováquia pelos alemães, o terrível fiasco de Chamberlain em Munique, enfim, para quem quisesse ver a guerra se aproximava. Renata piava na cuca dos demais.

Em maio de 1939, a filha Renata, o genro Giulio e o neto de Icílio e de Diana, eu mesmo, embarcaríamos para o Brasil. A Itália havia acabado de anexar a Albânia. Em setembro, a Alemanha, sentindo-se garantida pelo acordo Ribentrop (Alemanha) Molotov (Rússia) invadiria a Polônia, dando início à Segunda Guerra. Nesse mês, nós já estávamos em São Paulo. Lembro-me de Renata, na Praça do Patriarca, chorando ao ouvir o jornaleiro anunciar as notícias.

Os primeiros anos da guerra foram relativamente tranqüilos. Bem ou mal, a lojinha de Icílio dava para sustentar a família, que continuou a morar em Forte dei Marmi. De vez em quando, algum fascista, geralmente jovens marginais, lembrava que eram judeus e os xingava, mas como não havia alemães por perto, não havia maiores problemas. Certa vez um

4 "Noite dos Cristais": violento *pogrom*, promovido pelos nazistas contra sinagogas e lojas de alemães de origem judia.

fascista aproximou-se ameaçador para Icílio, dizendo que os fascistas iriam acabar com os judeus. Este pegou-o pela gravata, reagindo: – Imbecil! O que é que você sabe de judeus e de fascismo? Você ainda mijava nas calças e eu já lutava pela Itália. Empurrou-o para trás, dando-lhe um tapão na bunda. O moleque foi se queixar para um superior que lhe respondeu: – Deixa pra lá, afinal, o Terracina tem toda a razão.

Em 10 de julho de 1943, os aliados invadiriam a Sicília. Os acontecimentos começaram a precipitar-se, foi o golpe de misericórdia em Mussolini e no fascismo. Em 8 de setembro, o rei Vítor Emanuel 3º destituiu o ditador, nomeando o general Badóglio para substituí-lo. Em 12 de setembro, Mussolini é resgatado pelos alemães e levado para Saló, no norte da Itália, onde fundaria a República Social Italiana. Em 13 de setembro, Badoglio declara guerra à Alemanha que imediatamente invade, praticamente, a Itália inteira. Os judeus perderam completamente a segurança que tinham gozado até então.

Para sua sorte, Federigo morrera alguns meses antes. Os Ventura, os Terracina e os Sraffa não poderiam permanecer nas suas cidades, na Versília, onde eram conhecidos de todos e poderiam ser denunciados a qualquer momento. Cada um tomou seu rumo. Alguns meses antes, Diana livrara-se de Mirella, pagando uma boa soma a uma família de camponeses para que a guardassem.

Icílio deu a maior parte do dinheiro que possuía para Diana, escondeu a coleção de selos, dispersando-a por várias partes e fugiu para Rosignano Marítimo[5], uma pequena localidade no alto dos Alpes Apuanos. Há anos ficara amigo de uma família de lá e sabia que seria bem acolhido.

5 Rosignano desdobra-se em duas partes. Rosignano Solvay, nomeada segundo a conhecida empresa química multinacional, localiza-se à beira-mar, ao passo que Rosignano Maritima, curiosamente, encontra-se no alto.

Depois da queda de Roma, em agosto de 1944, os exércitos alemães, comandados pelo general Kesserling, criaram uma nova linha defensiva fortificada, a "Linha Gustavo", que corria do mar Tirreno ao Adriático, passando justamente um pouco ao sul de Rosignano. Do alto, onde se encontrava, Icílio podia ver tanto os canhões da artilharia aliada como, a algumas dezenas de quilômetros para o norte, os alvos que eles pretendiam bombardear. Erravam sempre, e Icílio não podia se conformar. A cada tiro perdido pulava sobre os dois pés e berrava: – Dois zeros à esquerda, um zero longo! – Pô! E aqueles aviões de reconhecimento, que iam e vinham, que faziam? Por que desperdiçavam tantos projéteis preciosos?

Meses depois conseguiu fazer chegar uma carta ao Brasil, por meio de um "pracinha" brasileiro. Nela contava que voltara são e salvo para casa, que Diana ainda não havia voltado, mas que tinha boas notícias dela: estava em Florença, que acabava de ser liberada. Contaria também sobre a incompetência militar dos americanos e que descobrira a sua razão, que o intrigara por muitos meses. Um general americano hospedara-se em Forte dei Marmi. Pelas janelas da casa podia-se vê-lo sentado na mesa às refeições. Era servido por garçons que vestiam um "summer"[6] branco. Roupa de garçom! "Onde é que já se viu?!". Nas cartas seguintes, que foram se tornando cada vez menos espaçadas, daria mais detalhes e repetiria: *La guerra coi camerieri! Che pagliacciata*! (A guerra com garçons. Mas que palhaçada!).

Em Florença, Diana permaneceu com sua filha predileta, Graziana, no sótão de um edifício, onde Corsini havia alugado um apartamento. Não que o sótão fosse muito desconfortável,

6 Smoking branco que com o passar dos anos viria a consagrar-se como roupa de garçom.

pois era, na realidade, uma *chambre de bonne*[7], tão requintada que até possuía banheiro anexo. Além disso, no inverno, beneficiava-se com o calor dos poucos apartamentos inferiores que podiam dar-se ao luxo de alguma forma de calefação. Mas o simples fato de não poder sair dali com freqüência, deixava-a extremamente deprimida. Outro problema era a comida. O dinheiro era curto e os requintes tais como carne, manteiga, leite, queijos, ovos e outros alimentos aos quais sempre estivera habituada, só podiam ser conseguidos no mercado negro além de custarem os olhos cara. Como era judia escondida, ela sequer podia fazer jus aos talões de racionamento. Em conseqüência, a alimentação cotidiana resumia-se a repolho ou couve-flor e, com sorte, a umas batatas. De vez em quando, Corsini aparecia com um pouco de chicória tostada[8] ou um par de laranjas, mas era tudo.

Felizmente o refúgio florentino de Diana e da sua filha não precisou durar muito. Em 13 de Agosto de 1944, Firenze seria libertada dos alemães pelos aliados. Ficaram em Firenze por mais alguns meses até que a poeira baixasse em toda a região Toscana e, assim que puderam, em meados de outubro, voltaram para Pietrasanta, onde Diana já encontrara o irmão Augusto, o marido Icílio, a meia irmã, Felicina, com o marido e as filhas. Enfim, toda a família e seus agregados por aquisição conseguiram reunir-se no seu útero originário. Faltava apenas o irmão Gualtiero, que decidira permanecer em Florença, onde sempre vivera, e aqueles que haviam migrado para o Brasil em 1939.

Os primeiros meses de paz não foram fáceis. Por sorte, a casa de Pietrasanta não fora ocupada pelos *sfollati* (desabrigados pela guerra) e aquela de Forte dei Marmi, embora ocupada, foi reavida em poucos meses. Mas a alimentação era escassa e haviam exau-

7 Aposentos de empregada.
8 Sucedâneo de café, *ersatz*.

rido toda e qualquer poupança. Os filhos homens de Federigo herdaram alguns imóveis, inclusive o enorme palacete da loja na Via di Mezzo e a própria loja, mas não era hora de vender nada.

Foi quando os parentes brasileiros, valendo-se da Cruz Vermelha, começaram a mandar pacotes. Lembro-me muito bem desse episódio, pois acabei tendo participação central nele. Os referidos pacotes podiam pesar cinco quilos no máximo e conter uma série predeterminada de itens: um quilo de café e outro de açúcar, no máximo. Os demais deveriam consistir de meias, roupas, biscoitos e outros bens de pequena utilidade. Acontece que na Itália daqueles tempos as mercadorias que realmente eram procuradas, e poderiam ser revendidas por bom valor, eram exatamente o café e o açúcar, cigarros, lâminas gilete e sabonetes.

Foi aí que eu entrei. Com toda a boa disposição e até todo o entusiasmo dos meus onze anos, minha mãe inscreveu-me como voluntário nos trabalhos de recepção e manuseio dos pacotes. Minha mãe chegava no balcão com os pacotes prontos para despacho, contendo somente os bens aprovados, na correta proporção. Mas os pacotes tinham de ser entregues semi-abertos, para que um fiscal pudesse inspecioná-los antes de carimbar a sua conformidade. Eu levava os pacotes ao inspetor que após uma olhada rápida lhes carimbava a aprovação. Então, ia para o fundo, atrás das pilhas de pacotes, esvaziava o da minha mãe e substituía o conteúdo por três quilos adicionais de açúcar ou de café (não torrado). Em outras ocasiões lá iam giletes em quantidade para barbear a cidade inteira ou pacotes e pacotes de cigarros, cujo pouco peso era contrabalançado por quatro quilos de café e um par de sabonetes. Renata sempre endereçava esses pacotes para Diana, com exceção dos que continham cigarros e gilete, que eram endereçados para Icílio ou para Augusto, ou ainda para Beppina Ventura, a mulher de Augusto, para Feli e seu marido, Aldo Sraffa. Afinal, todos eram parentes queridos e moravam juntos. Não penso que isso teria feito qualquer diferença, mas a variação do destinatário também era ditada pelo fato de que mandávamos dois a três pacotes por semana, o que excedia a quantidade permitida. Assim, caso surgisse algum problema, a maior variedade de destinatários talvez ajudasse a explicar o excesso de pacotes. Pelo menos era o que pensava Renata. Matilde Bolaffi, sua filha Marcella, irmã do meu pai e seu marido Leonardo, que haviam regressado para Turim, também recebiam sua cota de pacotes.

Alguns parentes e conhecidos da minha mãe criticavam-na pelos seus excessos em matéria de café cru e de açúcar. – Mas Renata, como é que você ousa transgredir as regras impostas pelo governo brasileiro, que tão generosamente nos permite de ajudar os nossos? – Eu amo e respeito esse país que nos acolheu de braços abertos e nos possibilitou não só escapar da guerra, como de prosperar. Mas para um país que exporta tantos milhões de toneladas de café e açúcar, não são os nossos quilinhos a mais ou a menos que farão qualquer diferença, respondia Renata enfaticamente.

Foi com a venda do excedente dessas mercadorias que Augusto reuniu o capital de giro necessário para reiniciar as atividades da loja. No início, cogitara de vendê-las ali mesmo, na loja. Mas logo desistiu, temendo ser acusado de praticar "mercado negro". Preferiu utilizar os bens transatlânticos para com eles pagar mercadorias italianas que começavam a aparecer. Em breve a loja voltou a adquirir um movimento razoável e a gerar uma lucratividade que, embora nem de longe pudesse ser comparada àquela dos tempos de Federigo, no pré-guerra, permitiu que a família voltasse a viver com relativo conforto.

Posteriormente, a partir do início dos anos cinqüenta, os demais irmãos começaram a pressionar, com justa razão, pelas suas partes no patrimônio de Federigo. O quinhão mais valioso consistia precisamente no palacete onde funcionava a loja.

Embora Augusto e Beppina, há décadas, não vivessem mais lá, sua venda implicaria no fim do seu único meio de subsistência. Por isso Augusto relutava. Relutava também porque achava que numa época na qual a economia italiana ainda lambia as feridas deixadas pela guerra, não era o momento apropriado para a venda de imóveis.

De qualquer forma, carta pra cá, carta pra lá, por volta de 1953 decidiram vender um enorme terreno de mais de vinte mil metros quadrados que Federigo possuía junto à Praia de Forte dei Marmi e a casa de Pietrasanta.

Em 1946, poucos dias antes do plebiscito que decidiria o destino da Casa de Savoia, culminando na proclamação da República, Diana aproxima-se de Icílio e lhe pergunta: – Icílio, você que sempre se interessou por política mais do que eu, diga-me, como devo votar no plebiscito? – Ora Diana, o voto é uma coisa sagrada que cada um deve decidir segundo sua consciência, não posso interferir no teu voto. – Mas, Icílio, estou confusa, todos dizem para votar na República, mas o que vai acontecer com o nosso rei? – Diana... lá me vem você de novo com o teu rei, a tua rainha e os teus príncipes, vote como acha que deve, replicou Icílio, voltando a examinar os seus selos, num sinal de que não queria mais conversa.

Icílio já parara de ser um colecionador ativo, de procurar novos selos e ampliar sua coleção, mas adorava rever os que já tinha. Cada um dos seus selos tinha uma história. Ele jamais fora desses colecionadores que compram os selos em lojas de filatelia. Ele chegava a corresponder-se com pessoas dos mais estranhos países do mundo, Venezuela, Eire, Congo e assim por diante, mandava e recebia selos. Às vezes, trocava de dois a dez por um, para obter exemplares mais valiosos. Compulsava o catálogo Yvert-Tellier de cada ano e um atlas já sebento. Lembrou-se da vez que um alemão, por engano, lhe enviara um selo valiosíssimo, um selo raro, o famoso "Baden-Baden", e da recusa do homem em recebê-lo de volta. Mandava e o Fritz devolvia, e assim sucessivamente. Cansou-se da brincadeira e acabou mandando-lhe centenas de selos, que não chegavam a compensar, mas de qualquer modo eram interessantes. Enfim, passava horas com a lupa, examinando os velhos selos.

Quando Diana já saía, aproximando-se da porta, Icílio interrompe o exame do selo, volta-se para ela e, no mais legítimo e carregado sotaque abruzês, lhe diz: – *Diana, peró, un ti scordá, quantu lú Re ci há fatto correre...* (Mas não se esqueça da corrida que o rei deu em nós todos). Diana votou pela República.

Diana Ventura na praia do Forte dei Marmi por volta de 1930

Icílio Terracina, terceiro da direita para a esquerda, em grupo de oficiais durante a guerra 1914-1918.

TESSERA DI RICONOSCIMENTO per l'anno 1922

SEZIONE di

Nome e Cognome Terracina Icilio

Domicilio Chieti

Professione Commerciante

Decorazioni, Distintivi di Onore, Campagne Itala Aust. Croce di Guerra

Grado militare - Arma Tenente Fanteria

Data d'Iscrizione 1 - Agosto 1919

Firma del Socio

N. 17

IL SEGRETARIO

IL PRESIDENTE

TESSERA N. 17

ASSOCIAZIONE NAZIONALE COMBATTENTI

IL Comitato Nazionale

Associazione Nazionale Combattenti COMITATO NAZIONALE ROMA

Carteira Militar de Identidade de Icílio Terracina

Página seguinte: Icílio Terracina por volta de 1946, retrato por Virio

Capítulo 5

Giulio Bolaffi, o Velho & Mathilde Bassi

(1856-1920) (1873-1967)

Bolaffi é um nome muito antigo. Parece que provém de *Abulaffia*, que em árabe significaria "Pai da Saúde", ou seja, médico. Fiquei sabendo disso, quando eu devia ter onze ou doze anos e minha avó Diana me contou: – Vocês vêm de uma família muito importante, os Bolaffi do teu pai são descendentes dos príncipes Abulaffia de Toledo. Até o fim da vida, Diana jamais perderia suas manias juvenis por príncipes e princesas. Quanto a mim, não dei a menor pelota, muito mais interessado que eu estava comigo mesmo, naquela idade, ali e naquela hora.

Anos mais tarde, em Jerusalém, assim que cheguei, em 1954, meu instrutor e professor, Daniel Carpi, logo ao conhecer-me diria: – Gabriel, teu nome é Abulaffia. Um nome muito importante na história dos judeus, não esqueça! Ainda em Jerusalém, na primeira vez que fui ao centro da Cidade Nova (naqueles anos a Cidade Velha ainda era totalmente árabe e não havia sido conquistada e anexada a força por Israel, portanto, inacessível para os judeus) para revelar fotografias, ao declinar meu nome, o simpático velhinho da loja exclamou: – Mas que nome *atic* (antigo)! – Veja, disse apontando, – logo ali esta a rua Avraham Abulaffia!

Mais de vinte anos mais tarde, visitando Toledo com Clélia, entramos numa antiqüíssima sinagoga, ou o que restava dela, que foi transformada em museu. De repente, ela me puxa pela manga dizendo: – Gabi, você sabe quem fundou essa sinagoga?, e apontou para uma pequena tabelinha datilografada, coberta de vidro. – Avraham Abulaffia, século quinze. Aí, não sei o que me deu, desatei a chorar, um choro profundo e convulsivo, totalmente incompreensível. Enquanto chorava, eu pensava: "Pô, não tenho nada com isso". Mas ao mesmo tempo, na mente, um filme rodava ao contrário: o holocausto, as imagens dos sobreviventes vagando pela Europa, tais quais as descreveu Primo Levi ou tentando romper o bloqueio inglês para chegar na Palestina, a falência do *kibutz* e do Estado de Israel, Birubidjan (República judia "autônoma" que Stalin tentou criar no norte da URSS), a Revolução Russa, o socialismo, o *pogrom* de Kishinev e tantos outros, os guetos, as estrelas amarelas que os judeus eram obrigados a costurar nas roupas, a Inquisição. "Não tenho nada com isso", repeti para mim mesmo e lembrei da pergunta que um vizinho da minha idade me fizera, na rua Maranhão, em São Paulo, quando eu tinha seis anos: – Gabi, por que você matou Jesus? Realmente, ver ali materializada a antiguidade judia do meu nome despertara todas as minhas emoções, memórias e sentimentos. Logo caí em mim e passou.

Dos Bolaffi mesmo, a primeira coisa documentada que eu possuo é um *sidur* (livro judeu de rezas), obviamente em hebraico, assinado e datado por um Gabriel Bolaffi, 1756. Aliás, desse mesmo Gabriel acabei herdando, ou melhor, ganhando, de minha tia Marcella de Turim e da minha prima Donatella, um lindo *shaddai* de prata dourada, um desses amuletos que antigamente os judeus punham na cabeceira da cama, muito parecido com o que pertencera a Federigo. Como pude verificar, os nomes Gabriel e Giulio compareceriam em todas as gerações da família desde então.

Há documentos anteriores, mas o primeiro documento importante sobre a presença de judeus em Florença data de 1428, quando uma assembléia de representantes dos judeus da Itália[1], reunida naquela cidade, obteve uma carta de proteção do papa

1 Interessante esse evento, a atestar entre tantos outros, a existência do conceito de Itália-nação, muito antes que Maquiavel pudesse sonhar com ela.

Martim 5º. Mas a comunidade judia foi oficialmente estabelecida em Florença, em 1437, quando alguns banqueiros judeus foram convidados a abrir bancos de empréstimo naquela cidade. Embora o grosso da população fosse hostil aos judeus, a aristocracia, e particularmente os Medici, os protegiam. Nessa época, a população judia da cidade limitava-se a cem famílias, mas nem por isso deixou de beneficiar-se com os estímulos intelectuais da Renascença. Assim, em Florença também existiram muitos intelectuais judeus. Muitos cristãos que socializaram com eles, como Giannozzo Manetti, Giralomo Beneventi e Pico della Mirandola, foram introduzidos ao hebraico, à literatura e à filosofia judia. Em 1571, a criação do gueto de Florença terminaria com todo esse florescimento intelectual.

Assim como em Veneza e outras partes, em Florença, o triunfo de Napoleão também emanciparia os judeus. Em 1848, o grão-duque Leopoldo 2º promulgaria uma constituição liberal que, entre outras medidas, asseguraria plena igualdade aos judeus. Onze anos depois, Toscana, da qual Florença é capital, seria integrada ao reino da Sardenha que, em 1861, se tornaria reino da Itália. Nele, até o advento das leis raciais de Mussolini, os judeus sempre gozaram da mais ampla liberdade.

Giulio Bolaffi, o meu avô, provavelmente já nasceu no imenso casarão da Via della Scala 6, em Florença, onde também nasceriam seus filhos. Mas o assunto é controvertido e eu não creio que, da minha perspectiva, mereça a perda de tempo que seu esclarecimento demandaria na prefeitura e nos cartórios de Florença. Talvez possa ser muito interessante para algum historiador dos judeus na Itália.

A controvérsia é a seguinte. Pelos livros e objetos encontrados numa e noutra propriedade, como pelo que está escrito, a mão, na contracapa de alguns livros, a família Bolaffi, há séculos, foi proprietária de dois imóveis em Florença. Um era o já mencionado casarão da Via della Scala, construído no século 16.

O outro era aquilo que na Itália se chama *podere*, ou seja, uma pequena parcela de terra rural, espécie de casa de campo, onde também se produzia azeite, vinho, castanhas e algumas outras frutas, principalmente para o consumo da família. Desde sempre, até depois do final da Segunda Guerra Mundial, essa terra fora tocada por camponeses, no sistema de *mezzadria* (meação). Essa segunda propriedade estava localizada no subúrbio florentino de Trespiano, na Via Bolognese, a antiga estrada que levava a Bolonha. Esta, pelo menos, é a versão que meu pai me passou e que eu pude confirmar nos documentos mencionados.

Já minha tia, Marcella Áscoli, irmã mais moça do meu pai, viva e lúcida na plenitude dos seus 89 anos, discorda: – Imagine, pois se até a libertação de Toscana da dominação austríaca era proibida aos judeus a posse de bens imóveis, como poderiam? Bem, é verdade, mas não plenamente. Sempre houve exceções, concessões especiais aqui e ali. Além disso, como já afirmei acima, na realidade os judeus florentinos praticamente já haviam sido emancipados desde 1800.

Na contracapa do livro que pertenceu a Gabriel Bolaffi no século 18, entre outras coisas, está escrito, não por ele, mas por uma mulher que não consegui identificar:

> No domingo, 10 de schvat (mês do calendário judeu), caiu sobre Florença uma forte tempestade de vento, chuva e granizo, com enormes prejuízos para todas as famílias. Por causa dos estragos, e temendo os maus ares que poderiam advir, meu filho achou melhor que todas as mulheres da casa fossem para Trespiano. Fomos de carroça e a viagem durou seis horas. *Kadosh, Kadosh! Come é grande l'anholam!* (Santo, Santo, quão grande é o mundo).

Então, a propriedade de Trespiano já pertencia à família bem antes do nascimento de Giulio, meu avô. E se isso ocorreu, é bem provável que o mesmo aconteceu com o imóvel de Via della Scala.

Abro um parênteses para transcrever, aqui, a parte relevante deste capítulo, uma mensagem que minha tia Marcella Áscoli me enviou de Turim, em resposta a indagações que lhe fiz:

> Gabriel Bolaffi é o primeiro antepassado do qual eu tenha notícia. Penso que tenha vivido em torno de 1750. Seu filho Felice, chamado de Feliciaccio (um sufixo pejorativo) pelas gerações seguintes, deve ter nascido lá pelo final do século, porque foi pai de Gabriel, meu avô e teu bisavô, de Regina e de outros meninos cujo nome já não lembro. Felice Bolaffi jamais foi perdoado pela filha e pelos seus descendentes por ter-lhe negado um dote, e por tê-la também deserdado. À época, esse era um procedimento comum da burguesia florentina, mas não entre os judeus. Ao que parece, o problema de Felice Bolaffi era não descapitalizar a grande empresa atacadista de tecidos que possuía, localizada em pleno gueto de Florença. Essa empresa foi deixada aos filhos homens.

Esse depoimento derruba a hipótese de que pelo menos o casarão de Via della Scala já pertencesse ao primeiro Gabriel Bolaffi. Provavelmente, deve ter sido adquirido pelo segundo homônimo, meu bisavô, pai do meu avô Giulio. De qualquer modo, o assunto permanece duvidoso e é pouco provável que eu lhe tivesse dedicado um parágrafo tão longo, não fossem as coisas que Renata fantasiou e me contou a respeito daquele edifício e das riquezas que nele se encontravam, na forma de quadros e móveis antigos.

Quando, então, aos dezenove anos de idade finalmente vim a conhecer o imóvel, àquela altura já transformado em hotel e até dotado de elevador, minha mente fervilhou. Embora já reconstruído e a fachada toda afrescada, havia sido, na sua quase totalidade, destruído pelos bombardeios da Segunda Guerra. Mas a pequena parte dos afrescos restantes fora removida e utilizada na decoração do interior do hotel, aliás, um hotel de *charme*. Aqueles pedaços irregulares de estuque afrescado permanecem até hoje presos por ganchos às paredes internas, como um monumento à sandice da guerra. Alguns dos cômodos internos possuem o forro em abóbada e são afrescados em cores.

Bem, deixando de lado essa boba discussão quanto à data da aquisição dos imóveis, o depoimento da minha tia prossegue com várias seqüências genealógicas para mostrar que minha avó Mathilde, neta de Regina, a filha deserdada de Feliciaccio, era, na realidade, prima do meu avô Giulio, aliás, pelas suas fotografias da juventude, uma lindíssima prima. Nascida no gueto de Veneza, conta-me minha tia, ela sempre cultivou, com carinho, o sotaque peculiar às famílias daqueles judeus pobres e segregados no gueto.

Os judeus de Veneza, embora sempre tivessem estado em contato com os demais judeus da Itália, possuem uma história peculiar. Embora pareça provável que já houvesse judeus em Veneza desde o tempo das Cruzadas, o primeiro documento incontestável sobre a presença deles em Veneza data de 1314. Trata-se de um apelo feito por um judeu chamado Ulimidus ao Doge Soranzo, em nome da comunidade local. Daí para frente o núcleo judeu de Veneza foi crescendo, ao mesmo tempo em que era exaurido pela assimilação judeus que se italianizavam por completo e acabavam adotando o catolicismo. Mas era também robustecido por novas levas provenientes de todas as partes. Entre essas levas destacam-se aquelas provenientes da Península Ibérica, na virada dos séculos 15 e 16.

Em sucessivas ocasiões, ao longo dos séculos 16, 17 e 18, as autoridades da sereníssima República emitiram decretos de expulsão dos judeus, mas essas decisões sempre acabaram sendo revogadas mediante a obtenção de grandes empréstimos a juros baixos ou de outras formas. No século 18, a importância da presença judia em Veneza, enquanto elemento comercial e economicamente fundamental, se tornara incontestável. Numa economia declinante, a sua importância decisiva no comércio com o Levante se tornara um fator significativo para as autoridades locais. Embora o número de judeus provenientes direta ou indiretamente da Península Ibérica tivesse aumentado consideravelmente, estes jamais foram tocados pela Inquisição. Isto ocorreu, porque as autoridades da sereníssima, ciosas das suas prerrogativas, nunca permitiram que a Inquisição adquirisse, ali, o poder que atingiu em outros lugares. A queima de exemplares do *Talmud*[2] em praça pública, ocorrida em 1553, é atribuída a uma disputa entre tipografias. Pouco mais de uma década mais tarde, o Senado veneziano proibiu a impressão de livros em hebraico.

Não obstante as proibições, a impressão de livros hebraicos continuou a prosperar por séculos em Veneza. Há quem diga que, enquanto Livorno se especializou na impressão de livros para os judeus do Mediterrâneo, Veneza, graças à presença de grandes contingentes de judeus austríacos e alemães, especializou-se na edição de livros para o judaísmo da Europa Central. As tipografias hebraicas de Veneza foram muito impulsionadas com a chegada de Daniel Bomberg, de Antuérpia. Ele, seu filho e sucessores produziriam um fluxo contínuo de livros por muitas décadas, a partir de 1511. Logo o sucesso dos Bomberg atrairia muitos outros livreiros como os irmãos Farri, Francesco Brucioli e muitos outros. Assim, Veneza continuaria a ser um importante centro de edição de livros hebreus até o século 19.

Em 1552, quando a população da cidade se elevava para 160 mil habitantes, os judeus eram novecentos. Muitos deles eram mercadores, em associação com parceiros cristãos. Em 1655, o número

2 Conjunto de livros que contém a interpretação das leis judias.

de judeus atingia 4.800, mas logo começou a declinar, não só em virtude da assimilação e conversão, mas também porque muitos foram atraídos pelas vantagens oferecidas pelo porto livre de Livorno. Cerca de um século mais tarde, a população judia da cidade caía para 1.700 habitantes. Durante a guerra entre Veneza e Turquia, entre 1714 e 1718, os impostos se tornariam ainda mais altos e muitos judeus, proprietários de navios, perderam seus barcos e bens. Em 1737, a comunidade judia foi obrigada a declarar falência.

Em 1797, com a ocupação de Veneza pelos franceses de Napoleão, todas as antigas restrições que pesavam sobre os judeus foram revogadas e os portões do gueto foram derrubados. Quando a cidade foi cedida à Áustria, no final do mesmo ano, os judeus perderam boa parte dos direitos recém-adquiridos, logo restabelecidos durante o reinado napoleônico de 1805-1814. O governo da revolução de 1848-1849 foi encabeçado pelo italiano de origem judia, Daniele Manin. Contudo, foi somente com a anexação de Veneza ao reino da Itália em 1866, somente sete anos antes do nascimento de minha avó Mathilde, que os judeus venetos foram efetivamente emancipados.

Mathilde tivera uma infância paupérrima naquele gueto onde ainda se falava o dialeto peculiar dos judeus de Veneza, um ladino, contaminado pelo alemão e pelo ídiche. É verdade que, ao longo dos séculos, a presença dos judeus na sereníssima República fora tolerada e até estimulada em virtude do fato de que entre eles havia muitos emprestadores de dinheiro e comerciantes, mas os ricos sempre foram uma minoria. O pai fora um pobre alfaiate, cuja clientela provavelmente se limitava aos outros judeus do gueto, aqueles pobres como ele. Durante toda a sua infância, minha avó Mathilde ouvia falar nos parentes ricos de Florença, e no vilão Feliciaccio que deserdara sua avó. Ela sonhava com a possibilidade de um dia tornar-se próspera como eles, mas jamais imaginara que, adulta, se tornaria uma deles. Giulio Bolaffi e Mathilde Bassi conheceram-se, segundo consta, por acaso, em 1902, durante uma viagem do primeiro a Veneza. Casaram-se, logo em seguida, tendo a família Bassi comemorado o casamento como uma vingança póstuma dos fados, contra o vilão Feliciaccio[3] Bolaffi. Dessa união, prossegue o já mencionado depoimento de Marcella:

> Nasceram cinco filhos: Gabriellino, morto aos nove meses, de gastroenterite; Carlota, natimorta em 1905; Giulio, teu pai, em 1906. Noemi, em 1907 e morta de septicemia em 1916 e, em 1917, a abaixo assinada (Marcella), para sanar a grande dor dos seus pais. Quando eu nasci, meu pai tinha 61 anos. Ele morreu de pneumonia em dezembro de 1922.

Realmente, meu pai já me contara e repetira muitas vezes o quanto a morte de Noemi, aos nove anos de idade, abalara seus pais. Mathilde lamentaria a perda dessa filha por todo o resto da sua vida. Quando, em 1938-1939, meus pais começaram a discutir a possibilidade de migrar para o Brasil, o pretexto de Mathilde para não aderir ao projeto era expressado pela frase: *Io, non abandonero mai i miei morti* (Jamais abandonarei os meus mortos). Dizem que no fundo ela se referia principalmente a Noemi, cujo túmulo ainda visitava mensalmente. Isso, contavam-me, havia impedido sua filha Marcella e seu genro Leonardo de migrarem para o Brasil. A filha tinha de ficar com a mãe. Nunca acreditei, pelo menos desde que aprendi a raciocinar.

Em 1928, Mathilde Bassi era uma viúva realizada. Seu filho mais velho, Giulio, como o pai, estava por se formar em engenharia química e sua filha caçula, Marcella, era uma menina saudável e esperta que tinha acabado de ingressar no ginásio. Ela lutara muito para consolidar o patrimônio deixado pelo marido:

3 Seu nome, na realidade, era Felice, sendo o sufixo "accio" um pejorativo!

construíra um grande hotel no imenso terreno no qual seu marido havia feito uma casa de praia, em Forte dei Marmi, para a família e já estava construindo, lá mesmo em Forte, uma segunda mansão. Seu projeto era o de poder deixar um casarão para cada filho. Não que não tivesse passado por imensas dificuldades. Por causa de certos lances e manias considerados estranhos, mas muito onerosas, que adquirira nos anos subseqüentes à perda da filha Noemi, o marido perdera confiança na sua capacidade de passar a gerir o patrimônio familiar na eventualidade do seu desaparecimento. É que Mathilde cismara que um dos melhores investimentos da época teriam sido as antiguidades. Não que não houvesse precedentes. Lembrava-se bem que, logo nos primeiros anos do seu casamento, quando o marido passara por uma crise de liquidez, vendera um velho conjunto de mesa e duas cadeiras do mobiliário do palacete de Via della Scala por uma soma espetacularmente fabulosa. O dinheiro fora tanto que não só deu para resolver a crise, como sobrou para começar a pagar um imóvel adicional. Impressionada, perguntara ao marido: – *Ma Giulio, come mai ti hanno pagato questa fortuna colossale*? (Mas Giulio, como é que te pagaram tamanha fortuna?) – *É Mathilde, erano antichi mobili Medicei del seicento* (É Mathilde, eram móveis antigos da época Médici, de mil e seiscentos).

O fato é que, após a morte da filha, passou a freqüentar leilões e a comprar toda sorte de bobagens, mas sempre deixando as dívidas para o marido pagar. O marido Giulio, santo homem, julgando que os exageros da mulher decorriam do sofrimento pelo qual ambos haviam passado pouco antes, com a perda da filha, não dizia nada nem reclamava, mas simplesmente visitava os credores e pagava. Mas, ao sentir que estava envelhecendo e que o futuro que o aguardava era cada vez mais incógnito, decidiu fazer um testamento, a seu juízo muito cuidadoso. Para a mulher, não deixou nada, nem propriedades nem ações, mas apenas a metade do usufruto dos bens, com a qual caberia a Mathilde sustentar-se e aos filhos, provendo pela sua educação. A segunda metade do usufruto deveria ser reinvestida para que, mais tarde, o principal e seus rendimentos fossem divididos entre os dois filhos. Para administrar esse patrimônio, nomeou tutor um advogado amigo seu.

No início, tudo parecia perfeito. Mathilde não se surpreendeu e nem achou que tivesse nada a objetar, por ter apenas herdado o usufruto parcial do patrimônio. Afinal, não era assim mesmo que se costumava fazer? Além disso, feitas as contas, pareceu-lhe que a renda do óleo e do vinho de Trespiano, mais o aluguel de um andar e da loja do palacete de Via della Scala, seria amplamente suficiente para que todos pudessem viver com largueza. Além disso, Mathilde sabia possuir, para si e para os filhos, um patrimônio significativo, constituído pelas antiguidades que adquirira antes da morte do marido.

Mas o velho Bolaffi, ao montar seu esquema, simplesmente esquecera de um detalhe crucial: os impostos de sucessão, altíssimos na Itália da época. Enquanto esses impostos não fossem pagos, não haveria usufruto algum, salvo algumas manobras legais às quais Mathilde soube recorrer com relação aos produtos de Trespiano e aos aluguéis, mas que, nas condições dadas, rendiam imensamente menos do que poderiam. Não se podia pagar os impostos com a venda de uma parte dos títulos e das ações, porque estavam bloqueados. E, para o cúmulo do azar, o tal de tutor era um panaca, bunda-mole, ou pelo menos assim passou para a família.

– *Ma Signora coso posso fare? Era la volontá del povero Giulio, ah! Che caro amico* (Mas senhora, que posso fazer? Foi a vontade do defunto Giulio, ah! Que amigo querido). – Então levante a bunda dessa poltrona, limpe-o bem para que feda menos do que de costume e pague esses benditos impostos. Recursos para tanto não faltam, mesmo se estão transitoriamente bloquedos.

Mathilde, viva e esperta, há muitos anos já aprendera perfeitamente os padrões requintados de comportamento florentino, mas quando a tiravam do sério suas raízes no gueto não lhe deixavam pêlos na língua. Não houve jeito, o advogado olhou para ela assustado e estarrecido e olhando para a porta de saída, sentenciou: – Infelizmente não há o que fazer (*Niente da fare, un cazzo!*) – Não há que fazer, um cazzo, eu vou lhe mostrar excelentíssimo advogado!

Dali para diante, mesmo passando severas necessidades, até cortes de água, luz e telefone em casa por falta de pagamento, Mathilde iniciou um périplo por todos os juízes e tribunais de Florença, e quando julgou oportuno, até suas esposas, filhos e noras. Em 1924 muniu-se de coragem e chegou a escrever uma carta a Mussolini, expondo sua situação paradoxal. Obviamente não obteve nada de concreto, a não ser que o Duce[4], ou alguém por ele, mandasse que os serviços públicos fossem restabelecidos na casa da pobre viúva. Finalmente, no final de 1924, acabou conseguindo um acesso um pouco mais atencioso, de parte de um juiz ou outra autoridade qualquer, não sei bem. O homem, após ouvi-la atentamente, exclamou: – Mas é apenas uma questão de bom senso: há dívidas para com o fisco, há recursos para pagá-las. Então é o Estado que está bloqueando a si mesmo! Minha senhora, infelizmente as leis são complexas e muitas vezes contraditórias. Ainda não sei a que cláusula legal obscura poderei recorrer, mas fique tranqüila que encontrarei alguma solução, e em breve. E assim foi. Em menos de duas semanas o advogado tutor foi exonerado de suas funções, por carradas de argumentos de incompetência, e Mathilde readquiriu os plenos direitos de gestão do patrimônio familiar e resolveu todos os assuntos.

4 *Duce*, título que Mussolini se auto-conferira. Do latim *Dux,ducis,* duce significa "condutor".

No alto: Livro de orações que pertenceu a Feliciaccio Bolaffi, por volta de 1840.
Embaixo: Uma das aquisições de Mathilde.

Mathilde Bolaffi, por volta de 1948.

Giulio I Bolaffi, marido de Mathilde, por volta de 1918.

Eles todos já freqüentavam os verões de Forte dei Marmi, desde 1915, quando alguns amigos florentinos convenceram o velho Giulio das virtudes das "curas balneárias". Foram, em comitiva, na primavera daquele ano, gostaram, voltaram no verão e voltariam em todos os anos sucessivos. Bolaffi, que além da sua loja de peles e couros já possuía vários imóveis, e uma respeitável poupança investida na bolsa, logo pensou: "Por que não vender o imóvel da Via Tornabuoni para comprar um terreno aqui e construir?". Vendeu, comprou e construiu. Sempre com o apoio ativo e participante de Mathilde. Logo passariam a freqüentar os Ventura, salvo nos quatro anos de penúria.

Lembro-me muito bem de Mathilde, ainda na minha infância. A primeira vez, no casamento da minha tia Marcella com Leonardo Áscoli, ocorrido na Via della Scala. A segunda, quando ela veio visitar-nos em Turim, devia ser o ano de 1938, trazendo-me uma montanha de presentes: três livros em alemão, *Max und Moritz, Strumpvel Peter* e uma edição dos contos de Grimm, uma flauta e um pacote de doce de castanhas, de uma marca particularmente saborosa, que só se encontrava em Florença. Até depois da guerra, quando encontrava um meio, nos mandava aquele doce para o Brasil. Quanto aos livros, foram uma forma de manifestar seu orgulho por aquele netinho de pouco mais de três anos, que já falava alemão e dar-lhe estímulos para prosseguir.

Voltei a encontrá-la, já velhinha e presa a uma cadeira de rodas, em 1954, na casa da filha, em Turim. Em 1963, foi a vez de Clélia, minha mulher, conhecê-la. Clélia fora para a Itália com minha mãe para ser apresentada aos parentes. Foi muito festejada, tanto em Turim quanto em Pietrasanta, como "a mulher do Gabriel". Em Turim, após uma semana, numa noite de calor sufocante de julho, Mathilde vira-se para Renata e diz baixinho: – Muito graciosa esta tua nora, mas você não está com a sensação de que ela esteja borboleteando por aí? Surpresa, Renata perguntou: – Mas por que deveria parecer?! – Você não reparou que todas as tardes, sacrossantamente, quando chega em casa, toma um chuveiro?

Leonardo, seu genro, era jornalista e trabalhava no *La Stampa*, um dos principais jornais italianos. Numa tarde, ele telefona para casa e anuncia para a filha: – Mataram o Kennedy! Donatella grita para todos: – Liguem a televisão, mataram o Kennedy! Marcella telefona para a melhor amiga para dar a notícia em primeira mão: – Giuliana, mataram Kennedy! No meio da confusão Mathilde berra também, acentuando seu sotaque do gueto de Veneza: – *Ma chi é questo benedetto Kennedy, forse un buon ebreo!? No! E allora, perche tanto fracasso*?! (Mas quem é esse bendito Kennedy, talvez um bom judeu? Não! Então qual o motivo de tamanha algazarra?!).

A Carta-testamento de Giulio, O Velho

Esse capítulo já estava concluído quando Clélia, a minha querida e incansável mulher, repassando mais uma vez as dezenas de pastas com velhas cartas e documentos da família, encontrou uma pequena preciosidade: uma espécie de carta-testamento, escrita por meu avô Giulio, endereçada aos filhos, para que fosse lida apenas após a sua morte. A carta é datada de 10 de janeiro de 1922, tendo, portanto, sido escrita onze meses antes da sua morte. Não que a carta revele uma personalidade excepcional, pelo contrário, pareceu-me convencional, embora contenha algumas passagens engraçadas. Mas lida com mais atenção ela é eloqüente com relação ao estado de espírito do velho Bolaffi, com relação às despesas, a seu ver, descabidas e exageradas da mulher Mathilde. No fundo, como tentarei mostrar mais adiante, na sua ambigüidade, essa carta é, na realidade, muito velhaca. No envelope está escrito: "Aos meus adoradíssimos filhos, Giulio e Marcella, que lerão após a minha morte". O texto segue:

Florença, 10 de Janeiro de 1922.

Vos escrevo este par de linhas para que vocês o leiam após a minha morte, que não deverá tardar, seja porque o catarro está me minando já há algum tempo, seja porque, já faz algum tempo, que em virtude da mentalidade da vossa querida mãe, eu mais não vivo uma vida tranqüila. Este estado de espírito certamente não beneficia a minha saúde

Dirijo-me principalmente a você, meu caro Giulinho (17 anos), porque você, querida Marcella (6 anos), ainda é pequena demais para compreender.

Respeitem sempre a vossa querida mamãe, sejais pacientes e sobretudo carinhosos. Jamais esqueçam de todos os cuidados que ela sempre dedicou a vocês, filhos, nem dos sacrifícios a que se submeteu e nem da vida de esforços e de abnegação a que se submeteu, sempre procurando o vosso bem.

Certamente eu teria preferido que ela se tivesse cansado menos e que tivesse sempre se comportado como as demais mulheres da nossa classe. Em todos os lares, é preciso sempre ter em mente os fins. Ela pensava e pensa em melhorar as nossas condições financeiras, sempre comprando e vendendo, pois temia que as minhas rendas não fossem suficientes (tendo em vista o fortíssimo aumento do custo de vida) para satisfazer as nossas necessidades. Certamente, não estamos em condições de esbanjar, mas por enquanto o nosso capital permanece intacto, mesmo considerando tudo quanto ela esbanjou na aquisição de arcas, quadros, relógios, tapetes, colunas etc. etc. (duas linhas ininteligíveis)

Portanto estamos entendidos, quero que vocês, meus caros filhos, queiram muito bem à vossa querida mamãe, pois tudo quanto ela fez, foi feito para o bem, que permaneçam sempre unidos e em bom acordo.

Peço encarecidamente a todos, educação e coração. Tudo

se limita a essas duas palavras que devem permanecer sempre impressas, nos vossos espíritos e corações.

Se algum dia, Giulinho, você tiver logrado uma boa posição na vida, encontre uma mulher. Será bem que a tua companheira seja de boa família, culta e educada e, enfim, da tua mesma condição (social). Uniões desencontradas nunca acabam bem, e se não tiver tomado mulher até os 29/39 anos, não case mais, pois casar na velhice é um erro[5].

Estou sempre me dirigindo a você, Giulinho, para te pedir que cuides sempre da tua irmãzinha. Cuide para que ela receba boa educação e instrução. Quando chegar a hora de tomar marido, que o tome, se encontrar um bom jovem da sua mesma condição. Mas se ela tiver de escolher mal, então melhor que permaneça solteira. As moças que tomam marido errado perdem o bem-estar. Gravidez, amamentação e muitas grandes preocupações, principalmente se durarem esses tempos difíceis.

Não quero que haja o luto de sete dias, nem velas ou lâmpadas a óleo, nem que você deixe de fazer a barba[6]. Você somente dirá o "Kaddish" durante o meu sepultamento e o repetirá uma vez por ano, enquanto viver, isto é, na sinagoga, na primeira terça-feira do mês de abril. No cemitério, a habitual pedra tumular, onde conste apenas meu nome e as datas de nascimento e morte.

Vos desejo de todo coração que sejais felizes, vos abraço com toda a efusão da minha alma e vos bendigo.

Vosso
Papai

5 Estaria se referindo à sua própria experiência? Tendo casado aos 46 anos, com uma jovem de família simples, a mim parece indubitavelmente que sim. Aliás, parece-me que esta carta deve ser lida mais pelo que insinua do que pelo que diz.

6 Costumes judeus durante o luto. "Kaddish", oração judia para os mortos.

Seus desejos foram todos satisfeitos, à exceção de um. Em vez da "habitual pedra tumular", Mathilde encomendou a um arquiteto um túmulo pequeno, mas de extremo bom gosto. Quando meu pai, em família, Giulio Secondo, faleceu inesperadamente, perto de Trieste, em 1981, minha tia Marcella cuidou para que fosse sepultado ao lado do meu avô e lhe mandou fazer um túmulo idêntico ao do pai. Só fui visitá-lo depois de pronto, menos pelo amor a cemitérios e aos defuntos que os ocupam do que pela curiosidade histórica e estética. Gostei, como sempre gostei dos antigos cemitérios judeus, na Itália, na Alemanha e especialmente daquele interessantíssimo, de Praga.

A tradução da carta testamento, com todas as dificuldades que a leitura da caligrafia daquele tempo, com seu caráter extremamente convencional e até banal, não fossem algumas ambigüidades patentes, mas muito significativas, me deram muito que pensar.

O que contém essa carta? Se deixarmos de lado as banalidades convencionais, que só com muita boa vontade poderiam ser atribuídas aos costumes da época, o teor dessa carta poderia ser resumido assim:

1. Morri mais cedo por causa da minha mulher
2. Vossa mãe é doida, mas vocês devem amá-la assim mesmo. Não façam como eu! Não casem com pessoas de origem mais humilde, nem casem como eu, já velhos, com pessoas muito mais jovens (ele se casara aos 46 anos, com uma moça linda, mas de origem simples, dezessete anos mais jovem do que ele).
3. Por causa disso, meu casamento não deu certo! Não repitam meus erros.

Tudo isso me fez pensar em outros episódios que me haviam sido contados, por meu pai. Minha tia Marcella também contou-me muitos mais ainda, que até agora omiti, por não lhes ter percebido a relevância.

Em 1919, quando a Itália se encontrava em profunda crise econômica do pós-guerra, o velho Bolaffi, com medo do comunismo, vendeu a sua parte majoritária na empresa atacadista de couros e peles ao seu sócio minoritário. Vendeu por uma bagatela, contou-me minha tia Marcella, não só porque eram tempos críticos nos quais tudo estava depreciado, mas também, contra a opinião de Mathilde, que nem queria que vendesse nada; aceitou uma oferta ridiculamente, ou melhor, tristemente subestimada do sócio. Tudo porque estava apavorado com os destinos políticos da Itália. "Chegarão os bolcheviques e me obrigarão a dar tudo aos pobres!", provavelmente era o que temia.

Não contente com isso, o sábio, generoso e ponderado Giulio, o Velho, vendeu vários imóveis, ou melhor, vendeu todos os que possuía, com exceção da *Pineta* de Forte dei Marmi, que ainda era usada como casa de praia da família durante o verão, dos imóveis que herdara do pai, da casa onde residiam em Florença e do *podere* rural, em Trespiano. Aliás, há um par de anos, Marcella contou-me um episódio ao qual até agora eu dera a menor atenção, mas que me voltou à mente junto com as demais reflexões provocadas pela leitura da carta-testamento. Nos anos setenta, Marcella e meu pai passavam pela Via dei Calzaioli, aquela onde até hoje se encontram as lojas mais movimentadas de Florença, lojas de categoria, freqüentadas pelos turistas mais endinheirados, quando minha tia lembrou ao meu pai: – Todo esse quarteirão era nosso! Foi vendido pelo papai em 1919. – É, respondeu Giulio, o jovem, – nossa mãe não se cansava de me lembrar isso. Mas eu sempre lhe respondia: – ...se vendeu, é porque teve motivos! Motivos uma ova, percebo eu agora. Vendeu tudo, porque quis desfazer-se de todos os bens imóveis que possuía para obter aquela tão ilusória liquidez dos apavorados. E como não podia guardar o líquido embaixo do colchão, sob riscos de provocar vazamentos incontroláveis, investiu tudo em ações "novas", daquelas espertamente lançadas para ludibriar esse tipo de "sábios", que antes mesmo da sua morte tiveram seu valor reduzido ao do peso do papel!

Isso, muito mais do que um testamento mal feito, explica os anos de penúria posteriormente passados pela mulher e pelos filhos. Só que, para concluir este capítulo com um complemento inesperado e muito curioso, cabe ainda acrescentar mais uma informação pequena, mas muito significativa sobre a fibra daquelas jovens pouco educadas e provenientes "de famílias que não estão à altura da nossa".

Os verdadeiros motivos das dificuldades passadas pela família até os meados dos anos vinte não foram os equívocos de um testamento "mal feito". Resultaram, isso sim, de um enorme esforço de poupança e investimentos realizados por Mathilde ao dar-se conta das conseqüências, para o patrimônio familiar, das trapalhadas cometidas pelo falecido. É que naqueles anos ela estava construindo duas grandes mansões em Forte dei Marmi, uma para cada filho. Uma vez concluídas, ambas foram alugadas para hotéis, e assim, todos viveriam felizes e contentes até o presente!

Capítulo 6

Felicina Sraffa & Aldo Sraffa

(1906-1979) (1902-1981)

Felicina, ou Feli, como era carinhosamente chamada por todos os parentes, não teve uma infância feliz. Filha natural de Federigo Ventura e Ersília Barocas, realmente nunca entendi por qual razão jamais foi reconhecida como filha legítima pelo pai. E na Itália daqueles anos, possuir uma certidão de nascimento no qual constava que era filha de "Ersília Barocas e de NN[1]" era um fardo pesado de carregar.

Na escola, desde a elementar, embora todos os professores da pequena Pietrasanta soubessem da história toda, sempre que faziam a chamada, diariamente, insistiam em berrar: – Felicina, figlia di NN? E a coitadinha tinha de responder: – Sou eu! Quando, ainda menina, sentava no degrau da loja, na Via di Mezzo, ouvia os que passavam comentando: – Está vendo aquela ali, é a filha ilegítima que o velho Ventura teve com a irmã da mulher.

Realmente a história que Renata me contara sobre a naturalidade com a qual Elena teria tomado conhecimento da gravidez da irmã, não passava de uma doce fantasia. Não que, nesse caso particular, Renata mentisse. Talvez a história lhe tivesse sido apresentada assim, talvez falta de atenção. É bem verdade que o caso havia acontecido oito anos antes do nascimento de Renata e que desde sempre, para ela como para todos, Ersí era uma tia-avó muito querida e assim era para Feli. Talvez, por isso, Renata nem notou que a Feli tivesse, na realidade, sido criada por Diana, antes em Chieti, e depois em Turim.

1 "NN" é como eram chamados, na Itália, os filhos e filhas de pai desconhecido.

Mas o fato é que, depois do nascimento da Feli, o papel de Ersília na casa mudou completamente. De irmã, cunhada e sócia foi sendo lentamente afastada dos negócios e relegada para governanta, pouco mais do que cozinheira da família. Foi ela que assumiu a educação e o cuidado dos sobrinhos e quem preparava as deliciosas refeições que todos devoravam com enorme satisfação. Lá pelas seis horas da tarde, quando o jantar estava pronto, mas a hora de comer ainda não chegara, ela refugiava-se na cozinha e com enorme prazer pitava quietinha uma cigarrilha toscana. Era só nesse momento que, Elena, que quase não lhe dirigia mais a palavra, também aparecia para filar algumas baforadas da cigarrilha da irmã. Tanto Ersília quanto Feli sempre foram muito queridas por todos e Feli sempre considerada uma irmã e ponto. Mas a mágoa do não reconhecimento por Federigo jamais foi apagada e continuou a doer para todo o sempre.

Há detalhes, que não sou capaz de decifrar, mas ser *figlia di NN* sempre doeu tanto na Feli que por volta de 1920 Augusto e Beppina decidiram que o primeiro assumiria a paternidade da irmã. Deu entrada nos papéis e tudo estava indo bem. Felicina estava uma felicidade verdadeira, quando veio a sentença: impossível! Faltavam alguns meses para que a diferença de idade entre ambos completasse os dezoito anos requeridos pela lei! Tudo voltou à estaca zero e Felicina foi novamente viver com Diana, dessa vez em Turim.

Em 1924, Feli concluía o liceu e estava em idade de se casar. Mas quem casaria, naqueles anos, com uma filha de *NN*, uma filha da puta de papel passado, puta ela mesma, talvez por osmose? Aliás, mais uma vez, Federigo se omitiria por muito tempo, como ela mesma se retraía. Como poderia deixar que alguém se aproximasse e a cortejasse se, inevitavelmente, acabaria chegando a hora da verdade.

Assim, foi só muitos anos mais tarde, quando todos – Augusto, Diana, Raoul, Gualtiero e Luciano – já estavam casados, e as mulheres paridas, é que Augusto tomou a iniciativa. Apoiado por Diana, Augusto enfrentou o pai: – A Feli já está com 26 anos de idade e precisa casar! Temos de tomar uma atitude! – Pai, até a tua pequena Renata já se casou com Giulio Bolaffi e você vai permitir que uma filha tua, carne da tua carne, sangue do teu sangue, permaneça solteirona!? Insistiu Augusto. Federigo não se abalou: – Solteirona, toda família sempre teve, até a nossa! Senão, quem cuidaria da casa e da velhice dos pais? Em todo caso, Feli tem o seu quinhão no patrimônio da família. Vocês podem usá-lo para arranjar-lhe um matrimônio...

Foi assim que Augusto pôs-se em campo para achar um jovem adequado. Rabinos e casamenteiros judeus de toda a Toscana foram avisados. E logo alguém de Pisa se manifestou: – Há o jovem Aldo Sraffa, 31 anos, de uma boa família judia. Não possui muitos recursos, nem parece particularmente brilhante; mas está tentando estabelecer-se como vendedor de seguros e, nas condições dadas, é bem possível que se interesse.

Pra encurtar a história, casaram-se na prefeitura de Pietrasanta em 15 de fevereiro de 1933, sem cerimônia religiosa e muito menos recepção. Nada que pudesse sinalizar, nem de longe, o que até em Florença já era sabido. Que eles tinham algo a ver com o Cavalheiro Federigo Ventura! Não consigo entender! Será que havia nessa história toda a pata da Elena, uma figura tão apagada?

Dinheiro é fácil. Federigo comprou-lhes uma bela casa em Pisa, e provavelmente ajudou-os bastante. Aldo mostrou-se logo uma pessoa boníssima, carinhoso e alegre. Não sei até que ponto chegaram a apaixonar-se, nem nos primeiros anos de casamento. Aliás, também não sei se esse sentimento e se esse conceito, naqueles anos, existiam para eles. Mas o fato é que tiveram três filhos e sempre viveram bem, mesmo com o jeitão de mandona que a Feli acabaria adquirindo com os anos. A primeira filha foi a Franca, tantas vezes já citada neste texto, nascida no mesmo ano em que nasci, 1934. Um par de anos depois veio Angiolo, que morreria de meningite em 1939. Em 1944, nasceria Donatella. Lembro-me bem de tê-los visitado em Pisa, com Renata, em 1938. Eu tinha menos de quatro anos, mas ainda assim lembro-me da Franca, menina, e de Angiolo, loirinho, e da enorme locomotiva a vapor, na estação.

Parece que nos anos sucessivos ao casamento, as relações entre Feli e o pai foram melhorando. Mera intuição, a partir de um relato de Franca. Em 1943, quando o velho já estava no leito de morte, Feli percebeu que estava grávida (de Donatella). Quando contou ao pai, este teria retrucado: – *Má, figlia mia, credi propóprio che questi siano tempi da mettere nuove creature al mondo*? (Mas minha filha, você acha mesmo que esses sejam tempos de trazer novas criaturas ao mundo?). Foi o tom da frase que Franca reproduziu, mais de quarenta anos depois, que me transmitiu alguma sensação de um carinho que jamais existira na infância e na adolescência de Feli.

Em outubro, logo depois da morte de Federigo, com os alemães alí já não era possível permanecer em Pietrasanta. Tiveram todos de fugir e, obviamente, não podiam fazê-lo juntos. Cada um tomou seu rumo, em circunstâncias que não me são totalmente claras.

A Feli, então, fugiu sem lenço nem documento, quase que por acaso. Numa noite de começo de inverno vieram avisá-la: – *Siora Felicina, scappi che stasera vengono i fascisti con i tedeschi!* (Dona Felicina, fuja, porque esta noite virão os fascistas com os alemães!). Feli nem sabia onde estava Aldo. Embora grávida de sete meses, não obstante o frio e a chuva, vestiu-se e à pequena Franca com capote e capa de chuva, pegou-a pela mão e saiu andando em direção à estrada para Farnócchia, Seravezza e Gênova. Quando andara um par de quilômetros, um carro vindo também de Pietrasanta, alcança-as e pára. Abre-se a janela e ouve-se uma voz: – Mas é a senhora Sraffa? O que faz aqui sozinha? Para onde está indo? Era o Doutor Mário Lucchesi, médico da família. – Estou fugindo, Doutor! – Fez bem! Os fascistas já estavam chegando quando saí de lá. – Vamos, subam no carro! – *Ma Dottore*!?, hesitou Feli. – Vamos, subam!, Feli agarrou Franca e subiu, com seu ventre já altíssimo.

Mal haviam percorrido uns dez quilômetros quando chegam a um bloqueio na estrada. O carro pára: – Documentos? O Doutor Lucchesi apresenta os seus e o soldado pergunta: – E essa senhora? – Mas não está percebendo que sou um médico que está levando uma parturiente com problemas para o hospital de La Spézzia, o único dessa região, onde ela pode receber os cuidados especiais de que precisa. Não me faça perder ainda mais tempo!, falou o médico imperativamente. – Está bem, pode passar. Mas o doutor não rumou para La Spezia. Dirigiu-se para Farnocchia, onde entregou Feli e a Franca ao padre Innocenzo Lazzeri. Estavam salvas!

Alguns meses depois, as "SS" nazistas chegaram a Farnocchia. Alguém havia delatado o Padre Lazzeri. Mas não conseguiram encontrar nenhum dos dezessete foragidos, que estavam muito bem escondidos num depósito a centenas de metros da Igreja e do prédio principal. Não importa, o padre Innocenzo Lazzari foi metralhado no ato, assim mesmo.

Em 1945, finda a guerra, Felicina se converteu ao catolicismo. Foi convicção? Foi uma homenagem em gratidão ao Padre Lazzari? Foi o troco à rejeição tão prolongada do pai? Foi a convergência de tudo isso? Jamais saberemos. Nem a Franca, que era menina e que quando cresceu casou-se com Mário Venturelli, e, junto com o marido, desencanou da religião em geral. Renata, que sempre gostava de enfeitar tudo ou, pelo menos, de entender as coisas a seu modo, optou pela gratidão ao padre e, em geral, aos católicos que durante a guerra haviam arriscado suas vidas para proteger os judeus. Gostava de comparar o caso de Feli ao do Rabino Zolli, rabino mor de Roma, que logo depois da guerra também se converteu ao cristianismo. Mas Renata, no fundo, era ingênua e supersticiosa. Não percebeu que Zolli, ou foi um farsante, ou um bobo, ou mais provavelmente ambos, ao pretender ignorar o papel macabro de Pio 12, desde sempre conhecido.

Naquele final de guerra, reencontraram-se todos e passaram a morar juntos na casa de Augusto, em Fiumetto, praticamente um bairro *fuori mura* (extramuros) de Pietrasanta, na direção de Forte dei Marmi. O próprio Augusto, Beppina, Ersília, Feli, Aldo, Franca e Donatella, que havia nascido no paiol de um convento, era quase uma pequena Jesus Cristo !

Depois de adultas, Franca e Donatella se casariam com dois irmãos, Mário e Franco Venturelli. Franca e Mário tiveram duas filhas, Elena e Chiara. Donatella e Franco tiveram Ilária. Franco não foi tão feliz e enviuvou cedo. Sua mulher morreu jovem, de câncer.

O aspecto mais doído em todo esse episódio, tal como me foi relatado por Franca, foi o de ela lembrar-se, desde que se conheceu por gente, que as relações entre Felicina e Ersília nunca foram boas. Cito quase textualmente: "Não que minha mãe não gostasse da minha avó (me contou Franca, dourando a pílula, como sempre faz com relação à vida), mas jamais reparei uma manifestação de carinho entre elas; quase não se falavam". Quanto a mim, sempre estranhei que Franca tivesse dado à filha mais velha, justamente, o nome da tia-avó, Elena. Mas aí, pode ter sido mero acaso, talvez o marido Mário quis lembrar alguém mais, sei lá, achei melhor não perguntar, nem tocar no assunto.

Capítulo 7

Leone Barocas & Marta Pacifici

(1897-1960) (1901-1985)

Leone e Marta Barocas são os tios dos quais eu me lembro com mais carinho. Migraram da Itália com seu filho Ettore, mais ou menos na mesma época dos meus pais. Moramos juntos na mesma pensão, na rua Canuto do Val, até que cada casal seguisse o seu destino paulistano, embora ficássemos sempre próximos.

Leone crescera praticamente como agregado da casa de Federigo e das suas tias, Elena e Ersília. Estudou o primário em Pietrasanta, o ginásio por ali, na região, e quando chegou a hora do Liceu, foi enviado para o Seminário Rabínico de Florença. Um destino universalmente conhecido para filhos caçulas, ilegítimos ou agregados como ele. Mas Leone felizmente não teve saco para ser rabino, voltou para Pietrasanta e Viareggio, onde moravam seus irmãos, e assim que estourou a guerra, em 1915, alistou-se como voluntário.

No exército, com ginásio completo e vindo de "boa família", logo ganhou alguma patente na artilharia. Era bom em matemática e trigonometria, bom, portanto, para calcular o ângulo dos tiros de canhão. Em 1916 foi encarregado de sobrevoar as linhas inimigas austríacas para aferir o acerto dos tiros que os italianos disparavam. A coisa era realmente primitiva, a começar pelo avião que, para os padrões contemporâneos, mais parecia um papagaio ou uma motocicleta. Bem, o avião comunicava-se com a terra por meio de um fio telefônico preso a um carretel que enrolava ou desenrolava na medida em que o biplano se aproximava ou se afastava da sua base. Do alto, Leone berrava: – Três, zero zero longo!!, ou, – Dois, zero zero à esquerda. Certa manhã, "céu de brigadeiro", como se diria, hoje, o piloto entusiasmou-se e deu tanta bandeira que uma saraivada de tiros lhe acertou a cauda. Ainda conseguiu virar o avião na direção das linhas italianas, quando não restou alternativa senão pular de pára-quedas.

Deu certo, mas ao descer, Leone fraturou o tornozelo. "Pronto, fodido e vou voltar pra casa", pensou Leone. Que nada, ele era necessário demais àquele tosco exército. Mandaram-no para um hospital não muito distante do front, em Como, Padova, Vincenza, ou sei lá onde. Engessaram-o, deixaram descansar uns meses, deram-lhe um par de medalhinhas e ei-lo de volta a sobrevoar linhas austríacas. Em 1918, quando voltou a Pietrasanta, herói de guerra, tinha até banda na Piazza del Duomo para recebê-lo.

Leone voltou para casa sem dar baixa no exército. Assim, em 1919, foi novamente chamado para servir em Trípoli, ocupada pela Itália desde a guerra Ítalo-Turca de 1911-1912. Volta novamente para casa no final de 1920. Ele considerava-se socialista desde que se conhecera por gente. Em 1922, o "socialista" Benito Mussolini, fundador do jornal *La Lotta di Classe*, começa a formar os *fasci di combattimento* (feixes de luta, com o duplo sentido de "células militantes" e de símbolo dos litores romanos). Logo tornou-se primeiro ministro com poderes ditatoriais. A Leone, Mussolini pareceu significar uma forma menos aguada de socialismo, talvez parecida com aquela que assumira o poder na Rússia, cinco anos antes. Assim, Leone, junto com outros jovens amigos de Pietrasanta, formaria o primeiro *fascio*[1] local, que ele abandonou prontamente em 1924 na seqüência do caso Matteotti[2].

Em 1923, havia se casado com Marta Pacifici, uma bela e simpática judia de Viareggio. Em 1925 nascia Ettore, seu único

1 Palavra italiana que significa feixe e que deu origem à palavra fascismo. "Feixes" eram as células de militância/ baderna do Partido Fascista.

2 Matteotti, líder e deputado socialista, assassinado pelos fascistas.

filho, nomeado em memória do avô. Casado, Leone começou a ganhar a vida como corretor de seguros, orientado pelo irmão mais velho Arnoldo que conquistara uma boa posição numa importante empresa do ramo. Mas como Leone não levasse muito jeito e não ganhava lá essas coisas, Marta foi à luta. Não sei bem como, mas montou uma pequena loja de tecidos e armarinhos que logo se tornaria movimentadíssima.

Leone continuava socialista, e cada vez mais antifascista; acostumara-se a ouvir a Rádio Moscou e outras européias. Lá por volta de 1937, quando a trágica Guerra Civil Espanhola já adquirira sua notória ferocidade, Leone foi sondado por antigos superiores da Primeira Grande Guerra européia para tornar-se "voluntário" nas brigadas fascistas. "Voluntário *un cazzo*", pensou, enquanto declinava gentilmente. Como ia deixar a mulher e um filho pequeno? A desculpa serviu. Mas foi aí que ouvir o rádio, mais do que um passatempo, tornou-se uma obrigação. Continuava a ouvir a Rádio Moscou, "cretinos, quando irradiavam para a Itália, começavam sempre com a Internacional, altíssima", contou-me Ettore recentemente. "E lá ia eu para a calçada pra ver se não havia alguém por perto, capaz de ouvir e dedar". A outra estação que ouvia era uma pequena emissora, antifascista, rebelde, de Les Pins, no sul da França. A "BBC", de Londres, dava nojo, pela indisfarçável ambigüidade.

Em 1938, quando Raul e Luciano Ventura, e os Bolaffi e suas famílias, decidiram migrar para o Brasil, os Barocas já estavam adiantados na preparação. Venderam a loja e a casa e puderam partir com alguns recursos.

Em São Paulo, após sondar a cidade por alguns meses, e aprender os primeiros rudimentos da língua, os Barocas deixaram a pensão do senhor Antonio na rua Canuto do Val. Mudaram-se para o Belenzinho, onde Leone aplicaria suas economias numa pequena fábrica de sabão. Ingênuo para os negócios, Leone achava que bastaria juntar adequadamente gordura, soda cáustica, sei lá mais o que e algum aroma para ir em frente. E as vendas? Numa cidade onde a Gessy-Lever já estava presente, além das Indústrias Reunidas Francisco Matarazzo, para as quais o sabão era subproduto da produção de velas e óleos comestíveis (ou vice-versa, pouco importa!), em pouco tempo a fabriqueta fechou. Acabou, não sei bem como, se vendida ou simplesmente fechada.

Lá por voltas de 1943, Leone associou-se a seu parente Giulio Bolaffi, meu pai, para criar uma metalúrgica. A idéia era engenhosa e emblemática do processo de substituição de importações que vinha se desenvolvendo no Brasil desde a crise do café, no início dos anos 30. Como, por causa da guerra, havia falta de matérias-primas, reaproveitariam materiais usados para produzir outros, novos. Latas de óleo comestível eram desmanchadas, imersas em soda para eliminar a tinta e outras sujeiras e retransformadas em Folha de Flandres, novinha e brilhosa, para a produção de tampinhas de garrafas de cerveja, leite e refrigerantes. Pneus carecas eram desmontados para a retirada do maço de fios de aço da melhor qualidade, que garantiam sua aderência às rodas, e transformados em molas industriais variadas, inclusive aquelas utilizadas para a produção de colchões de molas.

Mas aí também não daria certo. Em primeiro lugar, pagavam religiosamente os impostos. Honestidade? De modo algum, medo, falta de jeito e de vocação. Em segundo lugar, enquanto cidadãos de um país do Eixo, foram proibidos de ter conta em bancos. O contador, um mulato esperto, ofereceu-se gentilmente para abrir a conta em seu próprio nome. Não deu outra, fez a festa!

Mais uma vez Marta foi à luta. Empregou-se como vendedora numa das maiores lojas de roupas para criança de São Paulo, e a mais refinada, na Rua de São Bento. A loja pertencia a um judeu bem-sucedido, um tal de Lustig. Em poucos anos, assumiu a gerência da loja até aposentar-se, no final dos anos setenta. Leone ainda tentou vários negócios, inclusive um posto de gasolina, mas sem sorte ou falta de vocação. Morreria em 1960, sem ter feito a América. Ele deixou um interessantíssimo relógio, em que as horas apareciam em caracteres hebraicos. Hoje deve estar com Ettore. Marta faleceria em 1985.

Capítulo 8

Giulio Bolaffi, o Jovem & Renata Terracina

(1906-1981) (1914-1989)

Giulio e Renata nem se lembravam de quando se conheceram. Giulio passara a freqüentar Forte dei Marmi com os pais desde menino, quando Renata mal tinha completado o seu primeiro aniversário. Viram-se inúmeras vezes ao longo dos anos, mas só começaram a reparar um no outro em 1926, quando Giulio, já estudante de engenharia, por sugestão da mãe, e satisfação de Diana, alugara um quarto na casa dos Terracina em Turim. "Como cresceu e como ficou bonitinha aquela menininha moreninha que conhecera em Forte", pensou Giulio, na primeira vez que viu Renata.

Dali para a frente, as coisas se moveriam depressa. Giulio passara a morar com os Terracina em meados de setembro, pouco antes do início do ano escolar. Além da simpatia inicial, ele logo se encantaria com a vivacidade e a inteligência de Renata. Os dois gostavam de livros e logo descobririam muitos interesses em comum. Giulio já participava do grupo literário chamado, se não me engano, "Il Lumino di Frá Bombarda", fundado por Vamba, e recebia mensalmente o jornalzinho de quatro páginas e cor-de-rosa do grupo. O jornalzinho continha poesias e charadas literárias para as quais Giulio logo atraiu o interesse de Renata. Começaram a resolvê-las juntos.

Giulio, meu pai, tivera uma infância e uma adolescência tranqüila e despreocupada. Estudara até o Liceu em Florença e só sairia de casa ao ingressar na universidade, em Pisa. Muito provavelmente foi um menino mimado pelos pais e pelas tias, mas isso não o impediu de ter uma infância e uma adolescência saudáveis e aventurosas. Após o primeiro ano de engenharia, por razões que eu ignoro, mudara-se para a politécnica de Turim. Parece que as dificuldades financeiras pelas quais a mãe passara logo após a morte do pai, e das quais minha tia Marcella tanto se queixou para mim, não o afetaram. Contou-me muitos episódios da sua infância, desde uma aventurosa viagem noturna de bicicleta, quando precisou improvisar um farol para ela, até de quão era chata a Berlitz School de línguas ou do professor no ginásio que repetia pomposamente: "l'Amazonia é quella parte del mondo dove la mano del uomo non mise mai il piede" (A Amazônia é aquela parte do mundo onde a mão do homem jamais pôs o pé). Ou de quando começou a aprender a esquiar, no Val d'Aosta e nas Dolomitas ou a praticar montanhismo nos Alpes Apuanos. Sempre leu muito, o mesmo gênero de literatura que tanto empolgara a infância de Renata.

Não me consta que tenha tido namoradas, penso que naquela época não se usava isso, nem que tenha tido aventuras sexuais com empregadas ou outras subalternas, como era habitual entre os homens do seu tempo. Sua primeira visita a um bordel só iria acontecer quando já era estudante de engenharia. Segundo me contaria Renata muitos anos depois e, ele, meio encabulado, me confirmaria com maior riqueza de detalhes que a sua iniciação com prostitutas ocorreu quase que por acaso. Não que não quisesse, mas tinha medo. Alguém já o havia cuidadosamente prevenido, e assustado, contra as doenças venéreas, contra os horrores da sífilis, da blenorragia e de tantas outras mais.

Aconteceu que meu pai e mais três colegas todos virgens por falta de oportunidade, mau jeito ou incompetência (não se pode julgar isso a partir do mundo de hoje), decidiram que era hora de acabar com a santa masturbação, coisa de crianças. Um deles ouvira falar num bordel luxuosíssimo com mercadorias frescas e sanitariamente seguras e altamente recomendável sob todos os pontos de vista. Só possuía o inconveniente de ser caríssimo. Acabaram combinando que cada um pagaria um quarto do preço, para que um pioneiro afortunado fosse sorteado para gozar a aventura. O sorteado foi meu pai, que só topou para não fazer feio perante os demais. Foi e, pelo jeito, gostou, pois como vim a saber mais tarde, tornou-se cliente.

É claro que nada disso, pelo menos naqueles anos, afetou suas predileções e suas relações com Renata. Muito pelo contrário, decidiu que precisava casar-se o quanto antes possível. Por isso, quando Renata mal completara treze anos de idade, encheu-se de coragem e determinação e escreveu uma carta a Diana, pedindo sua filha em casamento. Esta carta perdeu-se, mas a resposta foi encontrada por Clélia quando, a meu pedido, organizou todas as cartas e documentos da família. É a seguinte:

Domingo, 17 de julho de 1927
Prezado Senhor Giulio,

Recebi a sua carta e se a amizade entre o senhor e Renata não me é inesperada, o sentimento que nela se subentende e que o senhor protesta me surpreende. Sempre me agradou que as meninas tivessem amizades e, eu, moderna, prefiro que as crianças e os jovens escolham no sexo oposto alguém de ânimo compatível até para que se habitue a viver, no futuro, sem timidez e sem enganos ou surpresas. Não levei a sério os pequenos mexericos da Graziana porque é muito menina e porque, freqüentemente, tormenta a irmã mais velha com a crueldade própria das crianças.

Depois da sua carta, diferentemente o assunto assume uma outra luz, que tem me feito pensar e refletir muito. Antes de mais nada, devo dizer-lhe que tenho a maior estima pelo senhor, que é um jovem sério, honesto e bem apessoado; mas não lhe quero esconder que considero a idade da Renata irrisória assim como são a sua experiência e as suas atitudes. A menina é precoce, inteligente e, aplicando-se, é capaz de fazer qualquer coisa. Mas é necessário que passe algum tempo, durante o qual ela se prepare para fazer aquelas coisas que, hoje, absolutamente não sabe.

Se entendi bem, o senhor me diz que já falou sobre o assunto com a sua mãe, e eu nunca ponho em dúvida o que me dizem; mas permita-me que lhe diga que eu desejo que ela mesma me exprima o que pensa. De qualquer forma, é prematuro, hoje, estabelecer qualquer coisa. O senhor ainda precisa terminar seus estudos e Renata deve continuar os seus até onde será possível e, ao mesmo tempo, deve preparar-se para ser uma verdadeira senhorazinha. Refletindo sobre as circunstâncias, vejo que se Deus quiser, tudo será possível, sobretudo pela confiança que o senhor me inspira e pelo seu caráter sério perante aquele descabeçado da Renata e pela esperança de que um contato mais longo ponha em evidência todas as qualidades íntimas e todos os defeitos que vocês saberão corrigir reciprocamente. Eu não desejo senão o bem das minhas criaturas e se elas encontrarão o caminho certo, o cumprimento das suas aspirações, a pessoa que com elas tenha uma alma irmã e que tenha por elas, além do afeto, uma amizade íntima e uma comunhão quase perfeita de idéias e sentimentos. Eu não peço mais para ficar feliz e contente.

Assim, lhe repito, não faltara tempo para voltar a falar no assunto; aliás, lhe aviso que não escreverei nada para o Icílio nem, por enquanto, falarei a Renata da carta que o senhor me escreveu. Se a sua mãe me disser algo, saberei melhor como proceder, até porque acho que não seria o caso de levar adiante algum assunto com o qual ela não estivesse contente.

Peço-lhe para que esteja tranqüilo, que estude com boa disposição, e que espere sempre a ajuda de Deus, que decide todos os nossos atos.

Renata lhe escreveu hoje a propósito daquele livro da minha cunhada. Se realmente o senhor o comprou com reservas, já que está intacto, poderemos trocá-lo por outros livros, ou como achar melhor o livreiro.

Agradeceria saber se recebeu a presente, até porque não sei se lá em casa vocês tem a chave da caixa do correio, e não quis endereçá-la para a loja (Icílio).

Saudações e a melhor das sortes.

Diana Terracina

A carta é claríssima. Diana achava realmente prematuro um compromisso formal, tanto mais que ainda não sancionado, pelo menos para ela, por Matilde, mãe de Giulio. Mas acima de tudo, cercou-se de todos os cuidados possíveis, para não perder o bom partido. É verdade que Diana manteve a afirmação, feita na carta, de não contar nada ao marido Icílio nem à filha Renata. Mas dali para diante, seu comportamento para com todos os demais parentes, incluindo o próprio marido, a filha interessada e as outras duas, para não falar em Federigo e em todos os demais, foi o de quem já havia conquistado um bom partido para a filha.

Quanto a Giulio, ainda menos contido, assim que foi de Turim para Forte dei Marmi e encontrou Renata, mostrou-lhe a carta que recebera da mãe dela e contou-lhe tudo o que se passara, reafirmando candentemente seu desejo de vir a desposá-la. Num primeiro momento, Renata sentiu-se contente e lisonjeada, como não poderia deixar de acontecer para uma meninota que nem completara catorze anos. Ela gostava muito do namorado e até já se escreviam quase que diariamente e semanas inteiras, todos os dias, mesmo sem aguardar a resposta da carta enviada. Até mesmo quando estavam no mesmo local, mandavam bilhetes com veementes protestos de amor. Nem a carta que Giulio mandara a Diana e, muito menos, a resposta recebida por ele a surpreenderam. Tudo já se engrenava na ordem natural das coisas, como atesta uma carta que Renata havia escrito a Giulio menos de um mês antes e que transcrevo a seguir.

> Pietrasanta 20-6-1927
> Meu Caríssimo,
>
> Aquilo que eu estou fazendo é mal, muito mal, mas eu me sinto tão sozinha e desconsolada sem você que não posso evitar. Mas eu careço demais da tua estima e espero que você não me a negue. Chorei, chorei tanto no trem enquanto o tio dormia e me parecia quase impossível que eu não mais pudesse, como nos dias precedentes, ir lá no teu quarto, incomodar-te enquanto você estudava, ou deixar mamãe inquieta, e você também, por tremar ao mais suave rumor de passos. A noite na qual cheguei, não dormi nada, e a segunda, a terceira e a quarta, a mesma coisa, por causa de um tremendo incômodo
>
> Passei as horas, passando um pouco de talco na pele, mais um pouco lendo e muito pensando em você. A verdade é que me tornei extremamente boba. Imagine que um dia desses, procurando uns livros, encontrei um do Sálgari[1], *A Favorita do Mahadi*, e meus olhos se encheram de lágrimas, só de pensar quantas vezes conversamos sobre esse autor! Qualquer coisa que me lembre você me estimula o pranto. Estou esperançosa de que você venha com a Dina, ou no dia 29, conforme você

1 Emilio Salgari, autor infantil e juvenil muito popular na primeira metade do século 20, chegou a ser traduzido para o português.

me prometeu, e não creio que você venha a me dar a grandíssima dor de não chegar. Aliás, não sei se estaremos no Forte ou em Pietrasanta. Veja o modo feio e desamarrado com que estou te escrevendo, pudera, estou no quarto da Pina[2], estou escrevendo em cima do criado-mudo, apavorada que alguém descubra. Pense, é segunda-feira, isto é, dia de passar roupa e o quarto ao lado é o de passar, onde nesse mesmo momento, a Pina, a Lina, a Mariettina e a Emma estão trabalhando. Mas delas não tenho muito medo.

Naquela carta que o tio Luciano te levou, no final, mandei muitos beijos a todos, todos e todos. Mamãe leu para você? Interrompo por um momento, porque ouço a tia Ersília me chamando.

Desci por uns quinze minutos e tomei um sorvete. Se eu tivesse podido eu o teria posto na carta para te mandá-lo. Te agradeço muito a borracha; imagine que a Feli deu uma ao (cachorro) Puffino o qual a come como se fosse um homem. De asneiras está cheia esta carta, é provável que antes de terminá-la, você fique com vontade de jogá-la fora. Eu bem que gostaria de saber, por que me chateia mandar e não receber resposta.

E agora preciso pedir-te um grande favor. Como não posso saber se esta minha chegara ao seu destino, para avisar-me, como já te falei, me mande um cartão da tua escola no Valentino, mas para mim, e só para mim, escreva, eu te peço muito, porque se você escrever para os outros também, isso significara que você não recebeu esta minha.

Me desculpe muito, muito e receba muiitíssimos, infinitos e intermináveis beijos da tua

Renata

2 Pina, empregada.

Como se pode ler, é ainda uma carta bastante infantil, ingênua e casta, que talvez tenha procurado imitar algum modelo construído à base de muitas leituras, igualmente infantis, do que uma carta de amor.

Mas, na medida em que os dias iam passando, não pôde deixar de começar a indagar-se se esse tal de casamento, ao qual todos os seres humanos lhe pareciam predestinados, tinha mesmo de acontecer tão depressa. E os projetos que vinha fantasiando, de cursar uma universidade, de aprofundar seus conhecimentos de literatura clássica, de continuar a aprender francês e alemão? Sua mãe não casara aos 24 anos de idade? Seus tios, Augusto e Beppina, tão queridos, não haviam casado bem mais velhos? Por que então até seu avô, Federigo, já a tratava como uma futura noiva e, às vezes, puxava conversa, divagando sobre como iria ser bonito o seu casamento? Aprender línguas, para Renata, não era uma finalidade em si, e muito menos um eventual ganha-pão no futuro. Não, conhecer e falar outras línguas européias significava para ela a possibilidade de multiplicar contatos sociais, de ler, sem impedimentos, os livros estrangeiros, enfim, de falar diretamente com a crescente variedade de estrangeiros que a cada ano vinham em maior número para Forte dei Marmi. É claro que havia nisso uma boa dose de vaidade. Ficava toda lisonjeada quando algum francês ou algum alemão elogiavam o seu bom acento, nas respectivas línguas.

Sempre que a oportunidade se colocava, ela falava sobre tudo isso com Giulio, enquanto o namoro, se é assim que podia ser chamado, prosseguia. Giulio mostrava-se razoável: – Não se preocupe, Rerina (era assim que ele, carinhosamente, a chamava). Pra início de conversa, só casaremos daqui a dois ou três anos, quando eu tiver concluído a Politécnica. Mas, além disso, fique segura que o nosso casamento não truncará nenhum dos nossos projetos pessoais. Iremos viver em Turim, uma cidade que você conhece e muito mais adequada para que nela eu possa aplicar os meus conhecimentos de engenharia e você perseguir as tuas curiosidades culturais. Quanto aos teus desejos de estudar na Alemanha, nada impedirá que você faça algum curso breve, lá.

Renata chegou a contar-me dessas suas hesitações nos anos precedentes ao casamento. Contou-me também que à medida em que os meses iam passando começou a sentir uma atmosfera familiar na qual o noivado e o casamento já eram dados como certos. Disse-me também que no início não entendia as razões de tamanha solicitude e de tanta pressa em verem as coisas decididas, mas que muitos anos mais tarde intuiu que tudo aquilo era devido ao seu andar defeituoso.Um bom partido, ainda por cima judeu e de família conhecida, que não se importava com a postura física da filha, lhes havia caído do céu, era bom faturá-lo o quanto antes possível.

Minha mãe nunca me falou sobre o seu namoro. Sei de intermináveis passeios de bicicleta, sempre acompanhados por algum dos parentes jovens, sei de inteiros verões consumidos entre passeios de barco, banhos de mar e partidas de tênis, mas, de namoro mesmo, jamais ouvi qualquer coisa. Aliás, Renata sempre foi tão aberta, franca e feliz de contar-me todos os eventos da família durante a minha infância e adolescência e, além disso, sempre disposta a voltar ao assunto com mais detalhes quando eu, já adulto, pedia por eles, que começo a suspeitar que se nunca me falou de namoro, foi simplesmente porque não existiu. Não que não tivesse sido cortejada nem constantemente presenteada com mimos que variavam de flores e chocolates gianduia (que adorava) a relógios de ouro. Mas namoro mesmo, esse que conhecemos no Brasil e que envolvia até um passado recente, beijos e carícias até um limite que só cada casal determinava, isso pelo jeito nunca houve entre eles. Talvez fossem os *mores* (costumes) da época, mas não creio que fosse só isso. É claro que no final dos anos vinte e no início da década de trinta, a liberalidade entre os sexos, principalmente na burguesia italiana, era muito menor do que viria a ser mais tarde. Mas algo me sugere, inclusive histórias que eles mesmos me contaram sobre outros casais, seus contemporâneos, que o seu relacionamento físico-afetivo ficou bem abaixo da norma. Parece ter-se limitado, conforme atestam dezenas de cartas que foram guardadas e acabaram chegando até mim, a uma incessante correspondência.

Assim, de 1927 a 1930, foram progressivamente se preparando e sendo preparados para um matrimônio que aparentemente representava para Giulio um *gran finale*, ao passo que para Renata era apenas um passo inexorável no percurso da maturidade e da emancipação. Casada, deixaria Pietrasanta e Forte dei Marmi, deixaria a vida provinciana para ingressar no mundo.

Quando em 1930 começou-se a falar em casamento, mesmo que para algum futuro próximo, mas não imediato, Renata assustou-se. Naquele fim de primavera havia conhecido e tornara-se amiga de uma estudante universitária alemã de Nuremberg, com a qual adorava treinar o seu alemão. Gerda, assim se chamava a moça, viera curtir o Mediterrâneo com os pais e estavam hospedados numa pensão perto da Via Mazzini, a mesma rua na qual em breve viria a ser criada a "Pensione Diana". Gerda que, com seus vinte e três anos, era sete anos mais velha do que Renata, impressionara-se com a sua vivacidade, com seus conhecimentos do alemão e com a facilidade com a qual se lembrava e era capaz de recitar passagens inteiras da *Ilíada* ou da *Odisséia* e de outros clássicos. Renata contou a Gerda que já estava noiva e que em breve teria de casar-se. Contou-lhe também que estava muito contente, mas que sempre quisera estudar na Alemanha e que, não obstante a liberalidade do noivo, que lhe prometera que poderia ir depois de casada, começava a achar que isso seria tão complicado que acabaria por jamais acontecer.

– Seria mesmo uma pena, disse Gerda. – Você já domina a língua tão bem que, mesmo com um curso rápido, você poderia aprofundar-se no alemão erudito. Por que não vai já, mesmo antes de casar? Na universidade onde eu estudo, em Nuremberg, há um curso de aperfeiçoamento para estudantes estrangeiros que já falam alemão. A maioria dos alunos são provenientes de Trieste, de Budapeste, de Praga, enfim, antigas regiões do império dos Habsburgo. Cairia como uma luva em você, que acaba de concluir o Liceu... E assim, enquanto pedalavam na alameda de asfalto que margeia o imenso pinheiral de Marina di Pietrasanta, a cabeça de Renata começava a fervilhar. Com toda a sua energia, não só pela sua juventude como pelo ambiente familiar no qual crescera, jamais havia tido a oportunidade de tomar decisões. E não seria aquele o momento de começar. – Gerda, a tua sugestão é tentadora, mas preciso pensar um pouco e ouvir o que dizem os meus. Enquanto isso, explique-me com um pouco mais de detalhe como isso poderia ser feito. Como é Nuremberg? Como é a universidade? Quanto uma viagem dessas poderia custar?

– Olhe, *Renate* (era assim que ela a chamava) não sou capaz de imaginar coisa mais simples: meu irmão mais velho casou-se no ano passado e já nem vive em Nuremberg. Sobrou o antigo quarto dele lá em casa para te hospedar. O curso, não faço idéia de quanto possa custar; posso escrever para uma amiga para saber melhor, mas certamente não será caro. Sabe, esses tipos de cursos são considerados de interesse nacional pelo governo alemão e são subsidiados ou, de algum outro modo, têm seus preços reduzidos. A viagem de trem também não é tão cara, especialmente se você se dispuser a viajar de segunda classe. Outras despesas essenciais não há, basta simplesmente que você leve um pouco de dinheiro para pequenas despesas, um chá aqui um lanche lá, algum cinema e algum teatro. Enfim, é perfeitamente factível, sem nenhum sacrifício para a tua família. Gerda era uma moça muito mais madura, mais livre e menos provinciana do que Renata. É claro que o fato de ser mais velha pesava, mas muito pouco. A diferença era principalmente cultural, pois na Alemanha, não obstante o forte autoritarismo, o espírito da modernidade estava enraizado muito mais profundamente do que na maioria dos países latinos. Ela era muito mais independente e menos sufocada pelos preconceitos e pelas restrições de toda ordem que ainda habitavam a alma de Renata. Logo percebera isso e sentia-se estimulada a ajudar sua nova amiga, a quem ela sentia quase como uma irmã mais jovem e de quem gostava e admirava.

Renata começou a ver a coisa mais concreta e decidiu que precisava começar a agir. Por onde começaria? Com quem falaria primeiro? Decidiu-se logo pelo seu avô Federigo. Ele era mandão, mas era também compreensivo, especialmente com ela. Além disso, se ele assentisse, ninguém ousaria contrariá-lo, mas se ele se sentisse passado para trás e viesse a saber do projeto por terceiros, ficaria furioso e se tornaria um obstáculo intransponível. Renata tinha certeza de que ele ficaria feliz em vê-la passar por uma experiência cosmopolita que ele jamais tivera a oportunidade de experimentar. Naquela mesma noite foi a Pietrasanta falar-lhe.

– Nonno, você sabe que eu estudei um pouco de alemão...
– *Altroche!* (Mas é claro!) Outro dia ouvi você falar com a Signora Wiener e fiquei surpreso com a tua fluência e com a segurança e a naturalidade com as quais você se dirigia a ela. – Espere, nonno, retorquiu Renata, que já vinha com a fala toda preparada. – É verdade que eu falo com desembaraço, mas estou longe de dominar a língua com um mínimo de profundidade. Você não acha que eu deveria aperfeiçoar-me um pouco mais para ser capaz de ler a literatura clássica alemã e até mesmo os mais modernos como Thomas Mann, Rilke e Stefan Zweig? – Ora, Renata mia, mas que pergunta mais boba. É claro que se você sente necessidade e vontade de estudar mais, deve fazê-lo.

– Sim, nonno, mas as coisas são um pouco mais complicadas. Vocês todos vivem falando em casamento, ainda não se falou em data, mas as mulheres todas da família não falam em mais nada senão no meu enxoval, passam seus dias bordando e costurando. Eu acabei de concluir o liceu, mas com essa perspectiva de casamento, não posso nem pensar em inscrever-me na universidade. Tenho uma amiga alemã... – Já sei, a tal da Gerda, da qual você não larga mais. Tua mãe já me contou... – Pois é nonno, a Gerda me sugeriu que eu fizesse um curso de especialização para pessoas que já falam alemão lá em Nuremberg, onde ela mora com os pais. Eu ficaria hospedada na casa dela. O curso começa no outono.

– Mas justo Nuremberg! Não é aquela cidade onde aqueles arruaceiros anti-semitas, autoproclamados nacional-socialistas andam se reunindo para fazer baderna. Ainda no ano passado li nos jornais sobre suas marchas espetaculares, *credimi cara, sono peggio degli orbaci neri di qui* (acredite-me querida, são piores do que os "camisas pretas", daqui). Renata não tinha a mais remota idéia do que ele estava falando, mas tratou logo de ir desconversando. – Nonno, não sei do que você está falando, mas se são parecidos com os fascistas daqui, no máximo farão um pouco de barulho de vez em quando. Não sou nenhuma boba para me meter em encrencas. O que me interessa é freqüentar a escola e aprimorar meu alemão antes de casar. É a minha última chance, o que você acha?, encerrou quase que suplicando.

– Renata, você é o pássaro azul da nossa família, você é diferente de todos os demais, *se il Signore Iddio ti ha dato le ali per volare, allora vola!* (se Deus te deu asas pra voar, então voe!). Renata jogou-se no colo do avô soluçando e beijando-o com carinho e gratidão. A viagem estava ganha, faltava só começar a prepará-la. De qualquer modo, não custava garantir: – Nonno, você fala com a minha mãe? Ela é tão medrosa! – *Lascia stare, cara, me ne occupo io...* (Não se preocupe, eu cuido disso).

No dia seguinte, Renata acordou radiosa, mas apreensiva. Pegou a bicicleta e foi correndo encontrar Gerda na sua pensão, mesmo antes do café da manhã. – Meu avô deixou! Isso significa que vou conseguir, ou melhor, será que dará tempo? Que medidas preciso tomar? Estou tonta e nem sei por onde começar. – Você me acompanha até o correio?, disse Gerda, vamos lá despachar esta carta expressa e depois conversaremos tudo com mais calma na praia. – Mas que carta é essa, tão urgente? – Te explico em seguida, respondeu Gerda enquanto saboreava o seu último gole de café com leite desses como só se preparam na Itália e que para os alemães, ainda mais naqueles anos, devia saber a um elixir divino.

Forte dei Marmi é um balneário muito curioso. Em princípio, pessoas de toda a Itália, ou pelo menos do norte, vão para lá para apreciar e curtir o belíssimo mar Tirreno e sua praia de areia fofa, como poucas outras no Mediterrâneo. Mas embora o mar seja a razão fundamental da existência da localidade, a qual só começou a expandir-se na virada do século, quando os europeus, a princípio timidamente, começaram a despir-se de suas casacas, este mar tão precioso permanece completamente escondido. Já nos anos trinta, sei pelas fotografias, o biombo separatório era constituído por sucessivas e intermináveis fileiras de pequenas cabines de madeira. Era nelas que os banhistas tiravam suas roupas, vestiam seus trajes de banho e, às vezes, cometiam outros atos que podiam variar de uma breve, mas nem por isso menos fedida, mijada, até algum ocasional encontro romântico não menos ilícito.

Lembro-me bem, quando já no Brasil, fomos pela primeira vez à Praia de São Vicente, em 1941, e Renata exclamava entusiasmada para meu pai: – Mas que maravilha estas praias brasileiras. Limpas, sem aquelas cabines fedendo a mijo e obstruindo a visão do mar!

Na Itália era inconcebível (e em Forte dei Marmi, pelo jeito ainda é, que uma pessoa saísse da sua casa ou do seu hotel já vestida com suas roupas de banho, calçando um par de sandálias, uma toalha nas costas e um guarda-sol debaixo do braço. Tinha de ir à praia toda paramentada, como se saísse para fazer compras, levar as roupas de banho numa sacola e podia dispensar a toalha e o guarda-sol, que seriam providenciados pelo bagnino, o "banhista", dono da praia, que para tanto cobrava uma nota preta. Em Forte dei Marmi, nos anos trinta, havia senhores que iam até a praia de terno e gravata! No último verão que passei lá, já nos anos de 1980, não mais parecia ser assim. Bastava uma bermuda e uma camisa esporte, desde que fossem ou parecessem de grife. Em compensação, talvez conseqüência da prosperidade do após-guerra, toda a faixa de terrenos ao longo do mar foi ocupada por enormes restaurantes, pizzarias, danceterias e outros que tais, que nem as cabines-mictório já não são mais visíveis. O mar, e tudo que lhe diz respeito, virou quase uma coisa proibida. Foi transformado num ritual obrigatório que as pessoas exercem entre as dez e as doze, quando todos saem correndo para alcançar o almoço nas respectivas pensões, hoje promovidas a hotéis.

– Esta carta..., disse Gerda assim que alcançaram a rua, – é para a minha amiga Christa, que agora está em Nuremberg. Nela falo de você e peço informações mais precisas sobre o curso de que te falei, datas, preço, formulário de inscrição e outras informações necessárias. Quando nos separamos ontem no final da tarde, eu tinha certeza de que você obteria a aprovação dos teus. Assim, aproveitei a noite para escrever de uma vez e evitar maiores perdas de tempo. De qualquer modo, não tomei nenhum compromisso por você. Compromisso, só mesmo quando você lhes mandar o formulário assinado e a taxa de matrícula. Renata beijou Gerda com entusiasmo: – Mas que bom! Que ótimo! Minha mãe deve estar indo agora para Pietrasanta e tenho certeza que a primeira coisa que meu avô fará ao vê-la, será contar-lhe sobre a viajem e o curso.

Já na praia, depois de terem passado pelo ritual das cabines, e ajudado os pais de Gerda a se ajeitarem sob o respectivo guarda-sol, Renata exclamou para a amiga: – Querida, conte-me um pouco sobre Nuremberg? – Ah! É uma cidade muito bonita e muito antiga. Não tão antiga quanto as grandes cidades italianas, como Roma, Florença, Palermo ou Turim, que na maioria foram fundadas pelos etruscos, gregos e romanos, mas, ainda assim, bastante antiga. Acima de tudo, tem cara de antiga, até mais do que a própria Roma. Foi originada de um castelo edificado no século 11 por um imperador qualquer, mas, em menos de duzentos anos, tornou-se um importante centro artesanal e comercial. As marcas da sua história ainda estão presentes no espaço da cidade, inclusive muralhas e fortificações. Você verá!

A cabeça de Renata se agitava de admiração e de entusiasmo, mas ela não quis mostrar-se muito provinciana, o que, aliás, em matéria de viagens, ela não era. Conhecia a catedral de Pisa, com seu batistério separado e principalmente sua torre, e sabia que constituíam monumentos pra alemão nenhum botar defeito. Uma vez, o tio Augusto e a tia Beppina a haviam levado para Florença onde visitara os principais monumentos. O que mais a empolgara fora a história que Augusto lhe contara sobre como Bruneleschi conseguira ganhar o concurso para construir a cúpula da Catedral de Santa Croce. Mas não seria disso, por mais que lhe viesse à mente, que Renata falaria com Gerda. Ela estava mesmo sedenta de informações sobre a cidade para a qual iria, do curso e de tudo o mais:

– E o curso, onde vai ser? – Para ser sincera Renate, ainda não tenho muita certeza. Faz um par de anos que ouço falar nesse curso, sei que é sério e puxado, mas nunca me interessei a ponto de indagar onde está sendo ministrado. Provavelmente na parte da Universidade Erlangen que está sediada em Nuremberg, ou talvez no prédio da Pegnesische Blumenorden, uma sociedade literária fundada no século 17 que possui salas para cursos e seminários. Eu mesma já assisti lá algumas conferências muito interessantes. – E a viagem de trem? É longa? É bonita? É cansativa? – Longa é! Serão bem umas onze horas. Se você pegar o trem em Florença vai praticamente direto até Munique, com poucas paradas, passando pelos Alpes. De Munique são cerca de duas horas e meia para o norte. Quanto à beleza, é linda, especialmente na Toscana e nos Alpes, mas o trecho austríaco e a própria Bavária também são bonitos. Mas é obvio que você não vai ficar o tempo todo vendo paisagem. Porque não leva algum dos tijolaços de Thomas Mann, em alemão, assim você não só se diverte, como já vai treinando. Olhe, meu pai deve estar terminando *A Montanha Mágica*, se você quiser, ele te empresta. – Poxa, doze horas de viagem, jamais imaginei uma viagem tão longa! Imagine quando a minha mãe souber. Será que ela me deixa viajar sozinha? – Calma, Renate, nós mal acabamos de pôr a carta no correio e você já quer tudo pronto e resolvido como se fosse viajar amanhã! Dê um pouco de tempo ao tempo e você verá como tudo se encaixara.

Nesse exato momento vinha passando pela praia um homem impecavelmente vestido de branco, carregando uma grande cesta de vime e anunciando de modo alto, mas cortês: *Cannoli, Cannoli alla Siciliana, squisiti i cannoli che fá mia moglie...* (Cannoli, Cannoli à siciliana, deliciosos os cannoli que minha mulher faz...). Nada melhor do que isso para fazer Renata baixar à terra. Ela adorava aqueles canudos fritos recheados com um creme à base de ricotta fresca, pedacinhos de frutas cristalizadas e perfumados com água-de-flor de laranjeira, creme puro de um lado e creme com cacau na outra extremidade, e conhecia bem o vendedor e sua família. No verão, o marido vendia cannoli na praia e o filho vendia sorvetes e refrescos na praça. No inverno vendiam castanhas assadas, *castagnaccio*[3], *cecina*[4] e fatias de maçã fritas à dore.... – Fecondo, chegue aqui!, e foi logo lhe dando duas liras para obter os quatro cannoli que o vendedor embrulhou, solícito, num saquinho. – *Brava Signorina, mi saluti il Sor. Icílio che sa quanto lo apprezzo*! (Muito bem, senhorita, me cumprimente o seu Icílio, que sabe quanto o respeito). Depois de terem saboreado cada uma o seu par de *cannoli,* foram para a cabine mudar de roupa, despediram-se e combinaram de encontrar-se no final da tarde. – Não sei como vai ser o dia hoje, temo uma tourada das boas com minha mãe. Em todo caso, vamos ver, seja o que Deus quiser, disse Renata antes de dar um beijo de despedida na amiga.

Ao chegar em casa, foi logo para a cozinha onde sabia encontrar a mãe, que àquela altura certamente já estivera em Pietrasanta e soubera do projeto e do assentimento do nonno. – *Ciao, mamma! Come vá?* Diana voltou-se, pôs as mãos na cintura e exclamou: – *Figlia mia, figlia mia, cosa cie questa volta? Una la fai e cento ne pensi!* (Minha filha, o que você quer aprontar desta vez? Você sempre apronta uma, enquanto já vai pensando em outras cem!). No início, Renata achou melhor fazer-se de desentendida: – Do que você está falando mãe? O que é que eu fiz? – *Guarda il mio angelo, innocente! Parlo della Germania! Come se tu non lo sapessi* (Olhe que anjo mais inocente! Falo da Alemanha! Como se você não soubesse), respondeu Diana fazendo o gesto que se fazia para as crianças quando se lhes queria dizer que mereciam apanhar.

– Mas mamãe, faz tempo que você sabe que eu gostaria de ir estudar alemão para aperfeiçoar a língua. Todo mundo sabe disso, até o Giulio que sempre me prometeu que, depois de casados, encontraríamos uma solução para que eu pudesse

3 Torta feita com farinha de castanhas, pinoli, nozes e alecrim.

4 Torta fina feita com farinha de grão de bico.

ir. – Ma che Giulio! Você não conhece os homens. Ele falou por falar. Imagine se depois de casados ele te deixa viajar para longe e ausentar-se por tantos meses. – Bem, eu sempre achei e continuo achando que ele estava sendo sincero; mas se você acha o contrário, então tanto melhor que eu vá agora. – E você pensa que agora ele deixaria? Mas que ilusão!, respondeu Diana, tentando escudar-se no futuro genro. – Bom, mamãe, agora ele não tem que deixar ou não. É claro que vou conversar com ele, pedir a sua opinião e ouvir seus argumentos como ele ouvirá os meus. Mas a decisão sempre será minha. Se casar, como todos vocês tanto querem que eu faça, muito mais do que eu mesma, aí sim, adeus aos meus projetos!

Renata foi tão enfática, como jamais havia sido com sua mãe, que Diana até assustou-se. Mesmo assim, a matrona era cabeçuda e insistente e procurou atacar por outro flanco: – Minha filha, você nem completou dezesseis anos, tem pouca experiência na vida, mesmo que Giulio concorde, como pode imaginar-se fazendo uma viagem tão longa, de vários dias, sozinha, para permanecer sei lá quantos meses, Deus sabe aonde? – Mãe, agora você está começando a exagerar, dizendo coisas que não sabe. Se fui me aconselhar com o nonno, é porque eu já tinha tudo informado e planejado. A viagem até Nurenberg dura apenas umas dez horas, e não "vários dias". Em segundo lugar, quando a gente morava em Turim, viajei tantas vezes sozinha daqui pra lá e de lá para cá que já tenho toda a experiência do mundo, inclusive em baldeações. O curso dura um ano letivo e deverá começar na segunda quinzena de setembro ou na primeira de outubro e deverá terminar no fim de março ou em meados de abril. Gerda já enviou uma carta expressa pedindo todas as informações precisas e os formulários de matrícula. Finalmente, Gerda me disse que eles possuem um quarto vago em casa e me convidou a ficar lá. As despesas serão mínimas. – Mas Renata, você não tem medo? Quem sabe o que pode acontecer tão longe?! – *Mamma*, basta!!

Foram todos almoçar, Renata toda feliz e sorridente, sabendo que já havia ganho a parada e, Diana, de cara amarrada, amargando a derrota perante a filha. Mas não falou-se nada, nem mesmo quando Icílio perguntou: – *Diana, perche ai il muso*? (Diana, por que essa cara amarrada?). Renata deu um tempo, esperou que o pai e os demais levantassem da mesa, e dirigiu-se novamente à mãe: – *Mamma, non te la prendere con me! Con una opportunita cosi rara, con l'appoggio di Gerda e di tutta la sua familia, credi proprio che ci dovrei rinunziare*? (Mãe, não fique chateada comigo. Uma oportunidade tão rara, com o apoio de Gerda e de toda a sua família, pensa mesmo que eu deveria desistir?). – Renata, você sabe que eu detesto ir de trem de Pietrasanta a Lucca, que mal leva meia hora. Eu jamais faria essa viagem que você propõe-se a fazer, muito menos para estudar alemão que, você, inteligente como é, já estudou e já aprendeu. Mas se isso é tão importante assim para você, a ponto de ter falado com teu avô antes de falar comigo, então faça o que quiser..., respondeu Diana, mostrando-se magoada, mas encerrando o assunto assim mesmo. Renata deu um salto e beijou a mãe, dando um falso sinal de submissão.

Achou que também precisava falar com o pai antes de procurar Gerda para transmitir-lhe as boas novas. Icílio devia estar tirando a sua soneca da tarde, mas logo mais acordaria para abrir a sua nova lojinha às quatro horas da tarde. Decidiu descansar um pouco também, ficando na espreita até ouvir o pai levantar. Deitada, para se distrair, ficou declinando as declinações alemãs e conjugando verbos irregulares. Também começou a pensar em como seria a conversa com Giulio, quando este chegasse dentro de alguns dias. Qual seria a sua reação?

Quando ouviu o pai bater a porta do banheiro, Renata saltou da cama, deu uma arrumada rápida no cabelo e correu para a cozinha onde, sabia, iria encontrar o pai preparando o seu café na "napolitana"[5]. – Como vai, papai? Você já está saindo? – Estou. A que devo tanta atenção? – Ah! Pai, não banque o bobo. Eu queria dar uma palavrinha com você. – Me acompanha até a loja? Assim falamos no caminho. Quando já estavam na rua, Renata começou a falar, repetindo todo o discurso que fizera ao avô na véspera, modificado apenas pela inclusão das repostas às objeções anteriores. – Você deixa? Icílio, a princípio, ficou surpreso com tanta deferência. Habituado com a mulher mandona a jamais ser consultado pelas filhas sobre o que quer que fosse, mesmo se com Renata, seu diálogo sempre fora melhor do que com as demais mulheres. – Minha filha, eu te conheço muito melhor do que você pensa. Tenho certeza que a esta altura você já conversou com teu avô e com tua mãe. Não é? – É verdade, *papá*, mas.... – E eles concordaram? Então isso significa que em breve terei uma filha viajada e cosmopolita?! E viva...!, interrompeu ele sinceramente empolgado.

– Vai filha, vai e aproveite tudo o que puder. Mas não se prenda demais ao curso, passeie pela cidade, conheça gente de todas as classes, vá ao cinema ver filmes alemães, que são ótimos e quase nunca chegam aqui. Mas tome muito cuidado com esses tais de nazistas. Não só fizeram do anti-semitismo a sua bandeira, como são gente má que não respeita ninguém. São muito piores do que os nossos fascistas fanfarrões. Já tentaram vários golpes e felizmente nunca conseguiram, mas se um dia chegarem ao poder, será uma tragédia para toda a humanidade. Além de tudo, continuam a agitar com a complacência das autoridades e, segundo tenho lido nos jornais, é bem na Bavária e em Nuremberg que eles são mais fortes. Vá, aproveite, mas seja cuidadosa. Principalmente, não se deixe iludir por jovens simpáticos que tenham a menor simpatia pelos nazistas, ou melhor, só se aproxime de jovens judeus, pois aí não haverá a menor chance de serem nazistas.

5 Recipiente para fazer café, muito usado na Itália.

Renata não se surpreendeu, mas mesmo assim ficou felicíssima com a reação do pai. Não entendeu bem a conversa sobre eventuais aproximações com jovens alemães e muito menos o discurso sobre os nazistas. Os fascistas italianos ela quase não notava e muito menos lhes prestava qualquer atenção. Pertenciam à ordem natural das coisas, assim como o rei e a rainha, Garibaldi e Gabriele d'Annunzio, de cujas poesias não gostava. É que Renata, ainda que sob os cuidados da Zia Beppina e do marido Augusto, sempre viveu muito isolada, com a única companhia das mulheres da família que não pegavam em jornais a não ser para ver o resultado da loteria. Em conseqüência das sucessivas operações no fêmur e dos longos períodos de imobilidade, durante muitos meses, a cada ano da adolescência, ela não freqüentava a escola e recebia aulas particulares. Talvez por isso ela jamais adquiriu, antes de se casar e mudar-se para Turim, o hábito de ler jornais e muito menos qualquer interesse pelos eventos políticos italianos e europeus.

Já passava das quatro da tarde e Gerda certamente já tinha descansado e devia estar esperando por ela. Foi correndo para a pensão onde estavam hospedados, ansiosa para contar as novidades. Enquanto passava pelas ruas, em quadrícula cartesiana de Forte dei Marmi, na direção de Marina di Pietrasanta, sua mente girava. Entre a alegria de poder contar a Gerda da aprovação arrancada a fórceps, mas unânime, da família e a infinidade de coisas que tinha para perguntar-lhe, não se agüentava mais. A cada pensamento, pedalava sua bicicleta com mais força.

Quando estava se aproximando, viu logo Gerda na varanda, acenando-lhe com o grande lenço colorido de estilo florentino que havia adquirido alguns dias antes. Nem lhe havia retirado o pequeno lacre, garantia de seda pura. – Que novidades?, berrou para Renata. Ela também estava ansiosa porque queria sinceramente levar a amiga italiana, mas duvidava que a família fosse deixar. Já mais próxima, Renata fez um sinal afirmativo com a cabeça e respondeu: – Sim, deixaram sim, sim, deixaram! – *Ausgezeichnet! Wunderbar Renate!* (Maravilhoso, Renata).

– Por que não vamos comemorar com uma cassata siciliana na sorveteria da praça? Assim poderemos conversar tranqüilamente, sugeriu Renata. – Ótimo, um sorvete como esses que vocês sabem fazer aqui na Itália é coisa que nunca pode ser desprezada. Vamos, eu te levo no guidão da tua bicicleta. Renata podia andar bem de bicicleta, mas não tinha força suficiente nas pernas para levar outra pessoa, e as duas amigas já estavam habituadas assim, pois Gerda só alugava bicicleta quando combinavam algum passeio antecipadamente.

– Até que não foi difícil. Foi simples convencer meu avô e, depois dele, tive de agüentar as angústias da minha mãe, mas ela já não podia ter muito fôlego, depois do assentimento do pai. Quanto ao meu pai, ainda que um pouco magoado por ter sido deixado para o fim, concordou logo, entusiasmado. Eu só não entendi porque tanto meu avô quanto meu pai tem tanto receio com relação a esses tais de nazistas. Parece que são uns bandidos malvados e que Nuremberg é o seu covil. – Eles têm razão. Meu pai também os teme e os detesta. Ainda mais um socialdemocrata de esquerda como ele, que nos anos posteriores à guerra chegou a ser membro do Spartacus Bund, a liga socialista de Rosa Luxemburgo e Karl Liebknecht. No começo, meu pai achava que eles eram meros desocupados, cervejeiros e baderneiros, mas ultimamente andam correndo boatos de que eles, ou pelo menos seus líderes, estão sendo apoiados e financiados pelos grandes capitalistas alemães como Krupp, I.G. Farben e outros, como já havia acontecido aqui na Itália com os fascistas. Não que os nobres, os industriais e os banqueiros ricos morram de amor por esse tal de Adolf Hitler, pelo contrário, eles acham que podem fazer dele um espantalho contra os socialdemocratas e os comunistas.

Renata ouvia a conversa embevecida, mesmo não entendendo quase nada do que a amiga estava falando. Socialdemocratas, nazistas, comunistas, *Spartacus Bund*, o que era tudo isso? Os fascistas, estes sim ela conhecia e sabia que Benito Mussolini mandava na Itália mais do que o rei, que não mandava nada, ou pelo menos era o que seu pai dizia. Mas o resto era tudo novidade. Ela sabia que o pai detestava o tal do *duce* e vivia fazendo piadas pejorativas sobre ele, mas sabia também que Mussolini mandava na Itália, onde, segundo lhe parecia, tudo ia bem. – Conte-me melhor, Gerda, não estou entendendo nada dessa tua conversa. O que são todas essas estranhas palavras que você acabou de usar? – Ah! *Renate,* eu também não sei direito e nunca me interessei por política. Na primeira oportunidade, converse com meu pai e ele saberá explicar-te.

– Em Nuremberg não se encontram sorvetes tão gostosos como este aqui, não é verdade Gerda?, perguntou Renata mudando de assunto, mas tentando ficar no tema da cidade alemã. – Claro que não, eu já te falei isso, mas em compensação temos vinhos brancos deliciosos, uma cerveja muito mais encorpada e saborosa do que a de vocês aqui, muitas tortas e strudels, além das nossas saborosíssimas batatas. – Ah! Então vou engordar de tanto comer batata! – Vamos engordar juntas!, repetiram as duas dando risada.

Nesse momento, Renata viu seu tio Augusto Ventura, que se aproximava, caminhando na direção delas, todo sorridente: – Então é você a jovem que quer levar a nossa Renata embora, disse dirigindo-se para Gerda. – Até que você é bem bonita e simpática, e não corresponde à imagem, cobras e lagartos, que minha irmã fez de você. – O que é que minha mãe anda dizendo?, assustou-se Renata. – Nada, nada, acalmou-a Augusto. – Acabo de passar pela casa de vocês e ela estava um pouco emocionada quando me contou que Renata quer ir para o exterior. No começo exaltou-se um pouco, chorou, desabafou, mas em seguida concordou comigo e com nosso pai que uma viagem dessas só fará muito bem à filha, que, além do aprendizado, ganhará uma boa experiência de mundo que nem Turim e muito menos a nossa acanhada Versília podem lhe oferece. – Ah! O senhor é que é o tio pintor da *Renate*? – É ele sim! A propósito tio, por que não nos leva para ver o teu estúdio? – Ah. Acho que não tem nada que possa interessar a duas flores como vocês, mas se quiserem, vamos. Estou com a charrete logo ali na Via Mazzini. Renata deixou a bicicleta ali mesmo e foram na direção da charrete.

Quando deixaram a belíssima alameda arborizada que liga Forte dei Marmi a Pietrasanta, aproximando-se da pequena cidade, Gerda começou a sentir-se mais próxima de casa. Não que houvesse qualquer semelhança, o estilo era completamente outro, mas o simples fato de estar se aproximando de um burgo todo murado, bem ao pé dos Alpes Apuanos, com portal de entrada e ainda por cima guarnecido por antigas fortificações, lembrava-lhe o clima de Idade Média da terra natal.

Mal passaram com a charrete pelo portal da cidade, ainda murada, puderam ver a graciosa Piazza del Duomo, um amplo espaço, delimitado pela catedral de São Martino, pela igreja de Santo Agostinho, ambos do século 14 e, do lado oposto, os edifícios laicos. Augusto dirigiu-se logo para a Via del Marzocco, a rua de cima, para onde davam os fundos do palacete do pai. Ali havia um portão de ferro batido, a céu aberto, que dava acesso a uma escada que subia para a área de serviço da mansão. Ao lado, uma porta larga era a entrada do seu atelier de pintura. Era um salão amplo e bem iluminado por uma clarabóia que o próprio Augusto mandara fazer quando, mesmo antes de formado, o pai o autorizara a ocupar o espaço com seus cavaletes, tintas, madeiras e telas. O estúdio estava num daqueles estados mais bagunçados possíveis, ordenado só pela ordem que o pintor lhe conferia. Só o cheiro das tintas e dos esmaltes lhe emprestava um quê de limpeza.

– Mas que confusão tio!, exclamou Renata que só estivera ali em criança, um lapso de tempo que a ela parecia uma eternidade. – Não se deixe levar pelas aparências. Isto não é desordem, mas a minha ordem. Sei onde se encontra cada fio solto de pincel ou cada partícula de gesso em pó! – Ah! Que lindo este busto da nonna Elena! Assim, em azul, acho mais bonito do que aquele de bronze que está na casa do nonno! – Bobinha, você não percebe que são a mesma coisa? Este é apenas o molde a partir do qual foi fundido o outro. – Ah! Não importa, este é mais bonito, reafirmou Renata só para não dar o braço a torcer.

– Tio, e o que são aqueles desenhos lá naquelas pastas encostadas na parede, deixa ver?, disse Renata tentando fazer o tio parar com aquela lenga-lenga, que já estava se tornando chata. – Não Renata, aqueles são estudos, esboços e tentativas que faço antes de pintar ou de esculpir, que eu não gosto de mostrar. – Ah! Tio, pois são justamente essas que eu quero ver. Teus quadros, espalhados pelas casas de todos os nossos parentes e amigos são lindos, mas eu já estou cansada de ver. Quero ver mesmo são os teus estudos, tuas dúvidas, teus sentimentos e tuas hesitações! Augusto fechou a cara, demorou um pouco em silêncio, pensando, e rebentou numa sonora risada.

– Bom, se você quer ver as porcarias que eu faço, então olhe. São coisas da vida e mal não vão te fazer.

Renata deu um salto e pegou uma primeira pasta grandona. Com seu movimento brusco muitos desenhos menores que estavam soltos na pasta, espalharam-se pelo salão. Um desenho do piano lá de cima caiu bem aos pés de Renata, outro, do papagaio *Loreto*, caiu em cima do aparador. Mas eis que um desenho maior, de um homem, de corpo inteiro, aparece nas mãos de Gerda. – Quem é esse moço lindo em roupas de banho!? – O tio Luciano!, exclamou Renata. – que bonito! – É, eu uso muito os parentes como modelos, disse Augusto meio sem jeito. – Ainda mais o teu irmão caçula, que é tão atlético, emendou Renata. – Você vai acabar fazendo dele um *Apolo Versiliensis*! – E esta, quem é, uma *Venus Versiliae*?, perguntou Gerda, puxando uma folha grande que continha um nu feminino. – Minha mãe!, exclamou Renata, profundamente surpresa. – Ela pousou nua para voce, tio? Não acredito! – Claro que não!, berrou Augusto, vermelho de raiva, de vergonha e de arrependimento por ter deixado as jovens chegarem até ali, onde jamais qualquer outro parente, ou conhecido, havia entrado. Nem a mulher jamais ousaria entrar ali. E lá estava ele, tendo de dar satisfações para duas adolescentes pentelhas. O diabo é que ele adorava aquela Renata como se fora sua própria filha. Ou até mais e diferente do que isso, até porque ela não era filha dele.

– Por favor me entendam meninas, disse, fazendo um esforço para começar a explicar-se. – Periodicamente eu contrato uns modelos, de Pisa, de Luca ou de Livorno. Há um par de meses, mandaram-me uma senhora com um corpo e com uma postura idênticos aos da minha irmã Diana. Não resisti e decidi pregar-lhe uma peça, justo ela que é toda pudica. Desenhei o corpo da modelo, e mais tarde, apus-lhe a cabeça de Diana. Entenderam agora?

As duas caíram numa sonora gargalhada. – E por que você não faz isso com meu pai também?, perguntou Renata, quase soluçando de tanto rir. – Eu bem que gostaria de ver a família toda em nu artístico! – Teu pai!? E onde é que eu iria encontrar um modelo mais tão desengonçado? Nos anos que se seguiram, mesmo depois do meu nascimento, Renata continuaria, sempre que possível, a visitar o atelier do tio Augusto e a bisbilhotar as suas brincadeiras secretas e outros segredos.

Na manhã seguinte, as duas amigas estavam a caminho da praia quando repentinamente Renata mudou de idéia. – Gerda, por que não vamos para Val di Castello visitar a casa onde nasceu e viveu Giosue Carducci, o meu poeta predileto? – Ah! Ele é dessa região? Eu até conheço um pouco a obra dele e o admiro por não ser romântico, mas não sabia que era bem daqui, pensei que fosse de Maremma. Aliás, *Renate,* ele pode até ter nascido aqui, mas viver, viveu em Bolonha, em cuja universidade lecionou por quase cinqüenta anos. Ou você se esqueceu que eu também estudo literatura italiana? Mas é claro que quero visitar a casa onde nasceu. Como vamos? Dá para ir de bicicleta ou é longe demais? – De bicicleta, para mim, talvez seja um pouco puxado, porque daqui até lá é tudo subida. Pessoas com pernas boas vão de bicicleta tranqüilamente, mas acho melhor a gente arrumar alguma charrete. Vamos até a loja do meu pai pra ele nos ajudar a arrumar uma charrete emprestada.

Quando chegaram na loja, Icílio estava lendo o jornal. – Pai, gostaríamos de fazer um passeio até Val di Castello. Quem nos arruma uma charrete, senão você ? – Ah! Vocês querem visitar o berço do velho Carducci? Ele merece. Bem, posso pedir ao Beppe serralheiro. Ele nunca usa mesmo. Em menos de meia hora, lá estavam as duas trotando em direção à casa do Carducci, munidas de um cesto com sanduíches e uma bilha de água que Icílio lhes arrumara às pressas no bar da esquina. – Avise a mamãe, gritou Renata para o pai antes de se afastar.

– Ainda está longe?, perguntou Gerda enquanto a charrete prosseguia lenta por uma estrada cada vez mais sinuosa. – Podíamos começar a comer nosso lanche, este ar fresco de montanha está me dando fome. – Que nada, estamos quase chegando e é melhor comermos sentadas lá. Há uma mureta, da qual se avista todo um pequeno vale, que é uma graça. Podemos sentar-nos ali e comer o nosso lanche, curtindo toda a paisagem. Além disso, não pense que estamos indo ver um grande museu. Não passa de uma casa ampla, mas simples como tantas outras que deixamos para trás. Poucos móveis, uma escrivaninha e um par de canetas, alguns manuscritos e algumas cartas. O pai de Carducci, republicano como o filho, não passava de um pobre médico de província. Ah! Ia esquecendo! Vamos ver o par de sapatos de verniz que Carducci usou na sua primeira comunhão. Estão lá, porque, por mais que fossem republicanos e anticlericais ele jamais iria engolir o corpo de Deus, descalço, concluiu Renata dando risada. – Pronto, é aqui.

Como Renata prevenira, a casa não possuía nada de especial. Até mesmo as panelas, vasilhas e jarras de cobre, que haviam sido deixadas na cozinha, em nada diferiam daquelas que ainda estavam encostadas na cozinha da Zia Ersília, lá na cozinha da Via di Mezzo. Mas o lugar era realmente muito bonito. A casa, bem próxima à estrada, estava situada sobre um pequeno plató, do qual despencava uma pirambeira em direção a um riacho absolutamente límpido, no fundo do vale. Água cristalina proveniente do degelo da neve.

Depois de passearem um bocado em volta da casa e de curtirem a paisagem em todas as direções, elas começaram a se preparar para a volta, bem mais rápida do que a ida, posto que para baixo todo santo ajuda. Chegaram em Forte lá pelas três e meia da tarde, antes que os pais de Gerda começassem a se preocupar com o seu sumiço. – *Renate*, quando chegarmos lá na minha pensão, vamos ficar um pouco junto com os meus pais. Eles são despreocupados e me dão toda liberdade, sem ficar perguntando muito, mas bem que eu sei o quanto eles gostam quando eu e minhas amigas ou amigos lhes damos um pouco de atenção e papeamos com eles.

Ao chegarem na pensão da família de Gerda, Herr Blumenstein, era esse o nome da família, já estava na varanda lendo o seu jornal. – Como vão as minhas heroínas? Por onde vocês andaram? Bertha e eu sentimos tua falta no almoço, mas logo imaginamos que você tivesse almoçado com tua amiga. – Bem, foi, mas não assim como o senhor está pensando, respondeu Renata tentando gastar o seu melhor alemão. – Fizemos um passeio até Val di Castello, pra visitar a casa onde nasceu Giosue

Carducci. – Carducci...Carducci...Carducci, ah! Lembrei-me dele, foi um dos primeiros poetas a ganhar o prêmio Nobel.

– Renata, corra que a senhora lhe quer, gritou Conccettina, parada na calçada. – O que é que há?. – Não sei, ela só me ordenou que eu saísse à sua procura e lhe dissesse para correr para casa... – Desculpem, preciso ir, disse Renata, despedindo-se, com um beijo na amiga.

– Estou aqui mamãe, papai te avisou que a gente ia pra Val di Castello, não? – Sim, mas eu me imaginava que a essa altura vocês já tivessem voltado. Mandei te chamar porque acabou de chegar uma carta do Giulio. Renata pegou a carta que a mãe lhe estendia, olhou o carimbo, como aprendera a fazer com seu pai e abriu com cuidado. A carta vinha de Florença e, entre frases de amor e de carinho, anunciava que Giulio chegaria no sábado, acompanhado pela mãe e pela pequena irmã Marcella que, à época, mal completara treze anos. Como havia lido a carta em voz alta, atentendo às expectativas da mãe, Diana comentou: – Que bom, assim Marcella fará companhia à Graziana. Renata, em vez, ficou matutando sobre qual seria a reação de Giulio sobre a decisão que havia tomado de viajar. Não que isso fosse afetar seus planos, pensou consigo mesma, mas sinceramente, não só não queria magoar o noivo, assim como não queria ser magoada por alguma atitude negativa dele. Enfim, passou a aguardar com alguma ansiedade.

No sábado, houve um desencontro engraçado. Renata levara Gerda para a estação de Pietrasanta no horário em que deveria chegar o trem de Florença. Estava louca para apresentá-la ao noivo. Mas eis que o trem chega, pára muito brevemente, parte e nada dos Bolaffi. Mas assim que o trem se afastou, ouviu-se um berro: – Reriiina! Renatina. Elas se voltam e vêm Giulio, todo sorridente, acenando na porta da estação. – Já faz mais de meia hora que chegamos, viemos por Lucca e, de lá, de táxi. Para chegar com esse trem que acabou de passar teriam sido necessárias muitas baldeações demoradas. Mamãe já está lá em casa, com a pequena Marcella. Estão arejando a casa toda. Eu vim correndo para cá de bicicleta. Giulio estava todo paramentado de veranista, branco da ponta dos sapatos ao boné esportivo que levava na cabeça. Renata correu até ele, o abraçou e beijou-o na face. – Venha, quero te apresentar minha amiga alemã Gerda, sobre a qual já te escrevi! – Mas fala italiano? – Bem, tanto quanto eu falo alemão, o suficiente para se comunicar.

– Gerda, este é Giulio, meu noivo, apresentou Renata toda formal. – Quem você acha que eu pensei que fosse? Rodolfo Valentino? Desde que cheguei, você não fala em outra coisa, disse Gerda, adivinhando que esta era a melhor forma de lisonjear o moço. – Ah! Quer dizer que de vez em quando você ainda pensa em mim?, perguntou Giulio só pra fazer charminho. – Como vai Gerda, muito prazer, Renata já me disse que você fala bem o italiano, então não teremos problema para te admitir no nosso ninho. – Ora, no nosso ninho é um pouco demais, embora ouça-se que na França e na Inglaterra isso está ficando comum, mas, digamos assim, no nosso time. Voltaram todos juntos, de bicicleta, para Forte dei Marmi; deixaram Gerda na sua pensão e foram logo para o Vila dos Bolaffi, na Via Cesare Battisti, para onde Renata foi especialmente para cumprimentar Mathilde, a futura sogra.

Mathilde a recebeu toda sorridente, com beijos e abraços efusivos, dando-lhe um frasco de colônia da famosa Drogheria Santa Maria Novella, sua quase vizinha em Florença, na Via della Scala. Deu-lhe também um pacote de doce de castanhas particularmente bom.

Assim que pôde, Renata piscou para Giulio: – Vamos cair fora? Giulio levantou-se e beijou a mãe dizendo: – *Ciao, mammina*, vou dar uma volta e depois vamos jantar fora. – Como jantar fora se eu desde que cheguei não faço outra coisa senão comprar ingredientes para preparar um jantarzinho especial para a nossa Renata!? Até consegui um bom pedaço de *fontina* e truffas negras de Spoleto para fazer uma boa "fonduta Valdostana"[6]. – Ah! Mãe... – Está bem, vão, entendo que vocês devem ter muito para conversar. A fontina pode esperar até amanhã. Mas amanhã sem falta!

Já eram quase sete horas da tarde e embora àquela época do ano ainda fosse dia ensolarado, em breve os restaurantes começariam a servir o jantar, principalmente para os veranistas do norte europeu que nessa época do ano estavam habituados com o sol até dez ou onze horas da noite e cujo apetite se regulava mais pelo relógio do que pelo movimento cósmico. Giulio e Renata saíram, passeando de mãos dadas, falando abobrinha, à procura de um restaurante calminho onde pudessem conversar tranqüilamente. Mas antes que chegassem na Capannina del Franceschi, Renata não agüentou e disse: – Giulio, precisamos falar sobre um assunto muito sério. – Mas fale, minha querida, o que aconteceu? – Não, ainda não aconteceu nada, mas vai logo acontecer. Lembra-se de quantas vezes conversamos sobre o meu interesse em viajar para a Alemanha, para que eu possa fazer um curso de literatura e de aperfeiçoamento do meu alemão? Pois acho que está chegando a hora, falou Renata de um fôlego só. Giulio, pego inesperadamente, ficou assustado. Era verdade que, no decorrer dos dois anos anteriores, Renata havia falado muito no assunto. Lembrava-se até de ter-lhe assegurado que isso, mais cedo ou mais tarde, seria perfeitamente possível. Mas ele nunca encarara o assunto seriamente. O que significaria para ela esse "está chegando a hora"? Quando? Por quanto tempo? E o casamento que em princípio estava pensado para o ano seguinte? Quanto tempo iria durar o curso que ela tinha em mente? Será que estaria pensando em adiar o casamento?!

6 Prato caseiro à base de ovos, queijo Fontina e trufas, muito apreciado em Turim

– Sabe Giulio, essa moça alemã que me acompanhou até a estação para te esperar é de Nuremberg e estuda Letras na universidade local. Ela me disse que lá, ainda nem sei bem aonde, se oferece um curso de aperfeiçoamento para estudantes estrangeiros que já falam alemão. Parece que o curso visa a fala e a escrita do alemão erudito e uma iniciação à literatura. Eu me encaixo perfeitamente nele e creio que corresponde perfeitamente ao que eu queria. – Mas quanto tempo dura esse curso? – Para falar a verdade ainda não sei exatamente. Tudo aconteceu tão de repente, há poucos dias, que nem deu tempo de obter todas as informações precisas. Nem sei exatamente quando começa e quando acaba, sei apenas que não passa de dois semestres letivos.

Ao ouvir a última frase, Giulio acalmou-se. Lembrou-se mais uma vez de que no passado já assentira alguma coisa parecida e deu-se conta que a ocasião era muito mais apropriada do que qualquer outra. – Mas que ótimo, Rerina! Lá pra maio eu terei que prestar os meus exames de estado para obter a validação definitiva do meu curso, e confesso que não estou tão tranqüilo assim quanto a eles. Estou me preparando para estudar bastante a partir do próximo outono. Se teu curso durar dois semestres deverá ser mais ou menos de outubro a maio ou meados de junho. Você vai, volta, me encontra doutor e aí poderei casar com uma professora!, teria respondido meu pai, dando ênfase, com a voz, à palavra professora.

Renata não se surpreendeu, afinal, era essa mesma a reação que imaginara, mas não pôde deixar de se sentir imensamente aliviada e emocionada. Afinal, estava superado o único obstáculo que, como Renata sabia, sua mãe Diana, no íntimo, considerava intransponível. Gerda também ficou surpresa: – Onde já se viu um noivo com tamanha falta de sentimento de posse!, comentaria mais tarde com Renata. Mas é verdade, se alguma coisa jamais viria a ocorrer a esse casal, para o bem ou para o mal, seria mesmo o sentimento recíproco de posse e de falta de independência.

Na manhã seguinte, um lindo domingo ensolarado, combinaram de levar o casal Blumenstein para passear de *patino*[7]. Gerda já estava se sentindo meio incomodada de deixar os pais sempre tão sozinhos. Combinaram que Giulio e Renata passariam para apanhá-los na pensão, enquanto ainda estavam tomando o café da manhã. – Mas que surpresa! A que devemos tanta honra?, exclamou satisfeito o pai de Gerda. – A honra quem nos dará, serão os senhores Blumentein, se aceitarem nosso convite para um passeio de *patino* nesta manhã tão promissora, com o mar calmo e o céu ensolarado. – Ah! Muito obrigado. Faz tanto tempo que eu morro de vontade de passear nesses barcos leves e velozes que deslizam sobre o mar como patos brancos, com os nossos pés dentro d'água, se assim quisermos. Até já pedi ao Ludwig, mas ele achou melhor não nos arriscarmos num mar desconhecido. Haviam lhe dito que esses barcos não só podem ser levados pelo vento, mas também pelas correntes marinhas.

– Fizeram bem senhores Blumenstein. Normalmente, não creio que haja perigo algum, até porque quando um *patino* se afasta demais, os *bagnini* possuem barcos a motor para resgatá-los. Ainda assim, como já me aconteceu quando eu era um ginasiano, posso assegurar-lhes que a situação não é nada agradável. Como seremos em muitas pessoas, tomaremos dois barcos que ficarão sempre bem perto um do outro. Isso nos dará toda a segurança. Além disso, já me certifiquei, o mar hoje estará calmo, sem ventos nem correntes. A única coisa que lhes peço é que tragam uma boa quantidade de creme contra o sol e umas camisas brancas, como proteção adicional.

Já estavam se encaminhando em direção à praia, não sem que Bertha Blumenstein tivesse preparado uma bela cesta de

7 Patino é um tipo de barco a remo, composto por dois flutuadores estreitos, longos e paralelos, ligados um ao outro por dois bancos face a face que comportam quatro pessoas. São ideais para brincar no mar, mergulhar e facilmente voltar a subir. São onipresentes nas praias italianas.

vime recheada de toda sorte de frutas, quando Giulio viu seu primo remoto, Umberto Mortara, passando de bicicleta. – Onde vai, Umberto? – Lugar nenhum, estou apenas fazendo hora. – Fazendo hora pra quê? – Pra nada! O que se pode fazer em Forte dei Marmi, senão fazer hora? – Não seja cretino, venha conosco para um passeio de *patino*!, disse Giulio apontando com o olhar para Gerda. – Temos lugar sobrando. – Mas que magnífica forma de fazer hora, claro que eu topo!, respondeu, deixando a bicicleta ali mesmo para juntar-se ao grupo.

Não que Gerda fosse uma dessas beldades sedutoras à primeira vista, mas possuía um belo corpo bem proporcionado, lindos cabelos loiros, não demasiadamente claros e, principalmente, um desses sorrisos capazes de derreter um iceberg. Quanto a Mortara, era uns dez anos mais jovem do que Giulio, tímido, mas suficientemente precoce para já ingressar no curso de engenharia de Turim, no outono seguinte. Giulio achara que ficaria bem se, na saída, ele e Renata acompanhassem o casal Blumenstain num mesmo *patino*, pelo menos na partida. Já no mar, mais profundo, mergulhariam, brincariam e as tripulações se modificariam ao sabor das circunstâncias. Obviamente, Mortara viera a calhar para fazer companhia a Gerda. Os três Blumenstein, cada um a seu modo, perceberam a jogada e a acharam divertida. Mais tarde, conversando a sós com Ludwig, Bertha diria: – Ah! Esses italianos, como são boa gente.

O passeio foi realmente ótimo. Estavam se divertindo pra valer, fazendo de tudo. Apostaram corrida, mergulharam, nadaram e até Bertha Blumenstein criou coragem para pular dentro d'água, segurando-se no barco e mudando-se para o outro com um par de braçadas. Mesmo assim, Giulio não permitiu que a festa se prolongasse demais. Raios ultravioletas pra cá e infravermelhos pra lá, como gostava de explicar, começou a aconselhar a volta, argumentando que com a chegada das onze horas da manhã o sol ficaria alto e perigoso demais. – Como perigoso? Se a gente costuma ficar freqüentemente até uma hora da tarde! – A gente sim, mas alemão não é 'a gente', olhe só para a pele deles!

Assim que começaram a remar de volta para a praia, eis que no meio do burburinho dos banhistas divisam ao longe duas silhuetas muito conhecidas. Diana e Mathilde, todas paramentadas de branco até os respectivos chapéus, presos ao pescoço com um lenço, saias arregaçadas para curtir os pés no mar, cada uma com a respectiva sombrinha calada, acenando-lhes enfaticamente. Elas berravam, mas obviamente lá nos *patini* ninguém ouvia goiaba. Nem precisava, Giulio e Renata já haviam visto aquele filme. inúmeras vezes, invariável, quer se tratasse da morte por congestão intestinal e afogamento de algum desavisado, quer para perguntar se no almoço iriam preferir risotto ou spaghetti. Habituados, e até para evitar amolações maiores para mais tarde, Renata logo começou a acenar também, respondendo aos gestos da mãe e da futura sogra, enquanto Giulio começou a remar mais depressa, ou pelo menos a dar a impressão de que assim estava fazendo.

Mal chegaram à praia e as duas *mamme* começaram a matraquear: – Vocês só cuidam da própria vida, sem nos dar a menor atenção e nem nos dão chance de conversar e de trocar algumas idéias. Vocês são filhos mal agradecidos que não amam as próprias mães, para as quais vocês são tudo no mundo! Para completar seu melodrama, enquanto Diana ensaiava umas lágrimas, Mathilde fechara a sombrinha em sinal de que iria dar umas bordoadas no filho.

– Você cresceu, já é engenheiro, mas fui eu quem te pariu e você jamais deixará de ser meu filho. Se não aprender a obedecer serei capaz de te reduzir a pedaços!

Giulio pulou rapidamente do *patino* e enquanto o rebocava para a praia, puxando pelas cordas, sussurou a Renata: – Viu? É a Aliança do Ciúme! – Mas o que está acontecendo, qual a razão de tamanha agitação? O que é que nós fizemos senão aquilo que sempre fazemos em todas as manhãs ensolaradas, aqui em Forte?

– Ah! Os vossos amigos alemães? E você também Umberto, como vai? E os senhores aos quais nem se dignaram a nos apresentar, como estão passando? Gozaram do nosso lindo mar Tirreno?

Giulio logo se adiantou dizendo: – Signori Ludwig e Bertha Blumenstein tenho o prazer de apresentar-lhes Mathilde Bolaffi, minha mãe, e a senhora Diana Terracina. – Ventura, sussurou Diana, que há muito tempo já não se sentia uma Terracina e, logo foi emendando com o charminho maldoso que lhe era habitual. – Ah! Bertha, como aquele canhão que podia ter destruído Paris?! – Mas quanta honra e que enorme prazer, senhora Diana Caçadora, respondeu Herr Ludwig, galantemente jocoso, mas sem deixar de dar o troco. – Quanto a Bertha, é melhor vocês se cuidarem, porque com toda a sua aparência meiga e *mignon,* quando sai pra guerra, faz jus ao nome. Mas a que devemos tão sonora recepção?

– Brincadeiras à parte, Signor Blumenstein, conversávamos, Mathilde e eu, hoje logo de manhã. Contei-lhe dos projetos de Renata para o futuro próximo que, aliás, ela já conhecia, porque Giulio já lhe havia contado na noite anterior. Comentamos o forte apoio que Gerda e toda a família Blumenstein estavam dispostos a lhe dar e decidimos que era chegada a hora de nos conhecermos. Para tanto, viemos convidá-los para um jantar esta noite em minha casa. – Mas não ia ser na minha..., ia atalhando Matilde, quando Diana a calou: – Quetinha, você que nem sabe fritar um ovo!

– E eu!, e eu! Estou de fora?, exclamou Mortara, que a essa altura já segurava a mão de Gerda com carinho. – Você, nessa história, é a quinta roda do carro, mas como um sobressalente nunca faz mal, o receberemos com prazer. Aliás, aproveite e traga sua mãe também. – Ela não esta aí, voltou ontem para Ferrara.

– Mas que prazer, senhoras, exclamou Ludwig, que tendo notado as pequenas cotoveladas recíprocas, já não tinha certeza sobre a quem se dirigir. – Desde que chegamos, Bertha não fez outra coisa senão me dizer o quanto estava curiosa em conhecer na intimidade uma verdadeira família italiana. A pensão na qual estamos hospedados é bonita e confortável, mas é sempre uma pensão. Ela quer mesmo... – Quero sim e muito, ver como são as vossas casas, a organização dos espaços internos, os móveis, as cortinas, os enfeites e até experimentar uma comida caseira que não consista naquelas macarronadas monumentais deliciosas, mesmo se um pouco cruas, de que sempre nos entopem na pensão, interrompeu Bertha que até então permanecera quietinha, observando e ouvindo tudo.

– Mas senhora Blumenstein, com que imenso prazer eu espero poder satisfazer a sua curiosidade. Não que a minha casa seja um desses palacetes suntuosos e principescos que, de uns tempos para cá, começaram a brotar por toda a Versília. Mas ela é realmente bonita e suficientemente grande até para funcionar como pensão, como aliás eu estou me preparando para fazer. Quanto à comida, eu estava cogitando de fazer de vocês as minhas primeiras cobaias, mas ao ouvi-la tive outra idéia. Vou preparar um cardápio misto com pratos de toda a Itália. – De toda a Itália, mas você está *scioté*[8]!? Se será de toda a Itália você teria de começar pelo Speck do Alto Adige[9] e pela polenta branca do Veneto para chegar na Capponata, nos Cannoli e nas Cassatas Sicilianas. Teríamos de virar romanos e passar semanas na mesa, atalhou Mathilde, surpresa. – Deixe comigo, você é boa de tijolos e de construções, mas de cozinha quem entende sou eu! E, mentalmente, foi preparando o cardápio:

Antipasto: "Vitel Tonne" de Turim, como só ela sabia preparar.

8 Palavra em ladino, de origem hebraica que significa "no porre, bêbada". Em outras circunstâcias, poderia ter sido usada a palavra *scicor*, de significado equivalente.

9 Região da Itália, extensão do Tyrol austríaco, onde ainda se fala alemão.

Entrada: "Carciofi alla Giudia" como a cunhada, Giorgina, de Roma, lhe ensinara a fazer.
Secondo: "Gnocchi de Semolina", alla Romana.
Contorno: "Scaloppine ao queijo e leite", ótimo acompanhamento para os gnocchi.
Doce: "Marzipane Versiliese", jamais servido nas pensões.
Queijo: "Caprino Fresco" da Calábria.
Frutas: Pêssegos, Abricós e Uva Moscatel.

Vinhos: "Tokai Veneto" (branco, seco, ligeiramente frisante) para os antepastos; "Chianti Broglio", para o pasto e "Vin Santo Toscano" (clarete doce) para a sobremesa.

– Vamos, que preciso comprar os mantimentos antes que as lojas fechem a uma hora da tarde. Até à noite senhores Blumenstein. Agora, almocem e descansem, não vão me chegar cansados, pois o sarau será longo. Até tocarei piano, se vocês me permitirem. Além disso, gostaria de trocar idéias com vocês sobre essa viagem que Renata e Gerda inventaram. Espero vocês às oito horas. E você, Mortara, também está convidado!

Os Blumenstein ficaram embasbacados. Quanta disposição, quanto mandonismo! Quanta energia! Se fosse na casa deles teriam se contentado em servir algumas fatias de pão preto, gordura de galinha, alguns frios, cebolas e pepinos e algumas taças de chá e, quando muito, um strudel. – Ah, esses italianos, que boa gente!, repetiria Bertha.

Gerda, não largava da mão de Mortara, mas os dois noivos nem reparam.

Enquanto Diana e Mathilde se afastavam a passos rápidos, a cabeça de Diana maquinava: Quantos seremos à mesa? Quem convidarei? Tinha que proteger-se por todos os flancos, pois não podia fazer feio, nem cometer o menor deslize de etiqueta. Os três Blumenstein e os dois Bolaffi, mãe e filho, eram cartas certas e essenciais, já eram cinco. E o Icílio, impertinente e sempre inconveniente, precisaria mesmo estar à mesa? Claro que sim, senão como explicaria? Mirella e Graziana, as duas filhas menores, estas sim, poderiam jantar na cozinha mais cedo para, em seguida, serem subornadas com um sorvete na praça, acompanhadas por alguma empregada, afinal, eram crianças. Em compensação, ocorreu-lhe que seria bom convidar a meia-irmã Felicina, prata da casa, que saberia aparar qualquer contratempo e lhe daria mais segurança. Ao todo seriam dez à mesa, o que vinha a calhar, pois como a mesma comportava catorze pessoas, as duas cabeceiras poderiam ficar vazias, evitando possíveis questões de protocolo.

E como sentariam? Ela, seguramente, precisaria estar perto da porta que conduzia à cozinha, pronta para intervir em qualquer emergência. Renata e Giulio, os queria ao seu redor. Mathilde merecia ficar ao lado do filho. Finalmente, seria conveniente que Icílio sentasse ao lado de Ludwig, seguido por Bertha, Gerda e Mortara. A Feli sentaria do outro lado de Icílio, instruída para dar-lhe uma canelada por baixo da mesa, caso ele viesse a exagerar com suas extravagâncias.

Feitas as compras, enquanto Diana preparava o seu campo de batalha, as duas matronas se despediram e foram cuidar das respectivas vidas. Mas antes de despedir-se, Diana, que já se sentia toda assoberbada, disse a Mathilde: – E você, veja se pelo menos me traz as flores. Mathilde, que embora gostasse da futura sogra do filho, não tinha o hábito de ficar por baixo, respondeu, recorrendo ao seu inigualável sotaque Veneto: – As flores até que eu posso levar, mas o que é que eu tenho a haver com isso? Você inventou o jantar, a filha é tua, a viagem para a Alemanha é da tua filha, e os convidados também são teus. Vire-se!

– Meu Deus, esqueci do Marzapane. Giulio, Renata, corram logo para Pietrasanta, na confeitaria do Biaggiotti, na Via di Mezzo, pra encomendar-lhe um Marzapan de dois quilos para as seis da tarde. E que cuide para que saia úmido. Ah! E que mande o Pierino entregar. Eu pago as passagens.

Ao chegar em casa, mãos à obra. Requentou os restos de um omelete e de um picadinho da véspera para o Icílio, e começou a preparar-lhe o sermão: – Icílio, esta noite receberemos o casal Blumenstein e a filha para o jantar. Também convidei a Mathilde, o Umberto Mortara e, obviamente, Giulio e Renata. – E as meninas? Mirella e Graziana? – Mas deixe pra lá, pois são muito pequenas e na mesa só atrapalhariam. – Mas a Mirellina é só um ano menor do que a Renata! – Um ano? E você acha pouco!, concluiu Diana, dando o assunto por encerrado.

Enquanto Icílio ainda saboreava o seu almoço, Diana já começava a preparar as comidas que serviria na grande ceia: um antepasto de "Vittel Tonné", com melão, gnocchi de semolina alla Romana, acompanhados de escalopes ao queijo e alcachofras fritas alla judia. Era ela mesma quem cozinhava, com a ajuda de Geraldina, uma aprendiz de dezesseis anos, filha de camponeses da região. Preparou a massa de semolina, estendeu e começou a recortar os losangos, pedindo a Geraldina que continuasse assim que tivesse colocado a panela com água no fogo para ferver.

– Mas, senhora, com esse vento fedido que sopra daqui, eu não sei lidar. Não esquenta! Os fogões à gás apenas estavam começando a aparecer em Forte dei Marmi e constituíam algo de sobrenatural para Geraldina. Para o uso cotidiano ainda prevaleciam os fornos a carvão. Diana só comprara a novidade, tendo em vista o projeto da pensão. Se funcionasse, certamente seria muito melhor. – Mas, cretina, você não passa de uma tonta sacramentada. Não sabe que antes de abrir é preciso acender um fósforo para tocar fogo no gás?

Enquanto Geraldina, amuada e resignada, prosseguia, Diana começou a preparar as escalopes. Isso foi simples. Os *Carciofi alla Giudia* (alcachofras), assim como os gnocchi de semolina, uma especialidade romana, depois de cozidos teriam de aguardar para serem levados ao forno pouco antes de serem servidos. Precisam ser fritos e degustados na hora. Diana mostrou a Geraldina como cortar as pontas mais duras das folhas das alcachofras, fez com que ela pressionasse cada peça, de cabeça para baixo, sobre a mesa de mármore para que as folhas se abrissem, e mandou deixar tudo imerso em água e limão até meia hora antes da operação decisiva. Ainda não haviam batido as quatro da tarde e Diana estava pronta. Até os gnocchi já estavam cozidos, temperados com manteiga e queijo e dispostos elegantemente na travessa refratária na qual iriam para o forno e de lá diretamente para a mesa.

Oito horas da noite, pontualmente, chegam os Blumenstein, surpreendentemente acompanhados. Por quem? Por Icílio! – Mas você já os conhecia?, sussurrou-lhe Diana. – Com toda a certeza! Pois Ludwig e eu a essa altura já somos velhos amigos. Batemos tanto papo sobre a guerra. Enquanto eu estava no Piave, ele estava em Verdun! Todos os dias, lá pelas seis, ele aparece na loja para batermos ótimos papos. – Você no Piave, onde se deu a principal batalha da Guerra Mundial?! Mas quem é que te viu por lá, velho anarquista, mentiroso sem vergonha! O fato é que, enquanto os hóspedes entravam, Mathilde fazia careta de querubim, Renata se aproximava de Gerda e Giulio, na falta de outra coisa, coçava literalmente o saco, como sempre gostou de fazer. Ludwig e Icílio continuavam a conversar animadamente: – Pois se eu tivesse estado em Verdun, em vez de servir de bucha para canhão, iria lamber o cu de todo o exército alemão para tornar-me lixeiro do faxineiro do ajudante de ordens da ordenança do general Ludendorff. Tenho certeza de que onde eles estivessem não cairiam bombas. – Não tenha tanta certeza, velho malandro, não confunda Ludendorff com Cadorna[10]. Eu sim, se tivesse que ter estado no Piave ou em Caporetto é que ia me esconder debaixo

10 Ludendorff, Cadorna e Badoglio, respectivamente os principais generais, alemão e italianos, da Primeira Guerra.

da saia do Badoglio! – E quem te falou que eu realmente estive em Caporetto ou no Piave, seu alemão batata!

Nisto chegou Umberto Mortara, todo brilhantina e sorridente, trazendo às mãos uma linda caixa de marrons-glacês, daqueles todo enfeitados com flores de violeta cristalizadas e perfumadas. Diana abriu um largo sorriso, estendeu a mão para pegar, mas eis que os braços de Umberto dão uma guinada na direção de Gerda. Diana sorriu mais ainda para desfazer o mau jeito, enquanto Gerda, morrendo de rir por dentro, mas compungida por fora, apenas murmurou: – Ah, muito obrigada.

Foram direto para a sala de jantar, passando pela sala onde estava o respeitável piano de cauda. Bertha continuava quietinha, mas examinava cada centímetro quadrado da casa. Mas que casa tão mais sóbria do que as casas alemãs da Baviera. Como havia pouco quadros, porém maiores (mal sabia que eram todos obras do irmão Augusto e dos seus amigos, e que Diana não sabia se estavam ali em depósito, de presente ou o quê) e como eram também maiores as velas dos candelabros, só que todas brancas, com visíveis sinais de uso, desde o toco semi-acabado até aquela apenas começada, e não todas pequenas, novinhas e coloridas como se usava na Alemanha. Mais estranho ainda, ao lado de cada toco de vela já estava pousada outra, absolutamente nova, visivelmente de reserva. "Mas reservas não se guardam na dispensa, ora?", pensou consigo mesma. E as cortinas? Nenhuma fileira de corações vermelhos, ou ao menos os símbolos dos naipes do baralho, só os pretos, azuis, para enfeitá-las? "Ach, esses italianos, gente estranha, mas muito boa", repetiria Bertha, para si mesma, mais uma vez.

Quando chegaram perto da mesa, viram-na toda bem posta como manda o figurino – baixelas, talheres de prata com monograma e tudo, três copos de cristal de diferentes tamanhos para cada lugar, mais uma crocante baquete de pão estilo francês por pessoa e um lindo arranjo floral bem no centro. Fora providenciado por Mathilde, e Diana o julgara exageradamente grande. "Mas que fazer, era rica, mas no fundo continuava com o pé no gueto", pensou. De cada lado do arranjo floral, uma bandeja de prata (emprestada da casa do pai) repleta de Vittel Tonne gelado, salpicado de alcaparras e rodeado por apetitosos pedaços de melão maduro, em abundância. Não obstante a pose de boa anfitriã, toda sorridente, inclinada para os hóspedes e apontando para cada um o lugar reservado à mesa, seu esquema logo desmoronou. Icílio catou Ludwig e sentou-o ao seu lado, como estava previsto, é verdade, mas do lado errado. Gerda, protetora, logo sentou a mãe ao seu lado, sem deixar espaço para Mortara, e este último já estava se sentando ao lado de Icílio quando Diana o fulminou com o olhar, sinalizando que lá deveria estar a Feli. Para culminar, quando todos já estavam sentados, Icílio, que havia sacado tudo, vira-se para Diana em tom afetuoso e todo sorridente, e diz bem alto: – Tá vendo querida, uma verdadeira zona. "Safado, logo você a trazer *gnagnaram*"[11], pensou Diana enquanto Icílio adivinhava, satisfeito, o que ela pensava.

Liberou geral, e cada um se serviu a seu modo. O antepasto estava muito além de delicioso, todos comiam, Icílio servira um vinho branco do Alto Adige, suave, muito ligeiramente frisante (que detestava) e apropriado para acompanhar aquele festival de perfumes e sabores. Ninguém falava, a boca cheia não deixava. E eis que, de repente, ouve-se um murmúrio suave e abafado, saído dos lábios de Bertha: – Gerda, e as batatas!? À aquela altura, Diana sumira da mesa, sem antes pedir licença, proclamando: – O dever me chama, vou ultimar as alcachofras. Correu para a cozinha onde Geraldina já tinha sido instruída para retirar as alcachofras da água meia hora antes, de sacudi-las bem para ex-

11 Palavra ladina que significa má sorte. Corruptela do hebraico "Ain Raa", olho ruim, isto é, mau olhado. É que os judeus mediterrâneos não sabiam pronunciar a letra hebraica "ain", muda, mas lhe davam uma distorção anasalada.

trair-lhes o líquido e deixá-las secar. Com o azeite bem quente, Diana começou a fritar duas alcachofras, mostrando a Geraldina como deveria proceder. Tirou as duas primeiras alcachofras da caçarola, bronzeadas e crocantes, molhou-as na salsinha refogada e colocou-as numa travessa refratária que iria ao forno apenas para manter o calor: – Agora que você já viu como se faz, prossiga. Quando as primeiras doze estiverem prontas, leve-as à mesa, rapidinho, para que não esfriem. Em seguida, volte rapidinho para a cozinha para preparar o resto. E tome cuidado!, se queimar alguma, você pagará todas. Ah! Antes de pegar a travessa para servi-la, não esqueça de vestir as luvas brancas. Mas lave as mãos antes, para não sujar as luvas...!! – Mas, Senho... – Quieta, já falei tudo, concluiu Diana, dirigindo-se toda sorridente e empinada para a sala de jantar.

Olhou para a mesa e para sua gratíssima satisfação as duas grandes bandejas estavam reluzentes de vazias. Parecia até que tinham sido limpas a miolo de pão. Tudo vazio, bandejas, copos e pratos. Só num lugarzinho jazia, abandonado, o pão francês de Bertha.

Naquele mesmo instante, Geraldina entrou na sala com a sua primeira dúzia de alcachofras douradas, cantando bem alto:

> Fascisti e Comunisti giocarono a scopone
> Vincettero i Fascisti
> con l'asso di bastone[12]

– Menina, você enloqueceu!?, levantou-se Diana furiosa e fora de si. – Corra, chama o teu pai! – Senhora, sim, mas qual pai? Aquele da Garfagnana, ou aquele da Maremma? – Pouco

12 "Os Fascistas e os Comunistas foram jogar baralho. Mas os Fascistas ganharam com o Az de Paus" (i.e., na bordoada, uma das tantas cançonetas permitidas na Itália de então).

importa! Qualquer um, ou melhor, os dois, berrou Diana sem nem mais saber o que estava dizendo. – E as alcachofras que ainda estão no fogo, se queimarem, quem paga? A senhora?

– Cretina, débil mental, corra já para a cozinha e cuide das alcachofras. Oi Deus, Deus, Deus, eu suplico, Renata, corra a procurar a minha Valeriana[13], ou o vinagre balsâmico, senão vou ter um ataque. – Mas que Valeriana, nada, interveio Icílio, – nós queremos aquelas belíssimas alcachofras! – Vá lá minha filha, disse, dirigindo-se à empregadinha: – Esqueça minha mulher, sirva as alcachofras e volte logo para a cozinha para cuidar do resto!

A esta altura, Renata já levantara e, apoiando a cabeça da mãe no seu colo, levou-lhe o vidrinho de cristal com a Valeriana às suas narinas para, em seguida, pingar uma gotas de água açucarada e dar-lhe para tomar. No entanto, Ludwig olhava para o lampadário, fazendo força pra não dar risada. Gerda nem isso, não agüentava. Mathilde olhava solidária para a anfitriã, Giulio bufava, Mortara rememorava dezenas de cenas idênticas na casa dos pais e Bertha, confusa, murmurava suave para a filha: – *Was ist los!?* (O que está acontecendo?). Mas ao levar à boca a primeira garfada de alcachofra, Bertha não resistiu e exclamou: – Mas que flores exóticas mais deliciosas! Crocantes, saborosas e perfumadas. Jamais provei uma coisa tão delicada. Ande Ludwig, prove logo. Assim que Diana se refez da afronta recebida da empregadinha, caiu em si e berrou alto, pois a moça já estava na cozinha: – E não esqueça de colocar os gnocchi no forno. Eu já vou para aí pra preparar as escalopinhas. E enquanto os demais voltavam para suas gostosas flores de bronze, para seus pratos e seus copos, Diana levantava e corria para a cozinha de onde Geraldina saía com a segunda leva de alcachofras. Diana esperou que voltasse para fulminá-la com o olhar, assim que chegasse à porta, como só ela sabia

13 Extrato da planta do mesmo nome que é usado pelas madames como calmante.

fazer. E, uma vez reconquistada a sua autoridade de patroa e a pobre empregadinha recolocada no devido lugar, Diana, já menos autoritária, comandou: – Agora, sua bobinha, preste bem atenção no que vou fazer para, em seguida, continuar o serviço até o fim.

– Assim que toda a carne estiver assada e a temperatura da frigideira estiver bem alta, derrame o creme de Mascarpone com leite. Mas, antes, não se esqueça de misturar tudo muito bem. Em seguida, pode apagar o fogo e colocar as carnes e seu molho na travessa previamente aquecida. Aí pode servir a mesa; antes os gnocchi e logo em seguida a carne. Mas que a carne venha com muito molho. Se for o caso acrescente mais manteiga e misture bem. – Entendi, senhora, respondeu Geraldina, com os olhos lacrimejantes e o nariz escorrendo.

Um rosto meigo e sorridente voltou para a sala de jantar carregando Diana, já esquecida de Geraldina, da Valeriana e do *Asso di Bastone* (Às de Paus). Em cada uma das travessas sobre a mesa, restava apenas uma alcachofra.

– Venha Diana, acalme-se e coma um pouco dessas maravilhosas alcachofras, senão, as paparei eu!, disse Mortara tentando ser simpático. – Coma à vontade, já perdi todo o apetite. – Se é assim, uma pro Ludwig e outra pra mim, aiii!, adiantou-se Icílio para, em seguida, gemer pela canelada doída que Feli acabara de lhe dar. Felizmente, enquanto Ludwig devorava a alcachofra que Icílio lhe havia posto no prato, lá vinha Geraldina, carregando, uma em cada mão, duas perfumadas travessas de gnocchi de semolina tostados, repousados sobre um mar, ainda fervente, de manteiga e queijo. "Que moça boa e esperta", pensou Diana olhando pra Geraldina, já com sentimento de culpa, atenuado pela satisfação com o seu próprio sucesso no treinamento da criada.

Embora a fome já estivesse atenuada, a elegância e o perfume dos pratos que continuavam a chegar à mesa mantinham os convivas atentos às suas porções que iam sendo degustadas mais devagar, mas sempre com prazer. Degustação facilitada, aliás, pelos goles encorpados de um Chianti rigorosamente seco que Icílio tirara da sua reserva.

Com Diana já sentada à mesa, sem mais precisar supervisionar a cozinha, o ambiente desanuviou, as tensões se dissiparam e as fisionomias se decontraíram, inclusive a dela. Finalmente poderiam papear tranqüilos. – Então, senhores Blumenstein, contem-nos um pouco sobre sua cidade e o que pensam dessa idéia maluca de Renata ir para lá. – Mas senhora Terracina, não vejo nada de maluco no projeto da Renate que, aliás, eu ajudei a incentivar. Se nós três chegamos até aqui num bate-pronto, não vejo porque ela não possa chegar lá. – Ah, mas você veio com teus pais, Renata quer ir só! – Nós três queríamos tomar o sol do Mediterrâneo, vocês três querem estudar alemão?

– Nuremberg é uma cidade muito bonita e tranqüila, ou pelo menos geralmente tranqüila, depois voltarei a isso, atalhou Ludwig antes que a visível antipatia de Gerda por Diana voltasse a entornar o caldo. – É uma cidade, certamente menos velha do que Florença ou Lucca, que vem do tempo dos romanos, mas é provavelmente uns trezentos anos anterior à vossa graciosa Pietrasanta. E, assim como aquela, guarda na sua arquitetura um pouco da memória da sua antiguidade. Como todas as cidades alemãs, não é muito grande e deve ter aproximadamente a mesma população de Florença.

– Ah! Que interessante, interrompeu Diana, que não estava interessada em lições de geografia política, mas em saber quanto tempo Renata ia ficar lá, aonde e como. – E quem vai cuidar dela? – Diga que serei eu!, atalhou Bertha que estava conseguindo acompanhar a conversa, ansiosa por mostrar a sua boa disposição. – *Ich auch* (eu também), emendou Gerda.

– Veja, minha querida senhora, tanto Bertha quanto minha filha disseram imediatamente que elas farão tudo por Renate. Mas eu entendo que quiseram dizer que a apoiarão e ajudarão nos pequenos problemas materiais, pois sua filha Renata, pelo que vejo e sei, não é nenhuma tontinha que não saiba levar uma vida independente. Claro, o fato de termos condições de hospedá-la e de assegurar-lhe uma boa alimentação, facilita bastante as coisas, mas não pense que vamos censurar-lhe os movimentos, porque isso jamais faríamos nem com a nossa filha, concluiu Ludwig, jogando verde para ver qual era exatamente a mentalidade da anfitriã. – Quanto às datas, atalhou Gerda, – ainda não temos certeza, porque ainda não recebi resposta à carta expressa que enviei indagando, mas imagine cerca de um ano letivo.

– E você, Giulio, o que pensa disso tudo?, apelou Diana para o seu último baluarte. – Ora, por mim está ótimo, bem no período em que vou estar ocupadíssimo preparando os exames de estado. O papo estava encerrado. Renata, que quase não havia aberto a boca a noite toda, pensou consigo mesma: minha mãe sempre quer se fazer de tão forte e, muitas vezes, consegue, mas é tão frágil, coitadinha.

Chegara a hora da sobremesa, mas Diana atenta, percebeu que todos haviam comido bastante e que convinha dar um tempo. – Por que não me deixam tocar-lhe uma peça de Stravinsky para piano? É moderna sabem? Vamos para a sala do piano? – Mas com quanto prazer, responderam todos em aclamação. – Mas, por favor, levem todos os seus copos menores, pois após a música haverá Marzapane de Pietrasanta com *Vin Santo* – Com *Vin Santo*!? Mas que porcaria! Pelo menos ofereça-lhes um bom *Marsala*!, atalhou Icílio. – Ma il Marsala lo avevo comprato per *Rosh Hashaná*[14] – Para *Rosh Hashaná!* Mas até lá, campa cavallo, che l'erba cresce[15], comprarei outro. – Desculpem, disse bem alto

14 Festa do Ano-Novo judeu.

15 "Coma à vontade, cavalo, que o capim sempre cresce". Dito italiano, com o sentido de "até lá, ainda passará muita água em baixo da ponte".

Diana a todos, como se não tivessem entendido a enésima discussão conjugal a baixa voz. – Meu marido acha que um Marsala acompanha melhor. Servirei Marsala, em vez do nosso honesto *Vin Santo Toscano*, disse enfaticamente, só pra dar o troco.

Diana ao piano foi um desbunde, mas como de Stravinsky ela só conhecia as partituras, a música foi uma lástima. Mas o jantar, que àquela altura já estava parecendo filme de Buñuel, foi salvo pelo Marzapane. Que glória! – *Fantastisch! Wunderbar! Besser als unsers*! (Fantástico, Maravilhoso, muito melhor que o nosso), deixou escapar Bertha bem alto. E realmente era o melhor Marzipan do mundo.

Mas Icílio não iria deixar por menos e decidiu matar dois coelhos com uma só cajadada: – Desculpe, cara senhora, mas *besser als unsers* uma ova! O marzipan que vocês fazem é uma delícia, tão cremoso, que dissolve na boca, além de tão saboroso quanto este aqui. Eu provei o marzipan que vocês fazem lá em Bolzano[16], e a única diferença é que lá vem na forma de coelhinhos vermelhos, cachorrinhos azuis ou pequenos corações amarelos, tudo parecendo feito de celulóide ou de porcelana, ao passo que o nosso vem na forma de marzipan mesmo!

No exato momento, Renata, já cansada das brincadeirinhas malévolas do pai, começou a procurar por Gerda. Praticamente não havia conversado com ela a noite toda, até para deixar o palco para os mais velhos. – Gerda! Onde está a Gerda? Todos olham em volta intrigados e não se vê sinal de Gerda nem de Mortara. Dessa vez quem estava com face de querubim muito ligeiramente sorridente era Bertha, que se vira para o marido Ludwig, dizendo: – Tá muito quente, foram passear um pouco, o Marsala com mais essa delícia de torta cremosa os esquentou demais. Sentiram calor e foram curtir a brisa do mar. Já passava

16 Bolzano, cidade da Itália situada no Tyrol italiano, de população e cultura predominantemente austríaca.

da meia-noite, a noitada fora divertida, mas longa e tensa. Os ventres estavam repletos e a cabeça começava a pesar. Foram se despedindo e saindo, a curta caminhada lhes faria bem. Giulio deu um beijo casto nas faces de Renata e também saiu, levando a mãe pelo braço. Ao virarem a esquina, Mathilde vira-se para Giulio e diz: – Reparou quanto é puta aquela amiga da Renata? – Mas mãe o que você está sonhando?!, respondeu Giulio, muito certo de si mesmo e tão ingênuo quanto. – Fora isso, prosseguiu Mathilde, tua sogra é certamente uma dona de casa e anfitriã excepcional, mas que é uma figurinha muito difícil e engraçada, ninguém pode negar! – Pô, mãe, chega!

Enquanto isso, Gerda e Mortara já estavam na praia, para onde tinham se esgueirado por uma trilha que partia do começo do *ponte caricatore*[17]. Estavam passeando com o braço no ombro do outro e rindo dos episódios do jantar, quando Mortara lhe deu um apertãozinho carinhoso. – Umberto, você me quer? – Claro que te quero, mas te quero como?, perguntou meio confuso e surpreso o macho italiano. – Bobo! Você me quer agora? – Quero loucamente, respondeu entendendo e beijando-a sensualmente. – Não vê que eu até trouxe a capa para forrar a areia?! Aqui dá?, perguntou Gerda, despachada. – Melhor nos afastarmos uns cem metros, aqui, em baixo do *ponte*, arriscamos uma coletiva com os proprietários, transando as respectivas empregadas, respondeu o moço, enquanto pensava: "Puxa! Como é incrivelmente prática e disponível essa alemã, uma italianinha do seu nível demoraria mais de um mês, cortejada e solicitada, antes de me dar a mão. E depois quereria ser pedida em casamento".

No local apropriado, Mortara estendeu a capa da companheira, sentaram-se, deitaram-se e ficaram olhando pro céu.

17 Longo tabique, que avançava da praia para as águas mais fundas, por onde passavam os trens carregados de blocos de mármore para depositá-los nos navios cargueiros.

– Gerda, você além de bonita e inteligente, é uma moça muito interessante. – Os outros adjetivos, se você acha, vá lá, mas moça, nem tanto, pelo menos sou bem mais velha do que você. Agora, já se viu que também te acho muito atraente, e isso é o que basta para mim, pelo menos por hoje. Mas você ainda não me mostrou se é também inteligente e interessante. O que você faz mesmo? – Ora, você já sabe, estou me preparando para ser engenheiro. – Sim, isso eu havia ouvido, mas engenheiro como? – Como, engenheiro como? Engenheiro pô! Você não sabe o que é isso? – Claro que sei, mas sei também que essa é hoje uma expressão muito vaga: há muitos tipos de engenheiros. – Basta!, interrompeu Mortara, irritado, que nunca tinha pensado no assunto e estava se sentindo estupidamente diminuído, sem ao menos compreender porquê. – Ainda não decidi! – Como, não decidiu? Então você vai para um Politécnico, sem saber porquê? Você não tem um *beruf* , digo, uma vocação? Mas vendo que daquela pedra jamais conseguiria tirar alguma água, virou-se para cima dele, beijando-o com calor. No primeiro momento, surpreso, Mortara retesou-se, mas, logo, o calor que emanava de todo o corpo de Gerda relaxou-o e redirecionou a tensão. Tentou logo inverter a situação, colocando-a por baixo de si, mas ela, forte, não deixou. Foi logo desabotoando o cinto do macho, dando-lhe apenas a chance dele afastar as suas calcinhas. Gozaram logo, depressa demais, mas fantástico assim mesmo. – *Madonna, che brava puttana che sei*! (Nossa, mas que puta fantástica você é!) – E você?! É um tolo, mas também é ótimo, exclamou ela ofegante.

Ficaram ali relaxados em silêncio por um bom tempo, até que ele, meio incomodado consigo mesmo, exclamou: – Você me fez de amante de Lady Chatterley! – Quem é? – O personagem de um panfleto pornográfico que circula por aí. – Pornográfico?! Ah! Eu prefiro os livros eróticos. Mortara não entendeu nada; qual seria a diferença?

No dia seguinte, um quente e preguiçoso domingo de Forte dei Marmi, quase todos tiveram suas razões para demorar-se um pouco mais na cama e no banheiro, a começar pelo fato de que domingo era dia de tomar banho. A única que saiu mais cedo foi Diana, que foi para Pietrasanta com a cabeça zoando para conversar com o pai e contar-lhe os eventos da véspera.

Icílio, ao contrário, tomou seu banho com mais calma, e apenas se aprontou lá pelas nove da manhã, e dirigiu-se ao quarto de Geraldina. Bateu suavemente na porta e chamou pelo nome. – Já vou! – Não, não precisa incomodar-se, hoje é domingo e eu só queria te dizer uma palavrinha. Posso entrar? – Entre, por favor, eu estou apenas serzindo as minhas meias, enquanto a água para lavar as roupas de cama esquenta. – Geraldina, disse Icílio entrando, – você é uma criatura maravilhosa que ontem desempenhou-se com elegância e sabedoria como se já fosse uma cozinheira e copeira treinada, de uma casa de família principesca. Mas aquilo que você fez, eu não posso admitir e não admito!, ia falando e elevando a voz. – Logo vi que era o desabafo de uma menininha que estava de saco cheio, com boas razões, e isso eu até sou capaz de admitir. Mas há modos e modos, e você obviamente não sabia o que estava dizendo. Sei que cantam-se essas e outras modinhas por aí, mas na minha casa não admito que se fale em fascistas, comunistas e muito menos em pauladas. Na próxima vez, escolha uma canção napolitana! Entendidos?!

– Mas claro, Sor. Icílio, respondeu a menina caindo em prantos. – Eu só estava morrendo de medo e de cansaço e achei que, se alegrasse a festa, aliviaria a mim e agradaria aos demais. Só quis fazer engraçado! A canção, eu havia apreendido na tarde do domingo passado, quando Tonello e seus amigos a cantaram em frente ao bar da praça, e todos deram risada. A senhora Diana é uma senhora muito boa e sei que o dinheiro que ela dá para minha mãe ajuda muito, mas às vezes ela é muito dura comigo! Nem me deixa comer a comida que vocês comem, quando muito, me dá uma colherada para experimentar. Ontem, depois do jantar, jogou-me a alcachofra que havia sobrado, dizendo: – Tome, coma você já, em vez dos tomates, pois amanhã já não estará prestando mesmo. Em compensação, é verdade que a polenta e as azeitonas que ma dá são abundantes.

– Te entendo, filha, mas ainda assim é preciso tomar cuidado com algumas coisas. Não repita palavras cujo significado não conhece. Ia saindo, mas voltou-se: – E tome cá uma lira para tomar sorvete na praça hoje à tarde. – Grazie, Sor. Icílio, mas com uma lira posso tomar cinco sorvetes! – Então, antes, coma um 'sonho'! E saiu para Viareggio procurar o primo de Diana, Leone Barocas, com quem queria conversar há tempo. Leone rompera com os fascistas logo após o assassinato de Matteotti, mesmo tendo sido um dos participantes da "Marcha sobre Roma", em 1922. Icílio gostava de conversar com ele, porque era sempre bem informado e tinha posições políticas que lhe agradavam.

Renata, que sempre adorou o doce prolongamento de uma soneca matutina, permaneceu na cama e até sentiu-se meio incomodada quando Geraldina, lá pelas dez horas, veio avisar que Giulio já estava lá, esperando por ela. – Giulio, você já está aqui, disse enquanto alaçava melhor o penhoar. – Mas já são dez horas de um lindo dia, não vamos para a praia? – Ah! Depois da noitada de ontem ainda estou zonza, não estou afim de praia. Vem tomar café com leite comigo, disse, dirigindo-se para a cozinha. – Então, que achou do jantar de ontem?, perguntou Giulio, enquanto Renata fazia o café. – Para mim, não poderia ter sido melhor, mas que foi engraçado foi. Pena que, conhecendo os personagens e as situações como as conheço, foi uma mera repetição de tantos outros jantares do gênero, aqui, em Pietrasanta, em Turim ou sei lá aonde. Mas ainda assim foi engraçado. Você não achou a Geraldina magnífica? – Geraldina?! Mas é a última coisa na qual eu teria pensado! Na hora não dava, mas ela merece um par de tapas, para ser despedida em seguida. Até imagino que tua mãe já tenha feito isso hoje cedo. – Que nada, você não viu que ela esta aí, até toda contentinha, dizendo que meu pai lhe deu uma lira?

– Mas isso é um absurdo, na minha casa eu jamais admitiria! – Mas que absurdo, ainda é uma menina, trabalhadora e alegre que só desabafou num momento de tensão. – É mais velha do que você! – Pois eu também tento cantar e desabafar, só não consigo com tanta naturalidade quanto ela, insistiu Renata. – Você não é uma menina, você é uma senhorita, uma Madamin, como já se te dirigem em Turim. – Vá, Giulio, deixe a Geraldina e as madames prá lá e me diga se não foi engraçado ouvir a Bertha pedir pelas batatas e o meu pai, elogiando o marzipan deles, ao mesmo tempo em que dizia que era kitch e de louça? – A comida estava toda deliciosa, desconversou Giulio, – até minha mãe que, como você sabe, sempre bota defeito em tudo, só fez elogiar. Disse que nem Roma havia comido alcachofras alla Giudia, tão leves, saborosas e crocantes.

Naquela tarde, Icílio esperava Ludwig impaciente na praça. Não haviam combinado nada, mas tinha certeza de que viria. E eis que aparece, vindo do lado do mar, com o sol que lhe caía pelas costas, desenhando uma silhueta que o fazia parecer pendurado pela boca num dos seus queridos charutos toscanos. – Ludwig, venha!, acenou-lhe Icílio indo ao seu encontro, mais impaciente ainda. – Como vai? Já conseguiu se refazer? – Refazer do que Icílio? Estou ótimo, só me esforçando para não esquecer o sabor e a textura daquelas alcachofras. – Refazer-se da comilança, que foi de massacrar qualquer cristão. – Cristão, não! Talvez um judeu como você, pois eu continuo no sétimo céu. Vocês italianos são engraçados, arrotam os melhores sibaritas e maiores pantagruélicos do mundo, mas quando chega na hora de mandar ver, se borram nas calças como fizeram em todas as guerras ao longo de toda a história, desde a queda de Roma, concluiu rindo, mas acrescentou: – Me honre com uma visita na Baviera e me acompanhe a uma *Bierhalle* para ver o que é comer e beber! – Você tem razão, concordou Icílio, – nós italianos vivemos sempre nos queixando.

– Ludwig, agora quero falar-te a sério, emendou Icílio depois de fazer uma pausa: – Ontem, num momento qualquer do jantar, você se referiu à tranqüilidade de Nuremberg, mas fez um senão e disse que voltaria ao assunto. Obviamente não deu, mas eu, que já andava preocupado com isso, agora fiquei mais ainda. O que exatamente está se passando na Alemanha?

– Ah! Meu caro amigo, estou realmente preocupado. Vocês italianos já estão mostrando o 'trailer', receio que o nosso filme venha a ser muito pior. Não que eu tenha preocupações imediatas, que possam prejudicar a viagem de Renate, mas já fazem vários anos que esporadicamente, justo Nuremberg, deixou de ser a cidade tranqüila que sempre foi. Não acontece todos os anos, mas desde 1923 já aconteceram três marchas dos nazistas, assim chamadas, por eles de Nürnberger Parteitage. Creio até que se inspiraram na "Marcha sobre Roma" dos vossos fascistas, mas os estão deixando cada vez mais para traz. Essas marchas, todas marcadas por apelos românticos e irracionais, como bandeiras, símbolos, gritos, tochas, luzes, trombetas, tambores e a música daquele chatíssimo Wagner, afetam e fascinam as emoções de todo o populacho simplório, dos pobres e sofredores desempregados e da pequena burguesia, já arrasada pela inflação de Weimar. E o pior não são as marchas em si, mas a terrível baderna que se segue. Bebem como esponjas, comem como porcos o que não comeram o ano todo e ficam pela cidade até a madrugada brigando entre si e contra o mundo, perseguindo judeus, comunistas e muitos mais e quebrando tudo o que encontram pela frente. Por enquanto, aparentemente, ainda são fracos, os *junkers* os desprezam e os detestam. Ainda temos sólidos partidos de esquerda e do Centro Católico, mas eu só os vejo crescer. E nem estou tão seguro assim que todos os *junkers* e muito menos os dirigentes industriais estejam realmente se opondo a eles. Percebe-se que eles estão muito bem apoiados financeiramente e que a resistência institucional é cada vez mais aparente do que real. Até o velho gaga do Hindemburg. Percebe? – Claro, respondeu Icílio sério, – já conheço essa opereta, nós também temos um gaga, jovem e baixinho chamado Vittorio Emmanuele 3º. – Em breve, em setembro, haverá eleições, aí o panorama ficará mais claro, concluiu Ludwig.

– Não creio que possa tornar-se ainda mais claro, você verá, eles crescerão com as eleições. O trágico nisso tudo está sendo a disponibilidade das esquerdas em serem manipuladas, e a capacidade de encenação deles, e até dos russos. Se Lenin tivesse dado ouvidos a Rosa Luxemburgo, em vez de ficar divulgando panfletos imbecis onde chama de renegado um homem tão sério e correto como Kautsky, as coisas poderiam ter sido diferentes. Mas para Lenin, depois do primeiro momento, passou apenas a importar o poder da Rússia enquanto nação e seu poder pessoal. Permitiu que seus piores opositores de classe, como gostava de dizer, se apropriassem de todas as apirações do socialismo, da forma falsa e patética como os nazi-fascistas estão fazendo. E assim, muitos se iludem em boa-fé e todos confundem alhos com bugalhos. Sem contar os delinqüentes de toda ordem, desde intelectuais e jornalistas até ladrões pé-de-chinelo que se aproveitam.

– Mas você não acha que foi esse tal de Stalin, que apareceu de uns anos para cá, o grande traidor, usurpando e expulsando Trotsky?, argumentou Ludwig, até pelo prazer do debate. – Mas que ilusão, já estavam, mesmo antes de 1917, todos contaminados e corrompidos pela praga do autoritarismo romântico. Não lembra das lutas intestinas, já desde a tentativa de revolução de 1905? Eles liam Hegel, mas defecavam Rousseau e rezavam pela sua cartilha. Hegel falava em senhor e escravo, em alienação, que aliás também pode ser entendida como roubo e Rousseau enrolava com seus "acidentes fortuitos" e com os contratos sociais para manter a desigualdade. Até Marx, pelo menos o Marx da maturidade, o Marx do *Capital*, de quem certamente não se pode dizer que tenha sido romântico, era grosseiramente autoritário. Não lembra de como ele acabou com a Primeira Internacional, por causa dos anarquistas, ou das suas atitudes para com a filha, a quem impediu uma carreira teatral. Ou ainda para com a mulher, quando emprenhou a empregada e obrigou Engels a assumir a paternidade?

– Bom, meu caro amigo, não vamos deixar-nos levar pelo entusiasmo do debate, interrompeu Ludwig, – o importante agora é que Renate, venha até nós, que estude e que aproveite, ela que é tão viva e intelectualmente curiosa, e tem tanta vida pela frente. Fique seguro que, pelo menos por enquanto, ela pode vir sem qualquer perigo.

– Então vamos tomar um bom vermute e em seguida te acompanho até a pensão e a gente joga uma partida de xadrez. – Vamos!

Giulio e Renata haviam passado aquele dia bundando. Almoçaram uns macarrões que ela improvisara na hora, com um novo molho de tomate que acabara de aprender, um pouco de salada e frutas e ficaram papeando ociosamente. Primeiro Giulio mostrou-lhe o último número, sempre cor-de-rosa, do *Il Lumino* que recebera, além de uma pilha de bilhetes e cartões de outros Luminai (membros da associação literária), repletos de piadinhas e trocadilhos sem graça que eles achavam engraçadíssimos. Depois, responderam juntos a alguns desses cartões. Foram tomar um sorvete, voltaram.

– Giulio, já são quase seis horas e mamãe nem voltou. Além disso, gostaria de ver e dar uma palavrinha com o nonno, vamos dar um pulinho em Pietrasanta? – Vamos, mas não esqueça de deixar um bilhete pra tua mãe, caso aconteça da gente se desencontrar, pra ela não ficar preocupada, você sabe melhor do que eu como ela é. – Se sei!

Em Pietrasanta, o Villino Ventura estava em festa. Pura coincidência, mas estavam todos lá. Luciano e a namorada Consuela, quase noiva, uma gostosona da qual as demais tinham um puta ciúme. Gualtiero, com a sua bonita e elegante Gina. Raoul com a formalíssima Piera, acompanhada pela irmã Maria Cristina, para segurar a vela, tinham vindo de Genova. O Augusto e a sua Beppina. Como Giulio previra, Diana já havia saído, mas passara a tarde junto com a Ersí na cozinha, preparando mil quitutes: Marzapane, Sciantilli, Cavalluccie di Siena e até Cannoli alla Siciliana, que todos comiam à vontade. Já não era como quando eram crianças e mal a empregada trazia a sobremesa, todos aplaudiam. O pai, Federigo, com cara e voz de rabugento, proclamava: – Muito bem, sirvam-se, mas que não deixe de sobrar para o jantar, e todos gelavam. Agora reinava fartura suficiente até para que, entre uma bocada e outra, sorvessem goles de *Nocino*, de *Alquermes*, de *Vin Santo* e até de *Marsala,* licores e vinhos apropriados para acompanhar os doces.

Quando Giulio e Renata entraram, o velho sentiu-se tão feliz e realizado que até levantou para apanhar um enorme Panforte que já havia encomendado para a festa do Ano Novo Judeu, em setembro. – Sem Panforte não pode haver alegria plena, proclamou Federigo, acrescentando: – Até lá (o ano novo), mandarei comprar outros.

– E então, nonno, como achou a mamãe hoje cedo?, perguntou Renata ansiosa. – Melhor do que assim impossível. Estava toda empolgada com a sua recepção de ontem, disse que esses tais de Blumenstein são gente educadíssima e finíssima, que até parecem judeus! Insistiu que tem plena confiança neles para cuidarem de você, como aliás parece que afirmaram explicitamente que fariam. Imagine que até começou a discorrer sobre a importância de você aprender bem alemão, com todos esses turistas que ela espera passar a receber de lá, como se quisesse me convencer.

Na manhã seguinte, Renata foi cedo para a pensão de Gerda. Não por nada, estava apenas com saudades. – Como vai a minha ariana, loira, doce e dolicocéfala amiga? Há quantos séculos tuas rosadas faces não me enchem os olhos de graças! – E tu, minha linda gazelinha "kushi"[18], por que tardas a visitar o meu pomar de tâmaras e de romãs? – Por que estávamos entojadas dos antipastos, alcachofras, gnocchi, escalopes e doces da mãe Diana, repetiram quase juntas dando risada. No que dizia respeito a Renata, contudo, isso não era verdade, pois ela adorava aquela comida toda.

– Mas a noitada foi ótima! Minha mãe adorou e saiu deslumbrada. Ela acha tua mãe uma aristocráta e diz que entende perfeitamente sua hesitação em deixar-te ir, embora também ache que não há razões para tanto. Já meu pai, está apaixonado pelo teu e diz que adora a sua irreverência. Eles também estão muito sintonizados politicamente, embora o Ludwig ache o Icílio um bocado confuso com suas idéias. Mas confusos, diz ele, todos os italianos são.

– Vamos pra praia? – Vamos! Mas espere, vejo o carteiro se aproximar e já está na hora da carta que espero estar chegando. Nada! Foram para praia. – Ah! E o que aconteceu com você e com Umberto Mortara? Aquela sumida repentina foi meio esquisita! Você precisava ter visto a cara da minha sogra! – Nada, Renate, falei que estava quente, ele se ofereceu para dar uma volta, cansei e pedi que me levasse pra casa, desconversou Gerda, para, em seguida, concluir: – ele pode até ser bonito, mas não passa de um bobão.

Os dias seguintes foram curtidos entre a praia, o mar e as partidas de tênis, até que Giulio achou que seria bonito levar os Blumenstein para Pisa, ver a Sé, o batistério e o famoso campa-

18 Negra. Segunda mulher de Moisés, segundo a *Bíblia*. A palavra foi reintroduzida no vocabulário contemporâneo por Thomas Mann em seu *As Tábuas da Lei*.

nário pendente. Para ele, a Torre era um detalhe folclórico, a beleza estava no conjunto todo, e tinha razão. Foram de manhã, de trem, meia hora ou pouco mais. Ao chegarem, Renata começou a contar a Gerda o pouco que sabia sobre a história e a origem daquelas maravilhas todas, fascinada que era pela presença de altíssimas colunas, trazidas de longe, saqueadas pelos pisanos dos sarracenos. Enquanto isso, Giulio, com seu tom professoral, explicava metodicamente as experiências de Galileu com o pêndulo, a partir da observação da oscilação de um candelabro, lá mesmo, na sua juventude. – Foi isso que permitiu a invenção dos relógios de pêndulo, exclamou, feliz consigo mesmo e com a atenção que lhe dava o casal.

Quando voltaram a Forte e chegaram à pensão dos Blumenstein, lá estava o esperado correio para Gerda. Um envelope volumoso, cheio de panfletos, formulários, uma carta e vários bilhetinhos. O envelope ainda vinha selado com dezenas de selos com valores astronômicos, uma reminiscência folclórica dos anos de inflação galopante, e um selinho de pouco valor com a efígie de Hjalmar Schacht, o financista que conseguira acabar com a terrível inflação alemã do início dos anos vinte. Eram para a coleção de Icílio, a pedido de Gerda. Christa, a amiga de Gerda que remetera o envelope, informava que o curso somente se iniciaria em outubro, mas que os alunos eram solicitados a chegarem pelo menos quinze dias antes, para terem tempo de resolver os problemas de alojamento e se familiarizarem um pouco com a cidade. Na realidade, o início de todos os cursos escolares haviam sido postergados por causa das eleições. Ao ler isso em voz alta, Gerda gritou mais ainda: – Renate, posso me demorar aqui por mais tempo. Viajaremos juntas! E foram dar a boa notícia a Diana, para a qual, por incrível que pareça, um dos aspectos mais preocupantes de todo o empreendimento era justamente a viagem de trem.

Nas semanas que seguiram, Diana, Giulio e Renata prepararam tudo: malas, enxoval, material, passaporte e visto de entrada. Para ancorar, Diana fez questão que Giulio e Renata ficassem oficialmente noivos, com data de casamento marcada para o dia 6 de setembro do ano seguinte. A pensão seria inaugurada em 1º de julho, mesmo se com poucos hóspedes, até para dar tempo à cozinha e à criadagem para ir aprendendo sob pouca pressão e começaria a lotar no final do mês. Em compensação, não seria aceita nenhuma reserva que pretendesse durar até depois de 30 de agosto. Tudo pensado e calculado para que no casamento a casa estivesse vazia, mas ainda azeitada e em movimento.

Em Nuremberg, Renata deu-se logo muito bem, como aliás sempre se dava em qualquer lugar novo. Sempre fora – e permaneceria – novidadeira. Mas praticamente só se concentrou no curso. Mesmo nos primeiros dias, pouco lhe interessaram as preleções, que à moda do seu noivo italiano, Ludwig lhe fazia sobre as origens e a história da cidade, castelos, imperadores e sobre as demais figurinhas do presépio local. Mesmo antes de começar o curso, agarrou-se ao *Diário da Viagem à Italia* de Goethe e ninguém mais a tirava do quarto, senão os gostosos papos com Gerda.

– E você que anda lendo? – Eu decidi rever todo o Thomas Mann, essa figura estranha e contraditória.

Nuremberg, 2 de outubro de 1930
Meu amado Giulio,

Tenho recebido tuas queridas cartas quase todos os dias, mas você há de entender porque não te respondo com tanta assiduidade. Estou empolgada com o universo novo que estou descobrindo e ele me consome. Espero, ainda assim, que os cartões que sempre te mando mostrem que não paro de pensar em você. Morro de saudades.

Ontem começaram as aulas de verdade. Já tínhamos tido uma série de reuniões preliminares, conhecemos o local das aulas, fomos apresentados aos três professores principais, ao diretor do curso e fomos instruídos sobre o uso da biblioteca, da cantina da universidade e até dos banheiros. São muito engraçados esses alemães, vivem pontificando sobre o que é certo e o que é errado para as coisas mais insignificantes, mas andam com os fundilhos desgastados e mal serzidos. E os vasos de privada, você nem imagina, são feitos de tal forma que as fezes permanecem. Ficam ali sobre uma pequena plataforma, até que você as examine bem e decida mandá-las embora com a descarga d'água. Creio que superestimam um pouco a importância dos próprios excrementos

Visitei pouco a cidade. Pareceu-me um pouco sombria e não me atraiu. Mas em compensação tenho lido muito. E sabe o quê!? Estou descobrindo a Itália! Mais do que isso, estou descobrindo a descobrir a Itália.

Não fique intrigado e surpreso, é que acabo de ler o diário feito por Goethe, durante sua viagem a nosso país entre 1786 e 1788. Ele não só percorreu todo o nosso país como quase convence o leitor de que já conhecia tudo antes de ver. E não pense que Goethe se limite à arte. Chegou até Nápoles e Sicília, e até lá catou pedrinhas no leito dos riachos. Tudo isso, sempre fazendo sábias reflexões sobre arte, arquitetura, vegetação, paisagem e as pessoas com quem se depara. Enfim, Giulio, estou fascinada, deslumbrada com a sua combinação de sensibilidade artística e racionalidade. Quando voltar à Itália, quero aprender a vê-la assim.

Milhares de beijos, mais alguns, com todo o amor, tua

Renata

Torino, 7 de Outubro de 1930,
Meu amor, amada e adorada,

Adorei tua carta, limpa e inteligente como tudo o que você faz. Mas não posso te esconder que também sofri. Então, o entusiasmo pelo universo novo de que você fala é tão capaz assim de suplantar as raízes do teu antigo universo? Não obstante as cifras astronômicas de beijos e amor que você me manda, nada de concreto? Não uma só pergunta! Você já nem se importa sobre como estou, o que ando fazendo e nem com o resto dos teus! Não vou negar que ao terminar de ler a carta, senti o peito vazio e quase chorei. Mas entendo tua situação e teu entusiasmo, e por isso, esqueço.

Você reparou como apesar de tudo o que teu pai fala mal do nosso Duce, ele está conseguindo realizar coisas antes impensáveis na Itália? Viu como tua carta me chegou depressa? É verdade, que como percebi pelo carimbo, você teve o cuidado de despachá-la diretamente no vagão-correio do trem. Mas, mesmo assim, chegou como um raio. Eu só espero que Mussolini, uma vez desobrigado para com sua ralé de fascínoras desempregados, dos quais veio se utilizando para pôr os industriais no baixo lugar que merecem, se volte novamente para os Savoia e para a aristocracia, a única classe (sic) capaz de apreciar o mundo europeu em toda a sua beleza e refinamento. Não Renata, Goethe e homens como ele já não pertencem ao nosso mundo.

Procurei acompanhar o mais possível os resultados das eleições que acabaram de acontecer aí e que você nem menciona. Parece que o Sr. Adolfo Hitler, embora não conseguindo maioria, progrediu mais do que se esperava. Eu ainda não sei o que esperar dele. Às vezes, parece-me um êmulo do nosso Duce, que saberá tirar a Alemanha do buraco em que a meteu Weimar, mas outras vezes me dizem que ele é anti-semita. Será? Na culta e civilizada Alemanha? Ou será, por parte dele também, um estratagema político para atrair as simpatias da Igreja e da ralé? Veja Mussolini, assim que pôde, tratou logo de compor-se com a Igreja, firmando o tratado de Latrone, no ano passado, só para estabilizar-se melhor no poder. Uma Igreja com a qual os próprios Savoia estavam rompidos desde Vittorio Emmanuele II e Garibaldi.

Não sei o que pensar sobre tudo isso, quando puder conte-me. Ou melhor, não conte nada, que tanto não importa. Escreva-me muito e fale-me só de você.

Um beijo só, mas muito grande, todo e somente teu

Giulio

Renata gostou muito do "beijo só, mas grande" e chegou a empolgar-se com a carta. Quanta coisa séria o noivo escrevia! Mas no fundo achou enfadonha. Ela não estava minimante interessada no senhor Mussolini, de quem sempre ouvira o pai dizer que, além de ser um facínora delinqüente, era também um palhaço e uma marioneta a serviço dos industrias receosos do comunismo. Muito menos ainda estava interessada no Sr. Adolfo Hitler. É verdade que percebera a profunda decepção de Ludwig com o resultado das eleições alemãs, mas isso era assunto deles.

Ela estava mais preocupada com a *Bíblia* do senhor Lutero que tinha de descascar, com a enxurrada de vocábulos e expressões idiomáticas novas para ela que, mesmo se arcaicas, tinha de aprender. Na realidade, fazia isso com enorme prazer, quase como se estivesse decifrando as charadas do *Il Lumino da Notte*. E assim o curso foi se desenvolvendo, para o barroco, o iluminismo e o racionalismo. Enquanto nas aulas os professores dissertavam sobre a sucessão de eventos, mentalidades e autores, aos alunos cabia escolher um ou outro texto, sobre o qual deveriam produzir monografias.

Renata estava fascinada e deslumbrada. Tudo completamente diferente do que na Itália, onde no ginasial os cursos de literatura praticamente se limitavam a pouco mais do que uma terrível decoreba, ou na tradução e versão de autores greco-romanos, de uma língua para a outra e de ambas para o italiano. Renata lia e estudava febrilmente até porque aos problemas intrínsecos ao curso se somavam as dificuldades com a língua do dia-a-dia e com a enxurrada de novos vocábulos e de conceitos que se sucediam.

Em março chegou a primavera, anunciando muito mais depressa do que Renata esperava que aquele trimestre seria o último. Quase sete meses se haviam passado e, em mais três, teria de interromper tudo e voltar para a Itália. Pior ainda, voltar para a Itália para casar. "Mas o que estou pensando?! Claro que amo meu noivo e quero desposá-lo!", pensou consigo mesma. Mas que no fundo não queria, não queria.

No dia 15 de junho tomou o trem de volta. De Munique a Florença, Renata viajara num trem expresso, com poucas paradas aqui e ali, mais para recolher passageiros ou vagões originários de outros destinos. Assim, além das breves paradas nas fronteiras da Áustria e da Itália, só lembrava-se de haver parado um pouco mais em Milão. Mas de Florença em diante fora parando em inúmeras pequenas cidades e lugarejos até chegar na Pietrasanta nativa, ou que pelo menos Renata assim considerava.

Na estação estavam todos. Diana com a sua sombrinha, Icílio, que havia fechado a loja, o avô Federigo, a tia Beppina, as irmãs e, obviamente, Giulio, que havia chegado especialmente de Turim, na véspera. Mathilde também viera de Florença com a filha menor. Todos a festejaram tão efusivamente que até o chefe da estação veio ver o que estava acontecendo. Este último, assim que a reconheceu, fez questão de juntar-se à recepção. Diana logo adiantou-se, cobrando: – Por que você escreveu tão pouco? Federigo beijou-a, dizendo-lhe: – Que bom que você voltou, minha neta cosmopolita. Beppina só murmurava: – Querida, querida. E Icílio, assim que o deixaram falar, a interpelou: – E aqueles socialdemocratas, darão conta dos nazistas ou não? Giulio, ali quieto, todo embevecido, mas sem saber muito bem como se comportar.

Da estação, foram todos para a casa do avô, na Via di Mezzo, onde Ersília os aguardava com várias tortas de Marzapane, um dos doces preferidos de Renata. – Então, você melhorou bem o teu alemão?, perguntou Federigo. – É verdade que os nazistas já marcham livremente por Nuremberg?, emendou Icílio sem deixá-la responder ao avô.

Quando a conversa prosseguia animadamente entre bocados de "marzipan" e goles de licoroso "vin santo", Diana agarrou Renata pelo braço e sussurrou-lhe ao ouvido: – Vamos logo para Forte dei Marmi, você deve estar louca para ver o enxoval que te mandei fazer. – Que enxoval que nada, deixe-me curtir Pietrasanta, a Itália e todos os nossos queridos. Enquanto Marcella, a irmã menor do noivo, brincava com Graziana e com Mirella, as duas irmãs de Renata, Mathilde, que sempre fora tão sarcástica e gozadora quanto Icílio, fez uma das suas famosas e sempre maliciosas carinhas de querubim, e perguntou: – E os arianos loiros, como são? Divertiu-se muito com eles? Mathilde sempre foi muito maliciosa, mas o fazia mais para divertir as vítimas das suas insinuações e a si mesma. No fundo, era mais aberta do que todos os demais.

Renata riu da futura sogra e exclamou: – Giulio, venha cá para perto de mim. Giulio estava olhando para ela encantado. Como a sua Rerina havia amadurecido e embelezado. Saíra da Itália pouco menos de um ano antes, ainda com aspecto de adolescente e voltara uma linda mulher. É verdade que aprendera a maquiar-se e vestia um tailleurzinho de flanela cinza, com um debruado azul marinho, não muito pesado, que lhe caía como uma luva. Mas também é verdade que ganhara algumas centenas de gramas, o suficiente para vestir aquele tailleur com toda aquela graça. Tinha se tornado uma belíssima mulher. Renata também olhou para o noivo e pensou nele. Não era nem alto nem loiro, nenhum ariano dos figurinos, e nem mesmo um Rodolfo Valentino, mas gostava dele.

Diana incomodou-se com a falta de curiosidade da filha em ver o enxoval. Vá lá que estivesse cansada da viagem, com saudades de todo mundo e com vontade de curtir toda a família reunida. Aliás, Diana sabia que a filha sempre gostara de estar entre muita gente, mormente quando o centro das atenções era ela mesma. Mas surpreendera-se com uma recusa tão seca e peremptória, afinal, o enxoval não devia ser a maior preocupação de qualquer noiva? Nisso, Giulio percebendo o mal-estar da sogra, quase como se estivesse se desculpando pela noiva, atalhou: – Mamma, Renata não está cansada, ela viajou confortavelmente quase o dia inteiro e cochilou quanto quis. Se a conheço bem, garanto que de Milão para cá saciou-se de sanduíches de presunto cru e de gianduiotti[19], aliás, queixou-se da falta que lhe faziam nas cartas que me mandou. Por que não nos deixa dar um passeio pra ela rever um pedacinho de Itália e a gente conversar um pouco? – Mas que boa idéia, Giulio. Deixa mãe?, emendou Renata. Diana, que já estava ficando de mau humor, não pôde deixar de reconhecer que era justo os noivos se falarem um pouco. Aliás, ela sempre achava justo tudo o que Giulio dizia.

Assim que eles saíram de mãos dadas, Diana virou-se para os demais e perguntou: – E então, o que vocês têm a dizer sobre a minha filha? Todos se olharam e faltou pouco para que alguém

19 Pequenos bombons de chocolate praline de avelãs, especialidade de Turim, difundida em toda a Itália.

não soltasse uma sonora risada. Icílio aproveitou o momento de silêncio para dizer: – Vamos, Diana, vamos para casa.

Naquele mesmo dia, e nos seguintes, Renata e Giulio conversaram bastante. Era uma quinta-feira, e Giulio podia ficar em Forte dei Marmi até o último trem de domingo, para Turim. – Muito obrigado, meu amor, por não ter criado obstáculos à minha viagem e por ter-me apoiado para que eu fosse. Foi muito, muito bom, aproveitei demais. Estou falando alemão sem qualquer sotaque, e aprendi muito sobre a literatura alemã. Aliás, aprendi muito sobre a vida em geral. Nós, italianos, podemos até ser os herdeiros de Roma. O Renascimento, antes de irradiar-se para a Europa, começou aqui e, no entanto, como somos provincianos! Se não fôssemos tão provincianos, como iríamos tolerar que um palhaço como o Sr. Benito Mussolini, mordeu a língua, pensando nas inclinações fascistas do noivo, mas decidiu prosseguir: – ...quisesse bancar o cônsul romano, em pleno século vinte, concluiu já inflamada. – Mas Renata!, replicou Giulio, também inflamando-se, – Mussolini não é nenhum palhaço. Talvez eu possa concordar com você se chamá-lo de bom ator. É claro que ele não acredita em todos esses mitos que diz estar querendo ressucitar. Ele só faz isso para empolgar a patuléia ignara. Mussolini é um intelectual preparado, versado em Kant, Hegel, Nietzche, Marx e Sorel. – Mas, Giulio, não nos falamos há quase um ano e ficamos perdendo tempo falando sobre Mussolini? – Tem razão, querida, é muito melhor falar sobre você...

No dia seguinte, Giulio só chegou na casa de Diana lá pelas onze horas da manhã. A pensão, recém-inaugurada, já estava quase toda ocupada. Havia tanto italianos como estrangeiros, e até um jovem casal de franceses com uma filha de três anos e a mulher buchuda. Haviam vindo da Normandia em busca de clima seco e esperavam um segundo filho para outubro. Giulio logo encontrou Diana na sua saleta, conversando com a cozinheira e perguntou:

– E Renata? – Deve estar se vestindo, pois acabou de tomar café há pouco. De fato, logo viu Renata descendo a escada de mármore, vestindo um maiô, com um vestidinho branco por cima. – Vamos até a praia?, disse beijando-o nas faces. Giulio pegou-a na mão, puxando-a suavemente na direção do portão.

– Renata, precisamos conversar um pouco sobre o nosso casamento e sobre o nosso futuro. Na tua ausência tive de tomar algumas decisões e quero te informar a respeito. – Decisões? Que decisões?!, perguntou Renata surpresa. Na realidade, não só pensara pouco no casamento como ainda não se dera conta de que ele exigiria uma série de medidas concretas sobre onde morar, como morar, móveis, louças e panelas, para dizer o mínimo. Até então, quando se falava em enxoval, ela pensava logo em lençóis de linho com monograma, camisolas, pijamas, toalhas de banho e de rosto e outras coisas para ela bobas, das quais, sabia, Diana, Ersília, Beppina e as demais mulheres da família se ocupariam sabiamente e com prazer. Não as via como coisas com as quais ela precisasse se preocupar. Mas o toque de Giulio a fez imediatamente dar-se conta da situação.

– Tem razão, Giulio, emendou ela, sem dar-lhe tempo de responder. – Vamos casar em menos de dois meses e meio e agora você me faz perceber que se meu corpo está aqui, deixei minha cabeça em Nuremberg.

– Bem, querida, eu não chegaria a tanto, de resto é natural. Afinal você mal acaba de chegar. Mas eu estava para te dizer que já reservei um pequeno apartamento mobiliado em Turim. A idéia é a seguinte: a gente aluga esse pequeno apartamento agora e, no decorrer do próximo ano, você terá tempo de procurar um apartamento maior e de ir mobiliando e equipando, para quando os nossos filhos nascerem. – Mas que ótimo, Giulio, essa idéia nunca me tinha ocorrido. Assim, terei tido tempo de visitar nossos amigos, obser var seus apartamentos, saber como estão mobiliados e apurar meu gosto... – Mas deixe de bobagem, você não está precisando apurar teu gosto, que sempre foi dos melhores, apartou Giulio, – somente precisa de tempo para poder fazer as coisas com calma. – Não importa, está ótimo assim, ao regressar, pode confirmar esse apartamento. Por falar nisso, onde fica? – Fica na Via Bonafuss, numa vizinhança muito calma e agradável. Assim, tanto naquele dia como nos seguintes, continuaram a conversar sobre a casa que iriam montar em Turim.

Em casa, Renata pediu, antes de mais nada, que não a acordassem de manhã. Adorava dormir até acordar por si e estava louca para esquecer a voz de Ludwig a acordá-las todas as manhãs às seis e meia. Nos primeiros dias, tanto Diana quanto Icílio submeteram-na a meticuloso interrogatório. Diana queria saber como era a vida nas casas alemãs, quanto pagavam à empregada, o que comiam e como passavam as noites e os fins de semana. – Tinham faqueiro e serviço de travessas de prata? Pelo estilo, dava para ver se eram novos ou herdados de pais e avôs? E Bertha, tinha jóias? Mas, como você não reparou filha minha!? Icílio queria informações detalhadas sobre a política e sobre os socialdemocratas. – A socialdemocracia continua a ser o partido mais forte? Ainda é um partido basicamente operário ou já ganhou adesões na pequena burguesia? Ainda há anarquistas? E os comunistas, como estão agindo? E esses tais de nazistas, são mesmo bandidos como os nossos fascistas? Eles também baseiam sua persuasão no cacete e no óleo de rícino[20]? Mas como você não sabe, então não veio de lá?

No dia seguinte, o último de julho nesse fim de semana longo em Forte dei Marmi, antes que Giulio voltasse para Turim,

20 Nos anos anteriores e imediatamante posteriores à sua ascenção ao poder, bandos fascistas percorriam as ruas, obrigando, a cacetadas, seus opositores a ingerir elevadas doses de óleo de rícino. Além do sabor nauseante, esse óleo provocava violenta diarréia.

Renata sugeriu-lhe um passeio de bicicleta: – Vamos, Giulio, assim poderemos conversar com calma.

–Para onde faremos nossa viagem de núpcias?, perguntou Renata assim que se afastaram da cidade e puderam passar a pedalar despreocupadamente. – Andei pensando em Veneza. Só estive lá uma vez, com minha mãe, gostei muito e nunca mais deu pra voltar. Aliás, foi bom você falar nisso, pois em setembro Veneza é muito freqüentada e, se você concordar, será bom reservar o hotel logo. – Mas que delícia, lua-de-mel em Veneza, claro que concordo. Eu até havia pensado em te sugerir Paris, mas certamente a tua idéia é muito mais apropriada. Núpcias de gôndola devem ser bem mais divertidas do que aquele trem subterrâneo que eles chamam de metrô. – Então, vamos para Veneza. Assim que chegar em Turim tomarei providências, concluiu Giulio. – Que roupa você acha que devo levar? – Sei lá, alguma coisa esportiva e algo para as noites. – Não, não é a isso que me refiro. Pergunto do clima, insistiu Renata. – Ah. Essa é uma boa questão. Se fosse uma semana antes, eu não teria dúvidas de que seria verão, mas no início de setembro, a gente nunca sabe quando o outono vai chegar. Ainda mais em Veneza, ao pé dos Alpes. A gente bem que podia ter pensado nisso antes, quando marcamos a data do casamento. No dia seguinte, por volta das três da tarde, ela o acompanharia até a estação de onde ele voltaria para Turim.

Casamento e Viagem de Núpcias

No dia 6 de setembro de 1931, Giulio e Renata se casaram nos jardins da casa de Diana, na Via Mazzini, em Forte dei Marmi. A festa foi animada, embora quase só houvesse parentes. Estes, vieram todos. Federigo, suas duas damas, as irmãs Elena e Ersília Barocas, todos os filhos, noras e genros, com os respectivos rebentos, Henrichetta e Cesare, de Chieti, os tios Guido e

Giorgina, de Roma, com os respectivos filhos, o tio de Renata, Leone Barocas, com sua jovem mulher, Marta e o filho Ettore, tias e primas Bolaffi, de Florença. Estavam até três ou quatro velhas irmãs de Federigo, vindas de Livorno e de Pisa, além de Gerda, que chegara de Nuremberg dois dias antes e que, ao cruzar com Umberto Mortara, fez que não o conhecia. Também vieram algumas outras amigas de Renata, vários colegas de Giulio de Turim e de outras cidades, além de alguns casais de amigos de Mathilde e de Diana e Icílio. Como a pensão já estava sem hóspedes, Diana pôde hospedar a todos os que haviam vindo de longe. A temporada fora boa e a anfitriã pôde arcar com as despesas sem pedir ajuda do pai. Aliás, Icílio também havia se preparado para dar a sua contribuição.

O casamento fora programado para perto do meio-dia, de forma tal que em seguida Diana pudesse oferecer um dos seus gloriosos almoços. Já fazia uma semana que a cozinha estava ativa, trabalhando segundo as receitas e detalhes de Diana, mas sob supervisão de Geraldina, agora promovida a lugar-tenente da patroa. Havia um cozinheiro com músculos para operar aqueles enormes caldeirões, mas a paladar-tenente, sempre pronta para adicionar ingredientes e temperos era consagradamente Geraldina. Fora uma pesada batalha, mas ela conquistara o troféu.

Distribuídas as tradicionais pequenas bomboneiras de prata, Renata abriu a monumental torta Saint Honoré. Uma base de quase um metro de diâmetro, de mil folhas, com creme confeiteiro e chantilly, coroada por tiaras formadas com bombinhas recheadas com creme de avelã, baunilha e chocolate e ligadas umas às outras com açúcar caramelado. Uma linda e saborosa especialidade que Diana aprendera em Turim uns anos antes. Giulio abriu a primeira garrafa de champanhe e todos terminaram de se empanturrar. Como sempre, nessas ocasiões, houve um par de jovens que exagerou nos espíritos, cordialmente contidos por Icílio, pelo irmão Guido e por Augusto.

Por volta das cinco horas da tarde, Giulio e Renata saíram num carro alugado e foram se hospedar num hotel em Lido di Camaiore, ali pertinho. Na manhã seguinte partiram para Veneza, onde realmente começaria a convivência íntima entre Renata e Giulio. Renata começou a gostar. Gostou da desenvoltura do marido nos hotéis e restaurantes, nas lojas e nos museus. Era um universo novo que se abria para ela, muito distinto do ambiente acanhado e provinciano a que estava acostumada. Também a impressionou um novo modo de lidar com o dinheiro e a liberdade que Giulio lhe dava, nessa e em outras matérias. As vitrines das lojas começaram a deixar de ser objeto de sonhos para se tornarem meros mostruários em que se podia escolher e comprar. Giulio, quando muito, intervinha só para esclarecer e aconselhar.

– Não, Renata, essa travessa em filigrana você não vai achar mais barata em Turim. Aliás, não vai achá-la de todo, porque é um desenho peculiar de Veneza que não se faz em outras partes da Itália. Se gostou, melhor comprar aqui mesmo, ou então. –Você não acha esse jogo de xícaras de chá complicado demais para levar até Turim? Por melhor que eles embrulhem, sempre haverá o risco de levar uma batida e quebrar boa parte.

Renata também impressionou-se quando, ao entrarem no museu da Academia, Giulio foi logo perguntando a um dos guardas onde estavam as "Histórias de Santa Úrsula", de Carpaccio. – Ah! Você já as havia visto aqui? – Não, mas li algo a respeito e tinha curiosidade de ver.

Fizeram excursões pelas ilhas Murano, Burano e Vercelli e, numa delas, Giulio observou uma torre pendente. – Sabe, Renata, aquilo que eu falei em Pisa, sobre a torre de lá é bobagem. A Itália está coalhada de torres pendentes, mas só há uma Torre de Pisa. Ela se destaca demais entre todas. É realmente muito bonita e o conjunto todo a realça mais ainda. Por essas e por outras, Renata se impressionava cada vez mais com o espírito de observação, com a atenção de Giulio para com os objetos de arte e com sua memória. Definitivamente, não havia casado com um engenheiro qualquer. Já nos aspectos mais íntimos, não via como apreciá-lo. Era uma terrível amolação, sem graça nenhuma e desagradável, mas concluiu que devia sujeitar-se, devia ser o castigo que deus havia imposto a Eva e às suas iguais. Com o tempo, passou a gostar de sentir-se desejada e possuída.

Ao chegarem em Turim, foram direto para o apartamento alugado por Giulio na Via Bonafus. Eram quatro horas da tarde e o dia ainda era de verão, embora o terrível calor de agosto já tivesse passado. O apartamento nem era tão pequeno, mas tinha um ar aconchegante. Renata gostou muito, e sua atitude tornou inútil a pergunta que Giulio nem chegou a formular. – Falta uma sala de visitas e um bom estúdio para mim. Mas, por pouco tempo, poderemos receber no hall e na sala de jantar; as pessoas vão entender. Quanto ao estúdio, há uma saleta ao lado do quarto de empregada que eu vou adaptar para mim.

– E os móveis são muito graciosos. Não são novos, mas são muito simpáticos, emendou Renata, – mais simpáticos do que se fosse tudo novo, cheirando a verniz. Sabe, estive pensando nisso e queria te sugerir que, quando formos para o apartamento definitivo, seria bom comprar alguns móveis usados; sapato novo machuca os pés!, concluiu. – Mas você não queria móveis modernistas?, lembrou Giulio. – Claro, mas não todos, senão ficara parecendo casa de capa de revista feminina. Um armário ou um aparador mais velho, desde que não seja de estilo muito marcado, não incomodará ninguém, respondeu Renata, certa de que era exatamente o que o marido pensava. – Ótimo, vamos desfazer as malas e pôr as coisas nos armários, amanhã tenho o que fazer, concluiu ele, dando-se ares de importância. – Onde você vai? – Na Tovagnini, uma importante fábrica de máquinas operatrizes. Estou entabulando uns negócios com eles. Na realidade estava se candidatando a um estágio não-remunerado.

Nem havia prestado os exames de estado, indispensáveis na época, para que na Itália se pudesse exercer uma profissão liberal.

No dia seguinte, Giulio saiu cedo e só voltou no final da tarde para encontrar Renata na cozinha, terminando de preparar-lhe a sua "surpresa". Ao entrar, sentira um cheiro desagradável de cebolas e gordura, mas fez que não reparara. – O que a Rerina está preparando para o seu maridinho?, perguntou antes de chegar à cozinha. – Venha ver! Não sei se estará bom, mas que está bonito está. – Está lindo, mas o que é ?, perguntou Giulio ao levantar a tampa da caçarola. – Você não reconhece? – A mim parece alguma ave picada, mas não vejo nem asas nem coxas! – Ignorante! É coelho. – Coelho! Ao alecrim e Marsala? – Alecrim está cheirando e você pôde ver, mas Marsala, como adivinhou? – E a garrafa em cima da dispensa? – Aí, marido observador!

Quando já à mesa, Renata espetou o garfo numa carne para servi-lo, Giulio notou o líquido avermelhado sanguíneo que logo apareceu. – Está com cara de ótimo, disse, fingindo não reparar nos sinais evidentes de falta de cozimento. – Mas prove, ora, não fique aí adivinhando. – Está muito gostoso, mentiu Giulio, falando de boca cheia, enquanto seus caninos lutavam com a carne dura. – Quer purê de batatas? – Vai bem para acompanhar o molho. – Mentiroso!, berrou Renata aos prantos, está mais cru do que eu. – Cru, nada, bobinha, está saborosíssimo, não seja preciosista. – Mas que preciosista uma ova. Pode até estar saboroso, com alecrim e Marsala até eu fico saborosa, mas está mais duro do que uma borracha de pneu. – Olhe, vou repetir, esta parte parece estar mais cozida, falou Giulio enquanto garfava mais um pedaço. – Giulio, não faça assim, assim não aprenderei nunca. Nessas coisas, Giulio era persistente. Comeu tudo até o fim e limpou o molho, que aliás estava muito bom mesmo, do fundo do prato até deixá-lo limpo.

Nos dias que seguiram, sucederam-se muitos acontecimentos. Eu podia ter usado uma palavra menos enfática, coisas ou fatos em lugar de acontecimentos, mas a verdade é que é assim que eram percebidos por Renata. Ela não tinha mais de dezessete anos.

Em primeiro lugar, chegou Giulietta. Giulietta era uma daquelas mulheres de idade indecifrável, com cabelos já um pouco grisalhos, penteados para trás e presos em coque. Era piemontesa, filha de um operário da Fiat, falava um magnífico dialeto no qual só os sons pareciam franceses e já havia trabalhado com Diana que, com algum empenho, conseguira localizá-la. Se apresentara impecável, num tailleur cinza muito escuro e já trouxera consigo os uniformes, um preto, protegido na frente por um bonito avental branco, com rendas, e outro, cinza com pequenas listras azuis. Quando servia a mesa, usava luvas brancas. Ela ficaria com meus pais até que fosse obrigada a deixar o emprego, pelas leis antijudeus de 1938, as famigeradas "leis raciais". Lembro-me bem dela e do seu coque. Renata sempre a respeitou, mesmo que no começo tenha se sentido muito intimidada por ela e por sua maior experiência com os afazeres domésticos.

Logo o casal começaria a integrar-se socialmente em Turim. Renata já conhecia Eliana Mortara, uma moça muito inteligente, muito ativa e vivaz. Por meio de Eliana logo conheceu outras moças simpáticas. Eliana era solteira, mas já trabalhava e tinha vida independente. Davam-se muito bem. Giulio também conservara muitas amizades dos tempos de estudante na Politécnica do Valentino, sejam judeus ou não. Era muito amigo de Roberto Bachi que, apesar de muito jovem, já lecionava estatística na Universidade de Turim. Por meio de Bachi, de Eliana Mortara e de outros amigos, Giulio e Renata aproximaram-se do grupo de jovens que freqüentavam a comunidade judia de Turim.

A comunidade judia de Turim era pequena, mas ativa e organizada. Como em todas as cidades da Itália, sempre houve judeus em Turim. Até o início dos processos políticos que levariam à unificação da Itália, os duques e príncipes de Savoia não permitiram a presença de um número demasiadamente grande de judeus em Turim. Em conseqüência, muitos judeus concentraram-se em cidades menores da província, como Ivrea, Casale Monferrato, Alessandria e outras, onde, hoje, lindas sinagogas permanecem, atestando a passagem dos judeus. Entre 1723 e 1848 chegou a haver um gueto em Turim, salvo engano, na atual Via Bogino e proximidades, mas era pequeno. Uma quinzena de anos após a emancipação definitiva dos judeus piemonteses pelo rei Carlos Alberto de Savoia, que lhes conferiu cidadania italiana plena, ocorreu um dos episódios mais cômicos da história da arquitetura italiana

Em 1863, a comunidade judia, ao construir uma nova sinagoga, decidiu erguê-la em monumento que assinalasse a gratidão pelo tratamento liberal recebido dos Savoia. Para tanto, contrataram Alessandro Antonelli, um dos mais conhecidos arquitetos italianos da época. Aprovaram os desenhos do arquiteto, sem dar-se conta de que a construção resultante viria a ser, com sua altíssima cúpula, o edifício mais alto da cidade, muito mais alto do que qualquer outro, inclusive do palácio real e da catedral. Preocupados com os prováveis efeitos negativos sobre a opinião pública, os dirigentes comunitários decidiram abandonar o projeto e doaram a obra inconclusa à municipalidade. É claro que há muitas e diferentes versões sobre esse episódio. Segundo uma delas, numa última tentativa antes de abandonarem o projeto, os líderes da comunidade teriam procurado o arquiteto Antonelli, dizendo-lhe: – Arquiteto, com o devido respeito, cabe-nos chamar-lhe atenção para o fato de que lhe encomendamos uma casa de orações para rezar a deus, que está no céu, não uma torre para subir lá em cima e falar-lhe diretamente! Não obstante, a bela Mole Antonelliana continua lá, destacando-se na linha do horizonte de Turim, como uma das edificações mais elegantes e esguias da cidade.

De então para cá, os judeus de Turim prosperaram mais ainda, mas não todos. Até a Segunda Guerra européia desse século, sempre continuou a haver judeus pobres e anônimos. E, mesmo que a guerra tenha passado uma esponja na estrutura econômica e social do antigo regime, os descendentes das velhas famílias ricas continuaram a olhar de cima para baixo os descendentes das velhas famílias pobres. Assim era Turim nos anos de 1930 e, aliás, um pouco ainda é, no limiar do século 21. Obviamente, estou me referindo à atmosfera da cidade toda, e não apenas àquela do ambiente judeu, que apenas refletia o ambiente como um todo. Interrompo aqui o relato sobre os primeiros anos da vida do casal Giulio e Renata Bolaffi para dedicar-me a dois outros interessantes personagens da família.

Renata em meados dos anos 30.

Giulio Bolaffi, estudante de engenharia em Turim, retratado por um colega, por volta de 1930.

Marcella e Leonardo com a pequena Donatella em abril de 1947.

Capítulo 9

Marcella Bolaffi & Leonardo Áscoli

(1917) (1914-1970)

Marcella Bolaffi, irmã caçula de Giulio, e seu marido, Leonardo Áscoli, embora praticamente coetâneos dos meus pais, tiveram de ser deixados para depois de tantos outros parentes, também queridos, mas menos chegados, pelo simples fato de que ela ainda vive e agita. Não obstante os seus quase 90 anos, Marcella continua uma mulher enérgica, ativa e até mandona.

Embora Marcella nunca tenha tido uma educação muito religiosa, após a Segunda Guerra e mais ainda depois da morte do marido, em 1970, a cada ano que passa vem se tornando uma judia mais observante dos ritos e mitos da sua religião. A mãe, Mathilde, embora judia muito ciosa dessa sua condição, jamais dera qualquer importância a rabinos e sacristãos. Era muito livre e esperta para isso. Assim, embora tivesse zelado pela correta adequação do seu filho varão às leis de Moisés, já não fizera o mesmo com a filha. Aliás, esse procedimento sempre foi comum entre os judeus de todas as partes: mulher não participava do universo masculino das rezas, e sua educação se dava mais por osmose do que pelo contato com professores e livros. Era o quanto bastava para casar e servir corretamente ao marido e aos filhos.

Mas a guerra iria modificar completamente as atitudes de Marcella e, especialmente dos anos 80 para cá, vem se tornando cada vez mais rigorosa na observância dos tabus judeus. Nas minhas últimas visitas à Itália, para não falar em carne de porco, que há décadas ela já abominava, até já possuía duas geladeiras para separar as carnes dos lacticínios. Quando lhe manifestei minha surpresa, respondeu-me solenemente: – Não cozinharás a vitela no leite da própria mãe. – Mas como, Marcella? Você nunca foi disso! – O que te importa? São coisas minhas!, respondeu. Agora, então, que em sua casa só se consome carne de gado abatido, segundo as leis de Moisés, vinda diretamente de Roma, a custos astronômicos, quando eu sorrio, e sua filha Donatella me acompanha, ela exclama: – Riam à vontade! Quando vocês chegarem à minha idade, se darão conta!

Ainda assim, eu não estou convencido de que ela realmente seja religiosa. Aliás, quando fala em "Minha idade", não é como aqueles velhos babosos que têm medo de morrer, mas muito mais com o sentido de "mais sabedoria". Estou convencido de que seu comportamento, aparentemente religioso, resulta mais de uma compulsão pela preservação do grupo, da sua identidade, daquilo que julga ser a sua cultura peculiar e dos costumes que supõe herdados dos antepassados, do que de qualquer religiosidade. Inseri as palavras "julga" e "supõe", porque embora Marcella sempre tenha sido uma pessoa extremamente informada e lúcida, mais por razões ideológicas do que por quaisquer outras, ela jamais admitiria que não existem culturas congeladas e estáticas, nem costumes que não mudam. Muito menos ainda, ela admitiria que o "judaísmo" de hoje pouco, ou nada, tem a ver com aquele do tempo dos guetos, e que este último tinha a ver menos ainda com aquele supostamente criado por Moisés no deserto de Sinai. Tudo isso, não obstante as codificações do *Pentateuco*, cuja origem ainda é tão controvertida ou as tantíssimas interpretações posteriores, consolidadas nas várias versões do *Talmud* e em outros livros.

Mal havia terminado de escrever o último parágrafo, quando me bateu uma dúvida. Terei razão no que escrevi sobre a religiosidade de Marcella? Nada como consultar o próprio oráculo. Passei a mão no telefone, liguei para sua casa em Turim e imediatamente ouvi sua voz: – Gabi que bom que você ligou! Com esse negócio de *e-mails* a gente tem se ouvido tão pouco. Depois dos indispensáveis "como vai...? "Vai bem", "e fulana?" "Também está ótima", – E a nossa lindíssima e expertíssima, Luisa Bolaffi Arantes? – Quem?, perguntei, tendo ouvido mal. – La Lulu, berrou. – Ah! Nossa neta? Mas está fantástica, como sempre, aliás, cada vez mais!, respondi, e continuei: – Marcella, o nosso livro está avançando e eu já cheguei em você... – Veja lá que mentiras você vai inventar sobre mim!, interrompeu-me. Fiz voz de zangado e respondi: – Por acaso, você achou alguma mentira nos tantos capítulos que já te dei para ler? – Bem, mentiras não achei e até acho que você tem ótima memória e imaginação ainda melhor, mas eu não teria escrito muitas coisas que você escreveu. Acho que não são da conta dos outros... Interrompi e falei: – Marcella, pois eu te chamei exatamente para confirmar uma coisa, posso te ler um pequeno período? Respondeu logo, – Claro, estou curiosa... – Então, ouça..., e passei a ler, como escrevi acima: – Estou convencido de que seu comportamento, aparentemente religioso, resulta mais de uma compulsão pela preservação do grupo. – Mas é obvio, Gabriel. Meus pais não foram religiosos, nem mesmo teu avô, porque eram da geração imediatamente posterior à demolição dos guetos, a primeira geração de judeus que respirou os ares da liberdade e para a qual tudo o que importava era a Itália, que eles passaram a amar mais do que nunca. Aliás, nem mesmo os italianos cristãos, os da classe-média, informada, naqueles anos, eram religiosos. Pelo contrário, eram anticlericais...! – Quer dizer que eu tenho razão?, interrompi.

– Tem, mas só em parte. Você se esquece que teu avô teve um irmão, Emílio, que foi muito religioso... – Desculpe..., interrompi, – ...estou perguntando sobre você, e não sobre meu tio-avô! – Fique quieto por um momento e não interrompa a minha explicação, nem o fio do meu pensamento. Respeite meus quase 90 anos, pô! "Pronto, já está começando a apelar para a covardia, pensei, agora estou frito!"

– Meu tio Emílio viajou por toda a Europa Central para procurar e escolher um rabino que fosse adequado para a comunidade de Florença e trouxe o Rav Margulies da Galícia... mas, não era isso o que eu queria dizer. Queria dizer que, após décadas de assimilação graças à qual, meu irmão Giulio, teu falecido pai, chegou até a inscrever-se no partido fascista, com a guerra, aprendemos a duras penas o que significava ser judeu. Depois dos horrores pelos quais passei, graças a deus, tão insignificantes perante aqueles de tantos nossos irmãos, como você sabe, venho voltando cada vez mais a preservar os costumes dos nossos antepassados. Era tudo o quanto eu queria saber, confirmar e ter certeza. Fui paulatinamente mudando de assunto, perguntei-lhe como estavam os seus queridos e respeitados amigos Rossella e Enrico Fubini, e desliguei[1].

Giulio e Renata conheceram Leonardo Áscoli durante a seqüência de reuniões dos *Luminai*, a tal da associação lítero-charadista à qual já me referi tantas vezes nessas páginas. Por mais que algum leitor contemporâneo possa imaginar isso, à luz dos costumes do presente, nos quais essas coisas não têm mais cabimento, não se tratava de uma espécie de clube espera-marido. Tratava-se, isto sim, de uma associação de pessoas, razoavelmente bem informadas, que gostavam de ler, conheciam a mitologia grega e a história romana, os autores e pintores renascentistas, consideravam-se "cultos", como se dizia então, e gostavam de escrever, sempre sem jamais abandonar a atitude diletante. Embora sempre, até agora, tenha me referido a eles com uma pequena dose de ironia, provavelmente mais fruto da minha resistência em aderir a esse divertimento dos meus pais, quando era adolescente e eles insistiam em me cooptar, não lembro de suas charadas, contos e poesias terem sido pernósticas nem de mau gosto. Se estou bem

1 Embora, como qualquer leitor terá percebido, ao longo desse texto eu tenha freqüentemente me servido da imaginação, os diálogos acima reproduzidos ocorreram há cerca de meia hora. Sua transcrição é tão fidedigna quanto fui capaz.

lembrado, as tais charadas até guardavam alguma semelhança com os *limerick* ingleses, ou com os haicai japoneses.

Simpatizaram com o moço que tinha acabado de se formar em Letras e era foca no importante jornal *La Gazetta del Popolo*, onde aliás viria a fazer carreira, trabalhando nele por toda a sua vida, até o fechamento do jornal, nos anos cinqüenta, quando transferiu-se para outro jornal. Houve, é claro, uma interrupção de sete anos, durante os anos mais negros do fascismo.

Uma noite, ao voltarem de uma reunião alegre, canora e barulhenta, Renata disse a Giulio: – Você não acha que esse rapaz tão simpático, Áscoli, merecia ser apresentado a tua irmã, Marcella? – Mas que ótima idéia! Nunca havia me ocorrido. É realmente um achado, tanto mais quando o ambiente judeu no qual ela vive lá em Florença é tão acanhado. Na primeira oportunidade, vamos dar um jeito e ver no que dá. Era final do ano de 1934 e eu já havia nascido. Já era assim que naqueles anos se promoviam namoros e casamentos. Em 1935, o encontro nacional dos *luminai* aconteceu em Roma, onde a primavera sempre chega mais cedo. E foi aí, nesse encontro primaveril, nessa *maggiolata,* – maio, em italiano, se diz maggio, daí o nome dado a tais reuniões anuais, – que Marcella conheceu Leonardo. O rapaz era realmente simpático, fluente e bem apessoado, e a moça logo simpatizou. Além disso, ao ser-lhe apresentada, o modo pelo qual Giulio e Renata o fizeram não deixava margem a dúvidas e, como gostava e admirava o irmão e a cunhada, tomou o episódio todo como um *laissez faire, laissez passer*. Não teve dúvidas, fez e passou, de modo tal que na manhã seguinte já andava de mãos dadas com Leonardo.

Casaram-se em julho de 1937, numa belíssima cerimônia, em Florença, na ancestral casa Bolaffi, na Via della Scala. Na época eu tinha apenas pouco mais de três anos, mas lembro-me bastante do evento, ou pelo menos da impressão que todos os homens e seus reluzentes trajes a rigor e as mulheres, em roupas que lembravam cortinas ou lampadários, me causaram. Certamente, nesse caso, como em outros, minha memória deve ter sido acentuada por fotografias vistas desde a infância e por relatos de Renata.

Mas que foi uma linda cerimônia, com as inevitáveis bombonieres de prata dessas ocasiões, isso eu lembro. Lembro que as tradicionais amêndoas confeitadas estavam por toda parte, acessíveis até para minha pequena estatura. Fui com tanta gula ao pote que coloquei quantas me foi possível na boca, a ponto de me tornar incapaz de mastigar ou de cuspir. Lembro-me, ou talvez eu tenha sido reiteradamente lembrado desse episódio durante toda a vida, de ter sido obrigado a apelar para minha babá, que, utilizando seus dedos, delicadamente, como pequenos fórceps, as retirou da minha boca atolada. Esse episódio me seria contado repetidas vezes por Renata, expressivo da minha gula. Quando em 1966 voltei a encontrar Marianne, a minha "freulein" ("senhorita" em alemão, como eram chamadas as babás) na ocasião, mas, na data, vivendo em Pittsburg, nos Estados Unidos, foi a primeira coisa que se lembrou de me lembrar!

Depois do casamento, Marcella e Leonardo foram viver num amplo e confortável apartamento que Leonardo herdara dos pais, na Via dei Mille, em Turim, no mesmo edifício onde Marcella vive até hoje com sua filha, a minha prima Donatella. Mas Marcella não vive hoje no mesmo apartamento, simplesmente porque o prédio foi atingido por bombas e severamente danificado durante a guerra. Finda a guerra, foram feitos vários acordos entre condôminos, em virtude dos quais, ao casal Áscoli, coube um outro apartamento.

Não faço idéia de para onde Marcella e Leonardo fizeram a sua viagem de núpcias, mas sei que ao regressarem a Turim, logo perceberam que o clima estava mudando. Muito sutis, a princípio, mas progressivamente mais explícitas, com o passar dos meses, começaram a aparecer insinuações anti-semitas na imprensa, mesmo se ainda não nos jornais mais sérios como a *Gazetta del Popolo*. O primeiro corifeu dos novos tempos foi um jornaleco fascista que, sob o título de *Il Tevere* (*O Tibre*), havia sido criado poucos anos antes para veicular as notícias sujas do regime. Não que os demais jornais fossem completamente livres, mas Mussolini, hábil como era, ainda lhes concedia um certo grau de dignidade, contribuindo assim significativamente para projetar uma imagem menos indigna da Itália no exterior e mesmo para atender às expectativas da burguesia bem pensante italiana.

"No final do outono de 1937, o pasquim fascista, *Il Tevere*, começou a publicar matérias violentamente anti-semitas, assinadas por notórios escribas do regime. Esses mesmos, logo mais, começariam a publicar livros totalmente inesperados e surpreendentes para os judeus italianos que, num primeiro momento, não conseguiam entender o que estava se passando". Estes últimos dois períodos, entre aspas, foram literalmente transcritos do depoimento que minha tia já bastante citada, Marcella Bolaffi Áscoli, prestou há um par de anos à Fundação Spielberg para a História dos Sobreviventes do holocausto nazista. A surpresa e o caráter totalmente inesperado do novo comportamento do regime, revelado pelo início sutil, mas progressivamente mais ostensivo da campanha anti-semita que ele manifesta, são bastante eloqüentes quanto ao relacionamento pacífico até então prevalecente entre a ditadura fascista e os judeus italianos.

"Em julho de 1938", prossegue o mesmo depoimento, "foi publicado, inesperadamente (sic) o 'Manifesto sobre a Raça'[2] e, logo em seguida, foram impostas as primeiras conseqüências

2 Manifesto lançado por cientistas e intelectuais fascistas, encabeçado por Nicola Pende e Giovanni Prezziosi, que num patético arremedo da literatura pseudocientífica anti-semita do século 19, reafirmou a superioridade racial dos povos-raças assim chamadas de "arianas" sobre os judeus, os negros e outras raças ditas inferiores. Obviamente esse "Manifesto", incluiu os italianos cristãos na "Raça Ariana" e os italianos judeus "entre as raças inferiores". Essa ideologia precisou realizar tantos

concretas tais como a demissão de todos os judeus que trabalhavam para istituições públicas. Muito pouco depois, meu marido Leonardo e seu irmão Dário, também foram demitidos de supetão do jornal onde trabalhavam, *La Gazetta del Popolo*, embora recebendo mil desculpas de parte dos diretores e muitas manifestações de pesar e solidariedade de parte dos colegas. Isso ocorreu em setembro de 1938, logo após a entrada, em vigor, das leis antijudeus. Havia começado a tragédia.

"Todas as famílias judias entrariam num estado de agitação e fermentação indescritível. Quem podia, fez as malas, dando início ao exílio e ao desmembramento das famílias. Mas a maioria preferiu não deixar a Itália, por motivos de toda ordem: familiares, financeiros, incapacidade de obter um visto no exterior, com o mundo todo se fechando para os judeus. Mas a maioria ficou lá por inércia. A nossa família também se desmembrou. Os primeiros a partir foram meu irmão Giulio, com a mulher e o filho. Foram para o Brasil, onde parentes da minha cunhada lhes facilitaram a obtenção do visto. Logo mais, meu cunhado Dário também migrou para a Argentina".

Em 1942 começaram os bombardeios em Turim. O prédio no qual Marcella e Leonardo moravam foi atingido várias vezes até se tornar inabitável. Foi quando, em dezembro daquele mesmo ano, eles decidiram juntar-se a Mathilde, no sítio da família em Trespiano. Lá, praticamente um bairro de Florença, onde a velha lutadora ainda costumava passar os meses da colheita, na primavera e no verão. Embora já fosse final de outono, Mathilde já abandonara Turim, mesmo antes da destruição da casa da

malabarismos mentais para incluir, por evidente oportunismo político, por exemplo, árabes e japoneses, entre os "Arianos Superiores", que somente pode ter sido tolerada em virtude do cinismo imperante à época, na Europa. Por incrível que pareça, há muitas indicações de que este manifesto e a ideologia a ele subjacente tiveram alguma receptividade em países como Inglaterra, França, Suécia e outros, muito mais do que estamos habituados a ser lembrados.

filha, pois não achava graça nenhuma nos bombardeios, nem mesmo quando as bombas caiam no quarteirão vizinho. Nem ela tinha, em Turim, bens a proteger.

"Assim, teve início a nossa 'fase florentina da guerra...'", prossegue Marcella em seu depoimento, que não transcrevo na íntegra, devido à sua extensão e aos detalhes pouco relevantes para os propósitos deste livro. Mas, aqui e ali, esse depoimento está coalhado de informações, pequenos detalhes altamente significativos de como, de um modo geral, não obstante as condições dadas, a Itália foi generosa com os seus judeus. Basta lembrar que, apesar das famigeradas "Leis Raciais", em pleno ano de 1942, Marcella e Leonardo ainda recebiam talões de racionamento para a aquisição de alimentos. Mais ainda, até aquela data, no terceiro ano de guerra, embora sua condição de judeus fosse notória, jamais foram perturbados por quem quer que seja. É verdade que eles dispunham de meios para sobreviver, mas ainda assim, mesmo que apenas esporadicamente, Leonardo ainda conseguia obter algum "bico", algumas tarefas ocasionais na sua profissão. Também sei de muitos outros que, mesmo sem disporem de reservas ou de rendas, de alguma forma, conseguiram ganhar a subsistência para si e para as respectivas famílias.

Não escrevo isso para enaltecer a Itália e muito menos o regime fascista. Mas numa época como o presente, na qual muitos dos sobreviventes daqueles tempos, e muitos mais que nem nascidos eram, costumam apontar de dedo em riste para os "crimes dos quais foram vítimas", parece-me útil ver as coisas com um mínimo de distanciamento e de serenidade. Houve crimes, sim! Mas nada que se compare ao que aconteceu em outras partes da Europa, nem mesmo na "democrática" França, onde membros e simpatizantes da Action Française começaram a caçar judeus mesmo antes dos nazistas chegarem.

Obviamente as coisas piorariam muito para os meus tios, após o fatídico dia 8 de setembro de 1943, quando, semanas após a demissão de Mussolini e a conclusão de um armistício com os Aliados pelo novo governo de Piero Badoglio, os alemães invadiram e dominaram a Itália.

Aliás, mesmo em Florença, em pleno ano de 1943, um dos mais dramáticos vividos pela Itália durante a guerra, Leonardo obteve um emprego. Começou a trabalhar na editora A Nova Itália, dirigida pelo futuramente famoso líder democrático Tristano Codignola, um dos fundadores do Partito d'Azione[3].

De resto, por mais que Marcella tenha vivido nesses anos as mais sérias perturbações da sua vida, até então tranqüila e serena, seu relato, escrito para a posteridade, lembra-me muito mais da "esquerda-festiva" brasileira dos anos de 1960 e 1970, do que dos "lager" ou dos "gulags". Não estou negando as situações atrozes por que passaram, descritas no seu texto e seguramente vividas como tais. Mas penso sempre em outras atrocidades tão mais monstruosas que ocorreram naqueles anos e que, muito infelizmente, continuam a se suceder a cada dia no presente.

É o que me sugeriram passagens tais como: "Leonardo e eu saíamos e nos encontrávamos diariamente com outros grupos de judeus para nos informarmos sobre as últimas notícias. Com freqüência nos encontrávamos no Caffé delle Ogiubbe Rosse ou na praça que então se chamava Vittorio Emanuele e hoje é a Praça da República...".

Terminada a guerra, as feridas não eram poucas e sangravam. Como não poderia deixar de ser, nas circunstâncias por que passaram durante os oito longos anos decorridos desde a promulgação das leis antijudeus, a situação financeira e até econômica do casal estava seriamente comprometida. O prédio onde haviam vivido, em Turim, reduzido a escombros, a casa

3 Esse partido, embora nunca chegasse a ter tido expressão eleitoral, teve por meio dos seus membros reunidos em torno da revista *Il Ponte*, uma grande influência intelectual na Itália do pós-guerra.

de Trespiano invadida e ocupada por desalojados de guerra, a inflação galopante dos últimos anos e os aluguéis congelados, tudo contribuiu para deixá-los no pior dos mundos.

Mas eram feridas superficiais, convenhamos. A princípio doeram muito, mas com o passar dos anos foram paulatinamente cicatrizando até não deixarem marcas, se assim posso dizer. Claro que a experiência do fascismo e da guerra marcou muito minha tia Marcella, transformando-a de uma mocinha prendada e provavelmente boboquinha numa pessoa madura, politicamente ativa e interessada, muito ligada na problemática do mundo contemporâneo. Hoje, aos 89 anos, até as eleições americanas ela acompanhou com atenção e interesse, enviando-me mensagens memoráveis pelo computador. Ou, sionista-pacifista convicta e militante, telefonando-me quando o General Sharon aprontava mais algum dos seus crimes. Quanto a Leonardo, não sei, pois faleceu prematuramente, antes que eu voltasse a visitar a Itália com freqüência. No pós-guerra, somente o encontrei em três ocasiões, e ainda assim rapidamente. Mas lembro-me dele como uma pessoa boníssima, sensível, loquaz e muito simpática.

Marcella também logo se revelaria uma competente empreendedora. Semeou em todas a direções; os resultados demoraram, mas chegaram. Em primeiro lugar, teve a sábia idéia de arrendar o palacete de Via della Scala, em Florença, para que nele se instalasse um hotel de charme. Os resultados foram durante muito tempo ambíguos. Os arrendatários, embora gente trabalhadora e de bom gosto, durante muito tempo, sempre lhe pagaram uma ninharia, exigindo ao mesmo tempo que ela arcasse com todos os custos de manutenção, decoração e ampliação. O hotel atual, nascido modestamente como "Pensione Aprile", foi sendo ampliado e melhorado, ganhou um elevador e transformou-se no Hotel Aprile, realmente um verdadeiro charme. Finalmente, a partir dos anos oitenta, surgiram condições legais para pleitear um valor menos irrisório pela locação. Algo semelhante deve ter ocorrido com a "Villa Bolaffi" que Marcella possuía em Forte dei Marmi, também alugada para uma pensão. O fato é que, ao longo dos anos, assim como fizera a velha Mathilde, Marcella poupou, investiu e adquiriu outros imóveis em Turim. O seu único empreendimento que nunca deu certo e do qual, após algumas décadas, desencanou, foi uma coleção de selos que iniciou logo no primeiro pós-guerra a partir de selos que cuidadosamente o irmão Giulio, meu pai, lhe enviava do Brasil.

Logo depois da guerra, assim que as coisas se acalmaram, no final de 1945 Leonardo voltou para Turim, seja para participar, junto com os demais condôminos, das decisões e providências para o restauro do prédio da Via dei Mille, seja para procurar um emprego. A reconstrução do imóvel foi rápida e notável. Não só recebeu todas as modificações para adequar-se aos novos tempos, ganhando até um elevador, como conseguiram conservar-lhe a sóbria dignidade de antanho. Quanto ao emprego, Leonardo foi recebido na *Gazetta del Popolo* de braços abertos, como ganhou, oferecidas com prazer, todas as indenizações, aumentos e bonificações que as leis da nova República italiana lhe asseguraram. Obviamente, sempre que podia, ia visitar Marcella em Florença ou vice-versa, e visitaram-se tanto que em abril de 1946, Marcella deu-se conta de estar grávida. Quando Marcella, depois de obter a confirmação do médico, telefonou (coisa rara, naqueles tempos) a Leonardo para comunicar-lhe as boas novas, deram tanta risada que danificaram a rede telefônica Florença-Turim, posta em ordem poucos meses antes. Em 29 de janeiro de 1947, nascia a minha prima Donatella, este, em italiano, significa "doada por deus", como recompensa por terem permanecido fiéis, após tantos anos de sofrimento, durante os quais ele certamente estava de férias. A esse propósito, vem-me à mente a frase de Primo Levi, em seu livro épico, *A Trégua*: "Onde existe Auschwitz, não pode existir deus".

Capítulo 10
Novamente
Giulio Bolaffi & Renata Terracina

A vida de Giulio e Renata, nos primeiros anos do casamento, foi risonha e franca. Giulio, esporadicamente, estagiava numa ou noutra empresa, mas sempre sem maiores compromissos, até porque com a sua personalidade autoritária, se não fosse para ser chefe de alguma coisa, não servia. As ações herdadas do pai e os aluguéis dos empreendimentos bem-sucedidos da mãe lhe proporcionavam uma renda generosa graças a qual não só podia manter o alto padrão de vida ao qual sempre estivera acostumado, como a viajar sempre que tivessem vontade. Daí, longas temporadas de esqui em Cortina d'Ampezzo, nos Alpes Dolomíticos, em Cervínia, ou em Sestriere, Courmaieur e Bardonecchia, no Val d'Aosta. Os verões eram geralmente curtidos lá mesmo, em Forte dei Marmi, mas vez por outra iam também para Nice e Cannes, afinal, ninguém é de ferro!

Como Giulio gostava muito de alpinismo, às vezes, principalmente no começo de outono, passava semanas escalando ravinas, penhascos e espigões tanto nos Alpes do Piemonte quanto nos Apuanos ou nas Dolomitas. Renata, que não podia acompanhá-lo por causa da fraqueza da sua perna direita, até ficava feliz curtindo em sossego seus livros e suas amigas de Turim. Só muitos anos mais tarde, ela se deu conta de quanto apreciava o alpinismo do marido, e a sua conseqüente ausência por uma semana ou mais, e não sabia! Não que Renata se satisfizesse com a vida frívola que levava. Ela queria fazer alguma coisa e procurava incessantemente. Certa feita, não sei bem como, conseguiu um estágio num laboratório farmacêutico. Deveria começar por baixo, disseram-lhe, para dominar todas as fases do processo e mais tarde assumir uma função de gerência. A primeira tarefa que lhe foi atribuída consistia em selar, a fogo, as ampolas de remédios injetáveis.

Passou semanas a fio numa primitiva linha de montagem, recebendo caixas de ampolas abertas de onde as retirava, selava numa espécie de Bico de Bunsen para, em seguida, espetá-las em outra caixa. Ocasionalmente queimava ligeiramente o dedo indicador, achava engraçado e chegava em casa com ele enfaixado, como se fora uma ferida de guerra. Mas quando na Primavera, em maio, Giulio lhe propôs que fossem participar da reunião anual dos *Luminai,* o grupo lítero-charadista a que pertenciam, que naquele ano seria em Parma, ela logo pediu ao diretor do laboratório que a substituísse, alegando compromissos mais importantes. Realmente, não nascera para selar ampolas!

Em outra ocasião, inscreveu-se num concurso para locutora de uma rádio local. Não sei bem que rádio era, porque a rádio na Itália da época era estatal e irradiava de Roma, mas imagino que se tratava de alguma programação específica para a região Piemontesa: Turim e seu entorno, noticiário local, irradiado de lá mesmo. Não é que ela foi selecionada! Ficou empolgada. O teste não fora simples e além da voz, testaram-lhe conhecimentos gerais, línguas e especialmente nomes estrangeiros. Na Itália, já naquela época, um locutor de rádio não podia errar ao dizer Ramsey MacDonald, Nijni Novgorod, Stuttgart ou Édouard Daladier e outros nomes freqüentes nos noticiários da época. Renata estava empolgada e gratificada, aquela gratificação de que era tão carente. Ainda assim, acabou desistindo quando se deu conta de que deveria trabalhar entre as seis horas da tarde e as dez e meia da noite, todos os dias com exceção dos domingos. Um horário absolutamente impróprio para uma senhora turinesa. Mas não ficou triste. Esperta e carente como ela era, o importante foi ganhar e não jogar.

Não que lhe satisfizesse ganhar de pênalti. Para ela, o importante era mostrar publicamente que era tão boa, ou melhor do que os outros. Nesse sentido, nada melhor do que a vitória no concurso, que logo ela mesma se encarregaria de propagar aos quatro ventos. Já ser locutora, mesmo com a enorme satisfação que lhe traria o fato de ter sua voz ecoando em todos os lares do Piemonte, com todos os inconvenientes do horário e da rotina, certamente seria uma chatice. Além disso, pesou muito na sua decisão de desistir, o fato de que os textos que pronunciaria, viriam a ser escritos por terceiros, a partir do noticiário da Agencia Stefani, a porta voz oficial do regime fascista, do próprio governo ou do Partido Fascista, e não por ela mesma. Renata não se submeteria jamais à triste situação de ficar papagaiando as opiniões alheias. Isso, não creio que tenha sido fruto de qualquer consciência política, ainda. Era apenas o seu individualismo, para não dizer egocentrismo. Mas quando foi necessário, alguns anos mais tarde, essa atitude mudaria completamente. Aí, não houve impropriedades nem inconveniências, que a contivessem.

Assim, ao som de Valsas, de Tangos ou de Fox-Trots – o Samba ainda demoraria a chegar naquelas paragens – foram se integrando cada vez mais e melhor no mundo da classe ociosa turinesa, com todas as virtudes e defeitos que esse mundo possuía. Foi só em meados de 1933 que as coisas começaram a mudar, ligeiramente.

Coisas que Não se Diziam e Ainda Não se Dizem

Foi nesse ano, 1933, que Giulio decidiu inscrever-se formal e oficialmente no Partido Fascista. Essa decisão, que, a partir do ponto de vista do presente, surpreende a tantos: "É verdade que muitos judeus italianos foram fascistas?!" " Foram!". E não só judeus italianos, mas franceses, ingleses, americanos e até alemães.

Entre todos, houve fascistas, e muitos, como também houve muitos outros que foram antifascistas, comunistas, socialistas.

A surpresa com esses fatos decorre de vários equívocos não só com relação ao fascismo italiano, quanto com relação às assim chamadas "democracias européias". Mas depende principalmente de uma solene ignorância da história européia do século 20. Será que esses mesmos senhores que se surpreendem, conhecem a vergonhosa atuação dos governos franceses e ingleses durante a Guerra Civil Espanhola? O lastimável comportamento do Front Populaire francês, em 1938, com Camille Chautemps, primeiro ministro e Leon Blum, seu vice? O mesmo Leon Blum que havia renunciado no ano anterior em virtude da oposição que lhe faziam os industriais "liberais" do seu país, cujo slogan era *Melhor Hitler do que Blum!* Ou será que nunca ouviram falar do General Petain, de Piere Lavall[1] e do governo fascista que ambos instituíram em Vichy, na França? E os ingleses de Neville Chamberlain, para não falar no "socialista" Ramsey MacDonald, o primeiro trabalhista a virar "Premier", grande admirador de Mussolini, até a sua morte, em 1937 e de Sir Oswald Mosley, o inglês que prosseguiu ostensivamente fascista até depois da Segunda Guerra?

Enquanto as forças aéreas nazi-fascistas bombardeavam as linhas republicanas espanholas e até a população civil de pequenas aldeias, os ingleses e principalmente os franceses, limítrofes com a Espanha republicana, não cessavam de sabotá-la, mesmo se discretamente. Enquanto Hitler fornecia tanques e carros blindados ao generalíssimo Franco, Léon Blum, que inicialmente havia declarado seu apoio aos republicanos, logo recuou. O governo inglês, embora permitindo que alguns dos seus súditos

1 Depois da guerra, ambos foram condenados à morte como traidores. Lavall foi fuzilado, mas a pena de Petain foi comutada por seu companheiro de corporação, o General de Gaulle, em reconhecimento ao seu "heroísmo", durante a Primeira Guerra.

participassem das Brigadas Internacionais, logo procurou conter outros, temendo que a sua participação pudesse ameaçar a sua política de apaziguamento. Não creio que a palavra final sobre esse período já tenha sido escrita. É possível que Chamberlain e seus pares apenas estivessem procurando ganhar tempo, enquanto procuravam se rearmar, ou que no seio da elite política dominante, convivessem apaziguadores e lideranças convencidas de que a guerra contra Hitler, seria inevitável. Mas parece-me mais provável que todos temessem o perigo vermelho, representado pelo governo legítimo e democraticamente eleito da Espanha. Caso a esquerda se afirmasse na Espanha, poderia contaminar toda a Europa "democrática", e talvez até a Itália. No país dominado pela nova "guarda pretoriana"[2], a oposição de esquerda ao regime, embora clandestina, era bastante ativa e presente.

Mas além da ignorância ou do esquecimento – que sem dúvida é mais conveniente – há também uma grave ilusão de ótica decorrente de se olhar para os anos de 1938-1945 a partir do ponto de vista do pós-guerra, esquecendo completamente a perspectiva do pré-guerra. Em primeiro lugar, durante os anos 30, Mussolini foi visto por todo o mundo "civilizado" de então, como um líder competentíssimo que não só tirara a Itália do atraso e da confusão, como a salvara do comunismo, saindo-se muito melhor do que seus pares húngaros, austríacos e alemães. Mussolini era um jornalista respeitado e, antes de dedicar-se à política, chegara a ser até considerado um intelectual de algum cacife.

No que tange particularmente aos judeus, Mussolini, embora os tenha declarado inimigos dos cristãos, em alguns dos seus textos juvenis, jamais foi abertamente anti-semita e sempre teve muitos colaboradores judeus. Sua primeira biógrafa, e amante oficial, Margherita Sarfatti, era judia. Em 1928, num encontro com o líder sionista Haim Weitzman, assegurou-lhe todo o apoio de

2 Guarda Pretoriana, a guarda dos imperadores romanos.

parte do governo italiano. Aliás, o fato de o futuro presidente do Estado de Israel ter negociado com Mussolini, em 1928, mesmo se por razões diplomáticas, é uma manifestação eloqüente de como o ditador fascista era visto na Europa de então. Mas é também emblemático do que eram os "democratas" europeus da época, posto que esse encontro ocorreu mais de seis anos após a ascensão do "Duce" ao poder, muito após o início das barbaridades fascistas na Itália, do "porrete e do óleo de rícino" e do assassinato de Giacomo Matteotti, notoriamente ordenado pelo próprio Mussolini, que no ano seguinte assumiria publicamente a responsabilidade pelo assassinato, enquanto chefe do Partido Fascista.

Segundo um livro sobre a famosa dinastia Warburg, dos banqueiros e cientistas judeu-alemães, que me foi referido por Alberto Hahn, Weitzman foi amante de Lola Hahn, uma Warburg, em solteira. Uma mulher belíssima, mais ou menos entre 1928 e 1940. Em 1929, Lola teve uma filha, brindada com o nome de Benita. Terá sido mera coincidência? Ou fruto da admiração de Weitzman pelo "Duce"? E o futuro presidente de Israel, faço questão de voltar a afirmar aqui, certamente deveria ter sabido que figura canalha era o tal "Duce".

Em 1936, Mussolini ofereceu secretamente terras na Etiópia, para que nelas se instalasse uma colônia judia, a partir da qual seria mais fácil conquistar a Palestina. Essa oferta foi feita ao líder dos fascistas italianos, agrupados na organização "Nostra Bandiera" (Nossa Bandeira), Ettore Ovazza[3]. Assim, não há a menor razão para que judeus italianos, com vocação autoritária ou pobreza intelectual, ou ainda, os muitos que aderiram por oportunismo, não tivessem sido fascistas.

A maioria dos judeus brasileiros, pelo menos os judeus institucionalizados, não apoiou o golpe militar de 1964 e o regime que lhe seguiu? Muitos por convicção, outros por medo e confor-

3 Cf. A. Stille, *Uno su mille, cinque famiglie ebraiche durante il fascismo*, p. 60.

mismo, e outros por oportunismo? Mesmo os que agora arrotam na televisão, que o direito de greve é sagrado, mas que termina onde começa o direito daqueles que são prejudicados pela mesma greve. Como se fosse possível a ocorrência de uma greve que não prejudica ninguém! E a maioria dos judeus da Argentina, Chile e Uruguai, também não apoiou as ditaduras impostas a todos esses países, pelos Estados Unidos nos anos sessenta e setenta? É claro que houve muitas exceções, e que muitos judeus deram suas vidas na luta contra esses mesmos regimes. Como se vê, depois de tantos séculos de tormento e perseguições, no século 20, os judeus finalmente tornaram-se "um povo normal", como queria o grande poeta sionista H. N. Bialick. Talvez, por isso mesmo, por terem finalmente se tornado um povo normal, os judeus estejam agora se assimilando.

Já o caso da Alemanha foi bastante diferente, embora eu não tenha dúvida de que no começo dos anos vinte, não devem ter sido poucos os judeus alemães que simpatizaram ou aderiram ao nazismo. Aliás, esse capítulo já estava concluído, quando minha amiga, Lilo Holzheim Rehfeld, contou-me da existência, entre 1922 e 1936 (pasmem!), da Verband Nationaldeutscer Juden, a Associação dos Judeus Nacional-Alemães, (mais conhecido como Naumann Gruppe, em virtude do nome do seu fundador, Max Naumann), um partido judeu-nazista, equivalente ao "Nostra Bandiera" fascista italiano. Esse partido judeu-nazista alemão publicou um jornal mensal, *Der Nationaldeutsce Jude*, entre 1921 e 1935, cuja tiragem aumentou de cinco mil exemplares em 1926, para quinze mil, em 1935. Não obstante a sua adesão total ao regime, esse partido acabou sendo dissolvido pelo governo de Hitler em 1936. Só não foi dissolvido antes, porque como todas as demais "tolerâncias civilizadas" de Hitler para com alguns judeus, a última das quais viria a ser o campo de concentração de Treblinka, com a guerra e o holocausto já iniciados, lhe convinham por alguma razão diplomática.

Ainda assim, na Alemanha, e em todo o Leste Europeu, a adesão dos judeus ao nazismo foi proporcionalmente muito menor do que na Itália, porque lá as condições eram completamente diferentes. À diferença da Itália e de outros países do Ocidente europeu, na Alemanha e demais países do Leste Europeu, por terem sido muito mais lentos a ingressar no capitalismo industrial e na modernidade que ele gerou sempre houve um profundo anti-semitismo de caráter medieval arraigado. Hitler, como nenhum dos seus asseclas, mesmo antes do seu *Mein Kampf*, jamais esconderam seu projeto de exterminar os judeus, a quem já perseguiam ostensivamente, mesmo antes de 1933, quando ascenderam ao poder.

Assim, a probabilidade de um judeu alemão associar-se aos nazistas, ou de simpatizar com eles, nos anos 30, foi muito menor do que aquela dos judeus italianos, franceses e ingleses. *E pur...* mesmo lá, muitos se moveram nessa patética direção.

Não escrevi esses últimos parágrafos para preservar a memória do meu pai, nem para justificar seu comportamento político. Quis mostrar apenas, que esse evento, da sua adesão ao fascismo, assim como tantos outros que relatei e que continuarei a relatar neste livro, estava na ordem natural das coisas, ou melhor, na ordem social dos eventos, como é mais correto afirmar.

Além da adesão formal de Giulio ao partido fascista, o outro evento que viria afetar bastante a vida do jovem casal, em 1933, seria a decisão de ter um filho. Não que a decisão fosse tão inesperada, afinal, assim como a outra, também estava inscrita na ordem social dos eventos. Só que viria a implicar em toda uma outra pequena série de prosaicas decisões adicionais que acabariam por interferir na rotina até então vigente. Em primeiro lugar, precisariam mudar-se para um apartamento maior. Precisariam de praticamente três quartos adicionais: um para acomodar o filho que viria e a respectiva babá, um segundo para os hóspedes, já que as visitas de parentes passariam a ser mais freqüentes e demoradas, e um terceiro para servir de escritório a Giulio.

Depois de se porem de acordo sobre como e onde seria a sua nova habitação, em outubro de 1933, eles alugaram um simpático apartamento na Via Toselli. Puta coincidência que alguns anos mais tarde provocaria situações, no mínimo, embaraçosas; o seu vizinho, no andar imediatamente acima, seria o então famoso escritor Dino Segre, mais conhecido como Pitigrilli. Logo se tornaram muito amigos, Pitigrilli jogando xadrez com Giulio, enquanto, sem sucesso, tentava cortejar Renata.

– Giulio, quando o nosso filho nascer, quero educá-lo "bilíngüe". – Como assim? – Quero criar-lhe um ambiente no qual possa crescer falando logo duas línguas, sem que isto lhe custe nenhum esforço. Nós dois já falamos bem o francês que, de qualquer forma, ele irá aprender na escola mais tarde. O inglês, nós não falamos, mas com a importância da "pérfida albione" e o peso crescente da América e do seu cinema, você verá como o seu ensino se difundira rapidamente na Itália e logo também será adotado nas escolas. Mas o alemão, também está se tornando uma língua cada vez mais importante, principalmente para o estudo da medicina, da química e da física e os italianos teimam a continuar ignorando-o... – Ah! Nisso você tem razão..., tentou apartear Giulio, enquanto Renata prosseguia: – ... já pensei em tudo. Em vez de dar-lhe uma babá piemontesa, podemos contratar uma na Alemanha, possivelmente uma judia, dessas famílias simples, mas educadas. Já me informei, soube que os salários que pedem não são nada extravagantes e já tenho até o endereço de uma senhora de Stuttgart que, pelo modesto pagamento do equivalente à metade do primeiro salário, recruta e seleciona as moças. Nossa única despesa adicional será o pagamento da passagem de ida e volta. Em compensação, a senhora Grosskraut se responsabiliza até mesmo pela reposição, se tivermos boas razões para não querer continuar com a moça que ela terá nos enviado...

– Um momento, Rerina, não seja precipitada. Concordo com quase tudo o que você disse, mas há um pequeno detalhe. Nos primeiros meses, a babá não poderá ser uma judiazinha qualquer, mas precisará ser alguém com alguma formação especializada... – Então, aparteou Renata, – vamos contratar alguma discípula daquele tão escandalosamente falado doutor Sigmund Freud, de Viena? – Não seja tola, respondeu Giulio já irritado, – estou falando de alguém que tenha treinamento em enfermagem, que saiba usar um termômetro, que saiba que 37 graus e meio de manhã, não é o mesmo que 37 graus e meio à noite, que saiba fazer um clister... – ...e preparar um cataplasma[4], completou Renata, acrescentando, – ...mas uma pessoa assim, será ela mesma um emplastro, uma pessoa chatíssima, você não conhece os alemães! – Disso, não abro mão, pelo menos durante o primeiro ano. Não fosse por clisteres e cataplasmas, talvez eu não estivesse aqui hoje. Você sabe quantos filhos minha mãe perdeu? – Tua mãe, e o regime fascista..., brincou Renata dando risada. – Chega de bobagem! Você terá todas as babás alemãs que quiser, mas a primeira deverá ter treinamento em enfermagem!

Em fevereiro de 1934, Renata suspeitou que estivesse grávida. Dr. Hertzberg, um médico judeu alemão que acabara de chegar a Turim com a família, iludindo-se com a idéia de que a Itália seria um lugar seguro, confirmou a gravidez e previu que o parto se daria durante a primeira semana de outubro. Quase! O primeiro e único filho de Giulio e Renata nasceria em meados de setembro.

4 Para os mais jovens: Cataplasma = mingau medicamentoso, a base de amidos, cânfora, iodo, álcool e outras substâncias, que entre dois panos se aplicava sobre o peito de crianças gripadas ou sobre inflamações até o início dos anos 50. Digno sucessor das sangrias e das ventosas, que ainda eram comuns no início do século 20. Emplastro, sinônimo de cataplasma.

Capítulo 11
A Emigração

Minha mãe me vestiu todo chiquinho, com mais esmero do que de costume. Eu sabia que era para ir à estação ferroviária, mas não a quem se iria receber. Certamente não seria a minha avó Mathilde, nem a avó Diana e nem qualquer um dos demais parentes de Pietrasanta ou Forte dei Marmi, que, como a irmã de minha mãe, ou a tia Feli e outros, de vez em quando apareciam para respirar ares de cidade grande ou até para pegar um bom teatro ou algum filme, desses que jamais apareciam na província. Sabia que não se tratava de algum deles, pois dessa vez Renata não chamara um táxi, mas um fiacre. E não se tratava de uma carrocinha qualquer, mas de um daqueles fiacres bem de luxo, preto, com assentos em veludo vermelho e rodas de pneu, que naqueles anos ainda enfeitavam Turim. Renata queria impressionar!

Assim que subimos, ela me satisfez a curiosidade: – Sabe, Gabi, estamos indo para Porta Nuova, nome da estação principal de Turim buscar a Mia, a tua nova *freulein,* a babá. Olhe o retrato dela e veja como é bonita... – E o que aconteceu com a Marianne?, perguntei, – ela não vai mais me contar histórias e nem me levar para brincar na caixa de areia do jardim? – Não, a Marianne ficou doente e precisou voltar depressa para a Alemanha. Mas agora a Mia, que logo vamos conhecer, passará a cuidar de você tão bem quanto a Marianne. Recebi ótimas cartas de referência dela, além dessa fotografia tão simpática que ela mesma mandou.

Aí, lentamente as idéias foram se encaixando, ou se encaixariam muitos anos mais tarde, não tenho certeza. Fazia um par de semanas ou mais, eu devia estar com pouco mais de três anos de idade, quando a consciência do tempo é vaga, que Marianne havia sumido de repente. Mas agora percebia que não fora por acaso, mas na seqüência de uma noite de berros e sussurros. Não devo ter-me abalado, mas na manhã seguinte fora minha mãe quem me dera o cacau com pão e manteiga.

Somente muitos anos mais tarde, Renata me contaria. Na tal noite dos berros e sussurros ela havia arrancado meu pai da cama de Marianne, perguntado à dita cuja se não era capaz de encontrar alguém mais adequado para foder, e pedido para ir logo para a estação, para aguardar o primeiro trem para a sua cidade natal. Feito isso, ela mandou Giulio preencher um cheque com valor correspondente aos meses que faltavam para o término do contrato e lhe dar ainda dinheiro vivo para a passagem e as despesas de viagem, e foi dormir. Se a conheci bem, antes de dormir, além de continuar alguma leitura, provavelmente comeu umas duzentas gramas de "Gianduiotti", os deliciosos *pralinés* de chocolate e avelã, de Turim.

O mais curioso é que esse episódio sempre esteve presente na minha memória, seja porque dele jamais se fez qualquer segredo, seja porque demais parentes, especialmente a irmã da minha mãe, Graziana, continuaram a insinuá-lo sempre que podia pelo resto das suas vidas. Mais curioso ainda, não restaram ressentimentos, pelo menos marcantes. Parece que ao chegar à sua terra Marianne teria escrito uma carta muito simpática para minha mãe, que a carta fora retribuída em sintonia e, pasme o leitor, os contatos se mantiveram até depois da guerra. Em 1965, quando passei dois anos nos Estados Unidos, já casado e pai, recebi um cartão de Marianne que estava casada e morando em Pittsburg, nos convidando a visitá-los. E quando Renata viria do Brasil para ver a neta, aproveitamos para convidar Marianne a passar uns dias conosco na provinciana Saint Louis, Missouri, e rememorar a velha Turim que ainda hoje teima em não perder a pátina, rançosa, mas não menos charmosa, do *Ancién Regime* (Antigo Regime).

Mia chegou, gostei e ficou conosco até a ultimíssima hora, em 1938. Bem mais tarde, no Brasil, tivemos notícias muito tristes suas: morrera tuberculosa num campo de concentração. Não sou capaz de imaginar agora, como essas notícias nos chegaram!

Encerrado o episódio, cada um a seu modo, Giulio e Renata recomeçaram a curtir as respectivas vidas, como se nada acontecera, ou pelo menos assim pareceu na superfície. Logo mais, Giulio compraria um pequeno automóvel, "Fiat, Topolino", o primeiro carro da sua vida, creio que principalmente para deslocar-se para Sestriere, Cervinia e outras localidades do Val d'Aosta, onde podia esquiar a maior parte do ano. Mas como bom marido, logo ensinou Renata a guiar e passou a ceder-lhe o carro quando permaneciam na cidade. Fora isso, tornou-se cada vez mais assíduo nas reuniões do Partido Fascista e cada vez menos nos seus estágios de engenheiro.

Renata tomou um rumo diferente. Naqueles anos, entre os vários grupos antifascistas que surgiram na Itália, destacava-se Giustizia e Liberta, fundado entre outros por Carlo Rosselli e por outros intelectuais liberais ou socialistas, independentes do Partido Comunista, como Norberto Bobbio, Carlo Levi, Luigi e Giulio Einaudi, Cesare Pavese e outros. Embora não se tratasse de um grupo judeu, muitos membros de G&L eram de origem judia, particularmente após a ascensão de Hitler ao poder. Na mesma época, já existia em Turim um grupo de jovens judeus que se reunia na sinagoga às sextas-feiras, o grupo do Oneg Shabath[1], para debater assuntos judeus, festas, história e, inevitavelmente, sionismo. Esse grupo, longe de possuir contornos definidos, era composto por toda sorte de pessoas, desde meros curiosos e judeus observantes das suas tradições, até sionistas convictos que obviamente procuravam atrair os demais, alguns simpatizantes do fascismo e outros que, clandestinamente, giravam na

1 Festa do Sábado.

órbita de Giustizia e Liberta. Nem todos expunham seus pontos de vista e muitos sequer possuíam algum.

O fato é que Renata começou a freqüentar tais reuniões e paulatinamente se aproximou dos que tendiam para uma atitude mais antifascista. Não que possuísse idéias sólidas e claramente formadas, afinal ainda era uma provinciana que mal completara os vinte anos de idade, mas em parte as idéias que recebera do pai, em parte seu caráter independente e irreverente até e talvez um desejo pouco consciente de opor-se ao marido, talvez tenham contribuído para aproximá-la dos que lhe parecessem menos conformistas.

Corria o ano de 1937 e a família ainda morava no belo prédio da Via Toselli. O apartamento era freqüentado por vários amigos de Giulio e de Renata, na maioria jovens casais que vinham para o jantar, seguido de uma noitada de bridge, ou jovens senhoras que vinham às tardes para tagarelar e tomar uma xícara de chá *con una lacrima de latte* (com uma lágrima de leite). Repito aqui a expressão exata, pois quando a ouvi pela primeira vez, achei muito estranha e engraçada. Mas entre os visitantes, o mais assíduo era Dino Segre, mais conhecido por Pitigrilli, um escritor medíocre, mas espirituoso que naqueles anos granjearia muito sucesso, chegando a ter vários livros publicados até no Brasil. É que Pitigrilli morava no mesmo prédio onde moravam Giulio e Renata, um lance de escada acima. Assim, sempre que chegava ou saia, ou quando lhe desse na telha, dava uma passada por lá. Isso para não falar nas tardes e noites em que ia jogar xadrez com Giulio.

Numa manhã de novembro, já fazia frio, um amigo de Renata do grupo do Oneg Shabat, um tal de Cesare Colombo, se não estou confundindo os nomes, chegou inesperadamente carregando uma mala e um grosso maço de papéis. Assim que Renata, surpresa, foi ao seu encontro na sala de estar, esse amigo lhe disse muito ofegante: – Renata, não sei bem a razão, mas confio em você e preciso de um favor. – Diga!, exclamou Renata sem pestanejar. – Estou sendo procurado pela polícia fascista e preciso fugir, daqui vou para a estação rumo à França. – Mas porque, assim de repente? – Por favor, não me faça perguntas que não posso responder, apenas acenda a lareira e queime esses papéis, disse, estendendo-lhe a pasta de cartolina em que estava o maço de papéis. – E não fale de mim e muito menos desta visita inesperada a ninguém. Queime os papéis logo, tchau e até breve, completou despedindo-se dela com um beijo na face.

Apesar do seu envolvimento apenas superficial com esses grupos, desde 1934 esta não era a primeira pessoa de quem Renata ouvira que fora presa ou que precisara desaparecer de um momento para o outro. Sentiu muita curiosidade de percorrer aquele maço de papéis, chegou a pegá-lo nas mãos, mas desistiu. Não convinha, não só porque isso poderia implicá-la mais ainda, mas porque se implicada talvez fosse comprometer outras pessoas cujos nomes poderia encontrar naquelas folhas. Assim, colocou os papéis sobre o mármore da lareira e chamou Giulietta, pedindo-lhe que acendesse a lareira: – Sabe, Giulietta, o outono está adiantado, o dia está fresquinho e ainda não ligaram a calefação, melhor acender um pouco a lareira para que o menino encontre a casa quente quando voltar da *Rotonda* (um jardim de Turim), onde Mia o levou para brincar. Dizendo isso, voltou ao seu quarto para terminar de se vestir.

Quando volta, dez minutos mais tarde, toda empenhada em dar o sumiço final nos tais papéis deixados por Colombo, ao entrar na sala, depara-se com Pitigrilli examinado a pasta com o maior interesse. – Bom dia, Dino, como vai?, disse, tentando aparentar naturalidade. – Renata! De onde vem esses papéis? – Que papéis?, respondeu como se não soubesse de nada. – Bem, não importa, sei que não são de Giulio, respondeu Pitigrilli enquanto já começava a jogar cuidadosamente folha por folha no fogo. – Ouça-me bem Renata, pela afeição que tenho por você e por Giulio, jure-me que você nunca viu ou recebeu esses papéis. Talvez você não saiba, mas estas são coisas barra pesada! Se souber, pior ainda, e que deus te proteja! Mas de qualquer modo, jure-me, não só que nunca viu esses papéis, como que eu também não os vi!, concluiu enfaticamente, mas, no íntimo, convencido de que na pior das hipóteses, Renata fora apenas uma inocente útil, o que, aliás, correspondia à verdade.

Uma vez queimados os misteriosos papéis e a saída de Pitigrilli, durante muitos anos, Renata pouco voltou a pensar no assunto. As advertências de Pitigrilli pouco a preocuparam, afinal, nem chegara a tomar conhecimento do conteúdo daquela pasta e, o fato de Pitigrilli ter bisbilhotado, foi atribuído a mera falta de educação. Não era a primeira vez que ela o surpreendera xeretando, especialmente os remetentes do maço de correspondência apenas chegado e ainda não mexido.

Somente muitos anos mais tarde o episódio iria assumir uma nova dimensão. Não me lembro exatamente quando, mas deve ter sido ainda em 1945, logo após a conclusão da guerra, soube-se, e até a imprensa brasileira noticiou que Pitigrilli fora, até a queda do fascismo, um delator, informante da Ovra, a polícia política do regime!

Mas que coisa mais inesperada! Justo aquele vizinho com o qual Renata e Giulio conviveram tão intimamente durante tantos anos! Somente aí Renata voltaria a lembrar do episódio da queima dos papéis e passaria a contá-lo a todos quantos quisessem ouvi-la. Vaidosa e carente de reconhecimento como era, passou a usar o fato como um troféu, uma demonstração de que ela também, quando ainda muito jovem, apoiara e ajudara os antifascistas que lutavam na clandestinidade. E quando eu, adolescente de quinze ou dezesseis anos, comecei a aparecer em casa com alguns livros de literatura política, o *Manifesto Comunista*, *Do Socialismo Utópico ao Socialismo Científico*, enfim, aqueles livros que a minha geração lia naquela idade, ela se identificava comigo, orgulhosa, dizendo: – Sabe, filho, eu também quando tinha pouco mais do que a tua idade, também apoiei essas idéias e quem lutava por elas. E dá-lhe a contar o episódio com Pitigrilli pela enésima vez.

Muitíssimos anos mais tarde, no início dos anos noventa, infelizmente logo após a morte de Renata, sairia um livro interessantíssimo do brilhante escritor ítalo-americano, Alexander Stille, sobre os judeus italianos durante o fascismo[2]. Nele, Renata é citada, juntamente com sua amiga Linda Valabrega, tecendo comentários negativos a Pitigrilli sobre conhecidos comuns, antifascistas, que haviam sido presos e soltos, e outros que haviam fugido. Segundo esse livro, Pitigrilli teria reportado o episódio à polícia secreta fascista, como se Renata fosse uma desconhecida com quem ele cruzara por acaso. Certamente o engano não foi do autor, que se baseou nos arquivos secretos da Ovra, mas do próprio Pitigrilli, o qual, provavelmente, quis proteger-se de qualquer eventualidade que poderia vir a ocorrer, sem ao mesmo tempo comprometer a vizinha, de quem realmente gostava. Assim, caso perguntado poderia responder tranqüilamente que conhecera Renata Bolaffi e até informara seus superiores sobre o que sabia dela.

Quando li o livro de Stille, fiquei até com vontade de escrever-lhe, relatando a versão de Renata, mas logo desisti. Pra quê?

O fato é que após aquele episódio, Renata se tornaria cada vez mais ácida com relação ao fascismo de Giulio, com sua falta de garra para inserir-se de verdade no mercado de trabalho e para parar de viver apenas das rendas que herdara do pai e ganhara da mãe. Também começaria a tornar-se mais temerosa com os rumos para os quais o fascismo estava conduzindo a Itália.

2 A. Stille, *Uno su mille, cinque famiglie ebraiche durante il fascismo.*

Era o final de 1937, já se falava em aproximação com a Alemanha de Hitler. Ela não lera, mas conhecia muito bem o conteúdo de *Mein Kampf* e sabia muito bem o significado de *Deutchland Uber Alles* (A Alemanha Sobre Todos os Demais), um dos principais motes nazistas.

Isso não significa que não ficou chocada quando, em outubro do ano seguinte, Mussolini decretaria as leis raciais. Como a maioria dos seres humanos, por mais que soubesse que o pior não tardaria, sempre esperou que acontecesse o melhor. Mas também não foram pegos desprevenidos, ou quase. Do ponto de vista financeiro foi um desastre, pois, pouco tempo antes, Giulio havia gasto quase todas as suas reservas líquidas para salvar a sogra Diana da falência em Milão, como relatei em capítulo anterior. Mas, do ponto de vista das perspectivas imediatas, já estavam praticamente decididos a emigrar para o Brasil.

Lembro-me muito bem das conversas em Pietrasanta, quando o filho caçula de Federigo anunciou que estava se preparando para ir ao Brasil. Lembro-me bem de todos reunidos em torno da mesa do grão-patriarca e de Luciano, pegando uma laranja e apontando na metade superior: – A Itália está aqui!, e na metade inferior, à esquerda, – e o Brasil é aqui!. A jovem mulher dele possuía dois primos que já haviam emigrado décadas antes e que escreviam sempre contando maravilhas dos trópicos: – Não se trata por nada de um país de bananas e macacos, se bem que bananas, açúcar, café, ananases e outras iguarias, realmente se compravam a preço de banana. Mas de um país já bastante industrializado, com uma boa indústria de tecidos, de alimentos e até alguma indústria mecânica. Ao ouvir isso Renata sussurrou para Giulio: – É a nossa chance, com certeza deve haver boas oportunidades para engenheiros como você. – Vou pensar muito no assunto e trocar idéias com minha mulher Marta, disse logo Leone Barocas, que também andava lá sem muitas perspectivas. Federigo logo declarou: – Eu já estou muito velho para mudar de vida, mas se quiserem, ir meus filhos, vão e que deus vos abençoe. Agora, não esqueçam, eu só poderei ajudar o Luciano, que ainda não recebeu o seu quinhão. Raoul não está aqui, mas, se conheço meus filhos, imagino que também decidirá partir. Augusto e Beppina terão de ficar comigo. Quanto a Feli e Gualtiero, acho que também irão preferir ficar.

É claro que Federigo pontificou, como fazia habitualmente, e nem se preocupou em ouvir o que achavam os excluídos, como Feli e o marido ou o próprio filho mais velho, Augusto. Mas o episódio é significativo de como a emigração é um passo complicado, especialmente para a classe média, que não possui apenas as correntes para perder! Para os camponeses famintos que vinham deixando a Europa pelo novo mundo desde meados do século anterior, poder tentar já era sorte, pois pior não poderia vir a ser. Mas para pequenos burgueses que já possuíam casa própria em alguma cidade e alguns outros poucos bens, a coisa complicava bem. Só mesmo aqueles que, por qualquer razão, estavam sem projetos nem perspectivas ousaram. É verdade que houve em toda a Europa alguns poucos industriais e comerciantes bem estabelecidos que houveram por bem ousar. Mas foram uma minoria. Houve também professores universitários de renome e alguns profissionais liberais de carreira bem sucedida, que quando impedidos de trabalhar por causa das leis antijudeus, não hesitaram em partir. Mas eles geralmente já deixavam a Europa com emprego certo em outro país.

Esse tema me veio à mente quando me lembro da cerca de uma centena de famílias de judeus italianos e de outras origens que nos anos 40, dizia-se em São Paulo, haviam chegado da Europa fugindo da guerra. Coisíssima nenhuma! Diziam isso apenas para não serem confundidos socialmente com a massa de emigrantes de origem rural, paupérrimos e geralmente analfabetos que ainda abundavam por aqui. Queriam distância mesmo daqueles que haviam enriquecido e feito a América.

Voltando aos Bolaffi, assim que regressaram a Turim, começaram os preparativos para a grande aventura. O primeiro problema consistia em obter um visto, mesmo que fosse de turista, para o Brasil. Esse visto foi obtido sem a menor dificuldade no Consulado Brasileiro de Gênova. Renata ficou tão encantada com quem a atendeu e com a rapidez com a qual o assunto foi resolvido, que antes do dia aprazado para receber os passaportes devidamente visados, comprou um elegante lenço de seda florentina para oferecê-lo à gentil senhora, apenas como um gesto de simpatia. A Consulesa, cujo nome infelizmente não ficou registrado, fez questão de recusar o presente. Após um gesto sutil e elegante de negação, disse apenas: – Fico-lhe muito grata pelo seu gesto de reconhecimento, mas a minha função me impede de aceitá-lo. Aliás, de gente nas condições de vocês, eu jamais me permitiria de aceitar coisa alguma!

Apesar de tudo, em Turim a vida parecia prosseguir como se nada acontecera. Giulietta ainda trabalhava em casa e Mia ainda cuidava de mim. Até que um certo dia, Renata me leva a uma confeitaria do bairro, onde era cliente conhecida, eu tomo o meu chocolate quente e como o merengue de sempre e ela, o cappuccino, que costumava tomar. Já sabia até o preço, de modo que foi para o caixa e pagou com troco certo. – *Grazie Signora Bolaffi,* disse o caixeiro, quando Renata notou, bem acima da cabeça dele um aviso em preto, com a escrita em branco: "Aqui não se atende a cães, negros e judeus".

Claro que ficou chocada, mas não perdeu a calma. Dirigindo-se ao proprietário que a observava mais de longe, disse-lhe: – Desculpem, eu não sabia, o aviso deveria ter sido colocado na entrada! Mas posso devolver. Ato imediato, levou os dedos à garganta, inclinou-se para frente e devolveu tudo e até algo mais, como contaria em incontáveis ocasiões por todo o resto da sua vida, com muitos detalhes mais que não cabem aqui.

Voltou pra casa, encontrou Giulio, contou-lhe tudo e disse-lhe que Turim não dava mais, que iria pedir a Mina que voltasse para a Alemanha e a Giulietta que procurasse outro emprego, assegurando-a que ela além de uma significativa indenização (o que na época era totalmente incomum) lhe daria as melhores cartas de recomendação que fosse capaz de escrever. Além disso, no breve tempo que ainda iria permanecer em Turim, se empenharia em telefonar para todas as amigas "arianas", isto é, não judias, para ver se alguma estava precisando de uma boa governanta para a sua casa, como ela se referia a Giulietta a quem estava muito afeiçoada.

Em um par de semanas, as malas com as coisas que poderiam ser levadas ao Brasil estavam prontas, os bilhetes comprados, e Giulio ficaria em Turim mais um par de meses para desmontar o apartamento, vender os móveis e acertar outros assuntos. Renata e eu embarcamos de trem para Pietrasanta, não sem que Renata se emocionasse até as lágrimas e soluços por estar deixando Turim, cidade que há anos já sentia como dela.

Embarcamos para o Brasil do porto de Nápoles. Lembro pouco da viagem até Nápoles, mas uma frase de Giulio para Renata me ficou gravada na mente: "Renata, esta noite vamos finalmente experimentar e comer aquela famosa pizza napolitana". Jantamos na Zí Teresa. Um restaurante localizado no alto, de onde se descortinava toda a baía de Nápoles, com o Vesúvio na ponta do sul. Eu voltaria a jantar lá mesmo em fevereiro de 1954 e, obviamente as memórias se confundem.

Embarcamos no Neptúnia, um navio muito bonito, numa cabine pequena, mas simpática, da classe turística onde os dois Bolaffi e seu Bolaffinho se acomodaram muito bem. No navio, outros judeus italianos e húngaros, que vieram para o Brasil em circunstâncias análogas às nossas. Esse negócio de viajar nesta ou naquela classe, na época, possuía significados bem mais marcantes do que hoje, porque a sociedade era bem mais estratificada e a mentalidade das pessoas era bem diferente daquela da atual sociedade de consumo de massa onde já não há maneiras particulares a cada estrato. Mas para Renata, não estar na primeira classe, a cujos compartimentos nosso acesso estava vedado, deve ter sido uma das primeiras penalidades das muitas que viria a sofrer como emigrante. Foi o primeiro sinal de que a vida risonha e franca de Turim estava encerrada para sempre. Em compensação, certo dia, quando tive a curiosidade de descer uma escada que nos levaria à terceira classe, levei um puxão: – Lá não, são todos piolhentos! O pior é que ela provavelmente acreditava isso mesmo.

Realmente, lembro-me de muitos episódios engraçados da viagem, da escala e do passeio de táxi em Alger, da passagem por Gibraltar, com Giulio querendo me ensinar a todo o custo que no passado era chamado "as Colunas de Hércules" e da sua insistência em falar-me do Equador, "a linha imaginária que divide a terra em duas partes" e em fazer-me repetir a frase a todos os conhecidos. A primeira escala brasileira foi Pernambuco, como diziam eles em vez de Recife, onde comemos mangas e abacaxis. Lembro de alguém dizendo que jamais havia imaginado que o ananás podia ser tão doce e perfumado. Meu pai, com seu pequeno dicionário vermelho na mão dizendo "*Perna vuol dir gamba, buco, non lo trovo*" (*Perna* quer dizer perna, mas *"buco"*, não achei). E, de episódio em episódio, chegamos a Santos onde nos esperava o tio de minha mãe, Luciano Ventura, o caçula de Federigo, que nos hospedaria na casa que havia alugado em Santo André, numa rua que sequer era calçada. Renata ficaria muito irritada: – Mas se de todos nós é o único que veio com bastante dinheiro, é justo aqui que veio se meter! Ficamos por lá um par de meses, até que Giulio encontrou uma pensão perto da avenida Angélica. Lá, o quarto que conseguiu alugar, para desespero de Renata, ficava abaixo do nível da rua. Lá estávamos nós, entre a avenida Higienópolis, pela qual Renata logo se encantou, e a rua das Palmeiras, onde havia simpáticas pastelarias ao lado de confeitarias algo pretensiosas, o suficiente para que, naqueles tempos, jamais pudéssemos entrar. Foi quando, por muitos anos que se seguiriam, as vitrines das lojas, para Renata, como eram antes da viagem de núpcias a Veneza, voltaram a ser objeto de sonhos, deixando de serem meros mostruários onde se podia escolher e comprar.

Tudo no Brasil era muito diferente e chocante para Renata, como se não bastasse a sua desclassificação social na nova situação. Não que ela menosprezasse o Brasil, a exemplo do que faziam muitos imigrantes da classe média, mas andando à noite pelas ruas ainda não pavimentadas de Santo André, não conseguia reprimir o seu asco pelos caroços de mangas já chupadas, exclamando: – Sei que não são, mas nada me tira da cabeça que não passam de ratos mortos. O excesso de pulgas indômitas e invencíveis e das baratas onipresentes, também a incomodavam terrivelmente. Como todo emigrante, queixava-se da falta de comidas da terra natal "onde abundavam pêssegos do tamanho de uma cabeça de recém-nascido, perfumados abricós, fantásticas alcachofras macias, destituídas de espinhos e de pêlos e, em geral, verduras tão saborosas como aqui não se conseguiam produzir. Certa vez abordou um menino de grupo escolar para perguntar-lhe porque calçava apenas o sapato do pé direito, deixando o outro pé descalço. – É para ir gastando um de cada vez, dona, assim duram o dobro do tempo! Durante muitos anos, esse episódio, para ela, se tornaria emblemático do Brasil. – Viu como são inventivos?, diria ela a Giulio e às amigas, lembrando o episódio.

Por outro lado, ela jamais caiu no vezo de muitos imigrantes recém-chegados de diminuir o país que a acolhera, para enaltecer o país de origem. Quando alguém lhe chamou atenção para o fato de Getúlio Vargas ser um ditador, ela respondeu irritada: – Mas como vocês esqueceram de Mussolini depressa!!! Muito pelo contrário, assim que teve condições para tanto, começou a ler todos os autores brasileiros da época. Lembro-me que um dos primeiros foi Érico Veríssimo, com o seu *Um Gato Preto em Campo de Neve*. Desde logo se empenhara muito para aprender um português correto e para não misturar as línguas, italiano com português. Ela era muito crítica dos emigrantes italianos mais simples que, após uma ou duas décadas de Brasil, já não falavam nem italiano, nem português, mas uma estranha mescla das duas línguas. Não obstante isso, desde que eu me conheço por *italianinho rastaquera,* Renata possuía dois italianos: um para usar com pessoas que ela considerava cerimoniosas e outro para falar comigo ou com Giulio, este último, eivado de substantivos em português, como "esquina", "venda", "quarteirão" e assim por diante. Quando eu lhe pegava no pé mostrando a sua contradição, me respondia: – Mas como é que eu vou dizer "Jogo do Bicho", ou "lixeiro", em italiano!?

Capítulo 12

Dos Anos Difíceis ao Brasil Lindo e Trigueiro

Passados muitos meses, Giulio finalmente conseguiu um emprego relativamente bem remunerado numa das maiores metalúrgicas que havia na São Paulo de então. O salário era suficiente para que ele e Renata pudessem alugar uma casa, modesta mas, enfim, uma casa decente. Poderiam, como fizeram os demais judeus vindos da Itália em circunstâncias análogas, ter alugado um pequeno sobradinho geminado, mas simpático, num dos bairros da pequena classe média paulistana, como Vila Mariana ou Aclimação, mas Renata recusou-se: – É preciso morar entre gente fina!, pontificou com seu mal disfarçado esnobismo. Acabaram alugando um pequeno apartamento na metade fronteira do andar térreo de um daqueles magníficos palacetes que então existiam no então nobre bairro de Higienópolis. Uma rua toda ela com largas calçadas arborizadas, realmente uma beleza. Mas, comparado com o dos vizinhos, nosso apartamento era tão mixinho que eu logo passaria a envergonhar-me dele.

Ainda assim, se não fosse pelos constantes lamentos e manifestações de saudades da vida rica e luxuosa da Itália de Renata, eu provavelmente não teria sentido o trauma da nova situação, mas acabei recebendo-o, e muito! – Ah, Gabi, nem posso permitir-me de comprar brioches para o teu café da manhã, nem grissini para o almoço e nem que pudesse, não adiantaria nada, porque não existem bons grissini fora de Turim. – Ah! Giulio, sabia que toda a carne que consumimos aqui não é fresca, é congelada?! – É? Por isso é tão macia mesmo sem ser vitela! – Gabi, não se esqueça de que em Turim, quando a Giulietta nos servia à mesa, usava luvas brancas!

Para piorar as coisas, Giulio não duraria muito no seu emprego e, dali em diante, duraria cada vez menos nos novos empregos. Tivemos freqüentes períodos negros. Cheguei a andar de sapato furado, forrado por dentro com papelão. Renata, por sua vez, percebendo a imaturidade do marido que o impedia de trabalhar satisfatoriamente, começou a procurar trabalho. Mas era difícil! Balconista de alguma loja não dava. Cogitou tornar-se secretária de alguma empresa, mas faltavam-lhe o domínio da língua e a datilografia. Mas continuava a agitar-se. Sua situação lhe era intolerável.

Devia correr o ano de 1943, eu cursava o terceiro ano primário da escola Mackenzie, mas aos sábados e domingos de manhã ela me levava para brincar no tanque de areia da praça Buenos Aires. Enquanto eu brincava, ela fazia tricot, malhas para mim, para Giulio ou para alguma criança menor, filha de amigas. Certo dia, estava tricotando como sempre, quando uma senhora sentada ao seu lado a interpelou: – Mas que malha mais linda! Como essa, nem mesmo no Mappin (que na época era uma das lojas mais luxuosoas de São Paulo). A senhora poderia fazer uma para a minha filha? – Com muito prazer, minha senhora. Até amanhã certamente terei terminado esta que estou fazendo. Basta que me dê a lã. – Claro! Além disso, evidentemente vou remunerá-la pelo seu trabalho. Renata estava para dizer que não precisava, que faria pelo mero prazer de distrair-se, quando mordeu a língua. Por que não? Não era exatamente algo assim que estava procurando?

Na semana seguinte lá estava Renata no portão de um imenso palacete como tantos que havia na avenida Higienópolis, tocando a campainha, com um delicado pacote de simples papel de seda, branco. – A senhora Macedo, por favor. – Como? Ah! A senhora procura por dona Beatriz? – *Sí, la Signora* Beatriz Macedo! Ainda não havia se acostumado ao simpático costume brasileiro de dirigir-se às pessoas pelo prenome. Foi muito bem recebida: – Ah! Dona Renata, mas que prazer recebê-la em minha casa. Vamos! Entre e venha tomar um café comigo!, disse dona Beatriz, enquanto, com toda a informalidade, pegava o embrulho das mãos da visitante e abria-o. – Mas que beleza! Que bolerinho mais fino, delicado e tão bonito! Ah, dona Renata, por mais que eu tivesse percebido a sua elegância, jamais teria esperado por tanto. Muitíssimo obrigada! Mais açúcar? Um pouco de leite? Conte-me, como aprendeu a tricotar tão bem e a bordar, ainda por cima?, Renata, que não sabia o que dizer, pensava: "Juro que não sei! Sempre tricotei! Acho que nasci sabendo". Deu-lhe um envelope dizendo: – Decidi nem lhe perguntar quanto lhe devia. Mas sei que a senhora fugiu da guerra e que já viveu tempos melhores. Compre alguma coisa para o seu filho. No envelope havia cem mil réis, em torno de um décimo do que o marido ganhava num mês, quando ganhava! Acabaram ficando amigas. Beatriz sabia falar francês e Renata a esnobava com suas poesias.

Passam-se alguns dias, toca o telefone: – Renata, é Beatriz. Você não acredita! Levei Ana Letícia numa festa de aniversário e todas as senhoras presentes me caíram em cima: "Onde você achou a maravilha dessa malha que Ana Letícia está usando?" – Contei! "Será que ela também faria para mim?", "Eu também quero!". – Renata, o fato é que se você aceitar, tenho cinco encomendas para você. Renata pensou um átimo e perguntou: – Será que posso cobrar a mesma soma que você me deu? – O que você acha? – Juro que não sei, senão nunca perguntaria. – Mas é claro que pode! Mas se eu fosse você até cobraria mais. Garanto que elas pagarão, satisfeitas. Renata pensou novamente e logo falou: – Posso eu mesma comprar a lã e cobrar cento e cinqüenta? – Melhor impossível, olhe, os nomes e os telefones são os seguintes, pode telefonar, pois elas estão aguardando. Eu não quis dar o teu telefone sem te consultar. Cerca de duas horas depois, Renata estava com encomendas para as quatro semanas seguintes. O dinheiro que Beatriz havia lhe dado serviria para comprar a lã e eu ficaria a ver navios. Pior ainda, deixaria de ser levado para a praça Buenos Aires, pois Renata já não podia mais perder tempo.

Acho que já era o mês de maio, o outono adiantado e as aulas começadas, quando na minha classe aparece um aluno novo, italiano como eu, mas vindo de Recife. Dona Benvinda, a professora, o apresentou para a classe, explicando que entrava assim, no meio do ano, porque a família acabara de mudar-se para São Paulo, após ter vivido alguns anos em Pernambuco. Chamava-se Guido Bemporad, um sobrenome comum entre judeus italianos. Era um menino simpático, moreno e bundudo. No intervalo, fui logo conversar com ele e, para causar-lhe surpresa, falei-lhe em italiano. – Mas como você fala bem italiano! Onde aprendeu? – Não sei se foi em Turim ou em Forte dei Marmi, respondi, – mas foi por lá. – Ah, esse Forte eu não conheço, mas conheço o Forte de Itamaracá. Uma vez, o senhor Gilberto Freire nos levou lá. Mas de Turim ouvi falar, é a maior cidade industrial da Itália, meu pai é de Genova e minha mãe de Milão. – E como vocês foram descer em Pernambuco? Nós também passamos por lá, comemos muita manga e muito abacaxi, mas não descemos. – Nós não 'fomos parar em Pernambuco'. Meu pai, que é engenheiro, já veio da Itália contratado por uma fábrica de lá. – Meu pai também é engenheiro, mas veio sem contrato, diretamente para cá, disse eu. – E por que agora vocês saíram de lá? – É que com a tal história das leis raciais contra os judeus ficou ainda mais difícil para o meu pai arrumar emprego. Ele decidiu vir para cá tentar a sorte! – É, respondi, – acho que com meu pai, foi mais ou menos a mesma coisa!

No dia seguinte, Rossella e Renata já estavam se telefonando. Eles estavam morando perto da nossa casa, provisoriamente numa pensão na avenida Higienópolis. Encontraram-se, contaram as respectivas experiências, ficaram logo amigas e sócias. Coincidências nas histórias do passado, nas dificuldades do presente e nas habilidades tricoteiras. No ano seguinte, os Bemporad mudaram-se para um sobradinho com três dormitórios em Santa Cecília. O terceiro dormitório foi transformado em oficina de tricot onde as duas sócias e mais duas ajudantes trançavam seus pontos sem parar. Na rua, enfileiravam-se carros Buik, Mercury, Pakard e até Cadillacs, todos a gasogênio (como eram movidos os automóveis, no Brasil, durante a guerra, em virtude da falta de gasolina) com seus choferes uniformizados e as madames aguardando para serem atendidas. Devagar e sempre, as duas amigas progrediram muito, e progrediriam mais ainda quando descobriram que existia uma máquina industrial de fazer tricot, cujos pontos podiam ser dados idênticos aos feitos à mão. A máquina era cara e não possuíam capital para comprá-la, nem uma usada. Mas logo descobriram, na Lapa, uma tecelã italiana que possuía uma máquina e trabalhava a facção para grandes malharias. Ensinaram-na a fazer os pontos como os queriam, a remalhar do ponto "barra-sanfona" para o "ponto liso", sem solução de continuidade e a fazer a "cava" onde seriam costuradas as mangas, tudo do mesmo novelo, exatamente como se fosse feito à mão. Para elas, esses pequenos macetes significaram "fazer América". Para Guido e para mim passou a significar tardes e mais tardes semanais, quando após voltar da escola, lá íamos cada um carregando duas sacolas de feira cheias de novelos de lã para voltar com as mesmas sacolas repletas de tecidos "feitos à mão". Assim foram tecidos os enxovais da filha do governador Adhemar de Barros, de Maria Pia Matarazzo, de cuja mãe, Mariângela, acabariam se tornando amigas, e de tantas outras colunáveis da época. Curiosamente Renata e Rossella, ainda escondiam sua origem judia, pelo menos quando não achavam que podia convir. Mais um sinal de quanto as coisas mudaram de lá para cá.

Não foi nada fácil. Quando no pós-guerra, Diana e sua filha caçula chegaram da Itália, ainda morávamos no minúsculo apartamento da rua Maranhão. Sua antiga e relativamente ampla sala de jantar, fora transformada não só em dormitório, onde dormíamos minha avó, minha tia e eu, mas também em oficina onde uma simpática mocinha tocava uma máquina de tecer malhas. Ela entrava às oito e meia. Mas bem antes disso, eu acordava cedinho, só para ver minha jovem tia tirar a camisola e vestir-se, enquanto eu, deliciado, me masturbava.

Enquanto isso, as duas sócias progrediam cada vez mais. Em breve, já seria possível, tanto nas férias de julho quanto naquelas de verão, passar um par de semanas na praia, em São Vicente, ou *in montagna*, como diziam em Itatiaia ou Campos de Jordão. Um par de vezes por ano, elas podiam também darse ao luxo de celebrar algum aniversário jantando uma pizza em algum restaurante do centro da cidade (Pizza, então, ainda era coisa cara, coisa de gente fina). Foi quando eu comecei a ser introduzido naquilo que para mim logo se tornaria nas maravilhas da São Paulo de então: os "chás completos" da Casa Mappin, a Leiteria Campo Belo, na rua de São Bento, o Bar Viaduto, na rua Direita ou a Confeitaria Vienense, da rua Barão de Itapetininga. Tudo isso dava a Renata uma imensa satisfação, quer por que ela fosse gulosa e gostasse de agradar o paladar, mas principalmente porque finalmente ela estava podendo voltar a freqüentar locais de "gente elegante". Com efeito, tamanho foi o sucesso, que, no início dos anos de 1950, Renata economizara o suficiente para comprar uma casa, na rua Albuquerque Lins, sempre em Higienópolis, o bairro que tanto prezava.

Alguns anos mais tarde, o movimento manufatureiro e comercial das duas damas da indústria cresceu tanto, que foi conveniente sair da informalidade para formar uma empresa. Então surgiu a "Moda Italiana Remy Ltda" que logo se instalaria em um amplo galpão em Santa Cecília onde em pouco tempo passaria a empregar em torno de sessenta operários e operárias. Já alguns anos antes, qualquer veleidade de malhas feitas à mão havia sido abandonada e já usavam máquinas mais pesadas, como as máquinas retilíneas motorizadas, as tecedoras circulares e as overlock, estas últimas para arrematar os tecidos de malha após terem sido cortados. Obviamente eram tempos nos quais, no Brasil, ainda era possível fazer a América. Com efeito, valendo-se da inflação e sonegando impostos como só então era possível sonegar, foram inúmeras as empresas brasileiras de fundo de quintal que, do dia para a noite, transformaram-se em grandes indústrias.

Já me referi a esse estranho personagem, Humberto Mortara. no capítulo oito. Eis que no início de 1940, numa das últimas cartas que nos chegariam da Itália, pouco antes da ruptura das relações diplomáticas com o Brasil, Diana nos anuncia que Mortara havia conseguido visto e passagem em algum navio que sairia de um porto francês, deve ter sido Marselha, e que deveria chegar ao Brasil no mês seguinte.

Quando chegou, já morávamos na rua Maranhão, em São Paulo, e ele, após permanecer algumas semanas numa pensão, alugou um quarto no apartamento de um simpático casal de judeus alemães já na terceira idade. Seu enxoval era espetacular; nada menos do que quatro baús-armário, além de várias malas. Só para dar uma idéia rápida ao leitor, vou lembrar que quando ele viria a morrer, em 1975, ainda deixou giletes, balas de alcaçuz e outras, lápis e outros bens de consumo cotidiano que vieram naqueles baús! Quando fomos ver seu quarto, carente de doces como eu era naqueles tempos, vi caixas de balas e pedi. Deu-me duas pastilhas daquelas perfumadas. Até Renata reparou na sovinice, mas disse-me: – Agradeça o nosso primo!

Ele não chegara desamparado. Além de trazer uma discreta soma em libras esterlinas, possuía aqui um ex-colega do Politécnico, em Turim, dono da maior indústria de caldeiras e autoclaves do país de então, que imediatamente lhe deu um emprego razoavelmente remunerado. Quando um par de anos depois o amigo venderia sua fábrica aos Pignatari, emprestou-lhe a soma necessária para criar uma oficina de galvanoplastia e similares. Como não tinha o que fazer em suas noites e fins de semana, Mortara começaria a freqüentar assiduamente a nossa casa. Ele já estava no Brasil quando completei meu sexto aniversário, que ocorreu precisamente quando Giulio ainda estava no seu primeiro e único bom emprego e Renata ainda não trabalhava. Renata me preparou a festa mais bonita que ainda hoje sou capaz de lembrar. O apartamento era pequeno, mas a casa e seu jardim, enormes e muito agradáveis. Pouco antes da porta de nossa casa, no amplo corredor, entre o muro divisório com o vizinho e o palacete, um belíssimo caramanchão de Buganvílias roxas. Mesas, balões a gás, muitos doces e balas de coco que Renata fizera para dar o necessário toque local. Ganhei muitos presentes bonitos, inclusive uma lanterna elétrica, à pilha, "de detetive", como me disseram os nossos simpáticos senhorios franceses, autores do presente. Mortara perguntara-me dias antes o que eu queria

– Um revólver de caubói, respondi prontamente. Trouxe-me um arco e flecha, uma mixórdia dessas que vinham presas a uma folha de cartolina. – De caubói não achei, mas com certeza esse de índio serve! – De índio eu faço sozinho, quando podam as árvores da rua, maior e melhor do que esse!, respondi. Renata estava perto, percebeu e compartilhou a minha decepção.

Mortara jantava lá em casa com freqüência e infalivelmente lá almoçava aos domingos. Afinal, não era em qualquer lugar, na São Paulo daqueles anos, que se comia uma boa macarronada *al dente* ou um strudel como só Renata sabia fazer. Os tempos de coelho que Giulio engolira cru já haviam passado há muito tempo. Alguma vez lembrava-se de trazer alguma coisa? Trezentas gramas de presunto ou mesmo de mortadela? Um pedacinho de queijo gorgonzola? Alguns desses quitutes que Renata tanto adorava, pois lhe lembravam a sua Turim? Jamais!

Mesmo assim, passa ano, entra ano, Renata já trabalhava bastante, mas estava tão fragilizada com a falta de segurança que Giulio lhe transmitia, que acabou cedendo aos carinhos do primo remoto. Tornaram-se amantes! Claro que isso também foi muito estimulado pelo comportamento infantilmente egoísta de Giulio, que jamais permanecia em casa, quer porque fosse ao Pacaembu para ver o jogo do Corinthians, quer porque fosse a alguma matinê para ver se conseguia alguma biscate.

Finalmente, em 1952, Renata já havia economizado o suficiente para comprar um simpático sobradinho no mesmo bairro do qual tanto gostava. Pagou a entrada e dez anos de prestações, felizmente reduzidas com rapidez pela inflação daqueles anos. Renata e Giulio, pasme o leitor, que ainda compartilhavam a mesma cama, só para guardar as aparências, ocuparam o quarto maior! Eu finalmente ganhei um quarto só para mim, com escrivaninha e estante de livros, além da cama turca que durante o dia virava divã, e que eram tudo o que eu desejava. E para Diana, o terceiro quarto. Sua outra filha já estava casada e morava em Santos com um bondoso marido. Àquela altura eu já aprendera a duras penas quanto era peste ou bruxa, como dizia seu marido, que jamais chegaria ao Brasil, aquela minha avó. Quando chegou, toda sorrisos e beijos, eu tinha onze anos e ela logo tentou me ganhar, me mandar, me controlar e me asfixiar com sua superproteção, como fizera com as filhas menores do que Renata e como viria a fazer com os outros dois netos, aos quais aniquilou. Não deixei nem tolerei!

Renata, que passou a vida esperando em vão pelo carinho e reconhecimento de Diana, coisa estranha, sabia de quem se tratava, mas a idolatrava. Entregou-lhe logo o controle da casa, assim como a liberdade para mandar colocar fechaduras especiais em todos os armários e gavetas da casa, principalmente nas de comida na cozinha. A pobre velha era tão doentiamente sovina que, somente quando morreu, percebemos o alcance da sua psicopatia em sua plenitude. Mereceria um livro inteiro somente para ela e não excluo que algum dia o escreva. Mas aqui, posso apenas contar alguns episódios.

Minha tia que morava em Santos vinha freqüentemente a São Paulo onde se demorava por semanas. Seus filhos, crianças muito bonitas, foram praticamente adotados por Renata e, eu, encantado, assumi com prazer o papel de irmão mais velho. Era uma época na qual, aos treze ou catorze anos, eu sempre podia aproveitar as férias em viagens ao interior do estado – Jundiaí, Campinas, São Carlos, Araraquara, Ribeirão Preto – ou mesmo até o Rio e Petrópolis. Sempre arrumava alguém que me convidava e me hospedava, podendo, eu, ir com pouco dinheiro. Jamais me aconteceu de voltar sem algum presente para os meus priminhos. Numa ocasião, trouxe do Rio um roupão de banho azul, que parecia a roupa do Pequeno Príncipe de Saint Exupery, para o menino, então com três anos, e um brinquedinho para a menina de pouco mais de um ano. Noutra ocasião trouxe dois pares de patins. Já adulto, quando trabalhava, dei ao menino um trem elétrico. Pois não é que tudo sumia imediatamente. – E os patins nonna, aonde estão? – Você quer que nossas crianças quebrem as pernas?, respondia-me logo. Eu, em parte por convicção e mais ainda para atazaná-la, respondia: – Claro! Você já viu alguma criança feliz que nunca se machucou? Anos mais tarde: – E o trem elétrico do Henry?, que já tinha lá seus doze anos, bem na idade de brincar com o trenzinho. – Mas Gabriel, não se deve dar uma coisa tão valiosa para uma criança pequena, ele certamente a quebraria no mesmo instante! – Então vamos deixá-lo crescer para que se torne um maquinista de verdade?, respondia eu louco da vida, mas já resignado à minha impotência. Quando ela morreu, muitos desses presentes e tantíssimos outros objetos que haviam sumido da casa, ao longo dos anos, foram encontrados intactos nos armários do seu quarto, sempre trancado a sete chaves.

O episódio, ao mesmo tempo mais triste e mais engraçado, aconteceria no final dos anos sessenta quando eu já estava na faculdade. Certa tarde, Roberto Schwarz, meu colega de turma e amigo desde então, foi lá em casa. Não me lembro se íamos nos deliciar juntos, tentando decifrar o lúcido e interessantíssimo Talcott Parsons em inglês ou se veio mostrar-me algumas das poesias que escrevia naqueles tempos. Depois de um par de horas no quarto, chegara a hora da fominha, foi quando lembrei que havia em casa um enorme panettone de dois quilos que Renata, dando-lhe o necessário dinheiro, mandara Giulio comprar numa confeitaria italiana que abrira um par de anos antes em São Paulo. Uma pequena explicação ao leitor. Hoje ótimos panettones em São Paulo, e em quase todas as cidades brasileiras, viraram "carne de vaca", tão bons, perfumados e úmidos como em Milão, ou até melhores. Mas naquela época só duas confeitarias faziam-nos bem e maravilhosos! Eram ainda uma sensação que pouca gente conhecia. Perguntei a Roberto se queria experimentar e ele, guloso como sempre, assentiu imediatamente. Lá fomos para a copa, devidamente guarnecida de um liquidificador para bater um bom chocolate gelado. Diana estava em seu quarto e nada percebera. Mas quando ouviu o barulho da maravilhosa máquina recém-adquirida, berrou: – Gabi, o que você está aprontando? – Nada, nonna, batendo um pouco de leite com chocolate! Mas ela nem havia esperado a minha resposta, precipitou-se bufando escada abaixo e quando chegou onde estávamos, eu já estava com o maravilhoso doce nas mãos. – Gabi, essa não, *non puoi incignare il panettone!* (você não pode abrir o panettone!) – Não vou abrir coisa alguma, só vamos comer duas fatias, como aliás minha mãe já disse que podia! – Disse nada, seu filho desnaturado que come as coisas da mãe que tanto trabalha... e, enquanto vociferava, aproximou-se de mim com o claro intuito de roubar-me o prêmio. Eu já a detestava com convicção, mas jamais chegaria ao ponto de engalfinhar-me com a velha. Quando me senti alcançado, não me ocorreu alternativa senão jogar o panettone para o Roberto, que, bom jogador de basquete, o agarrou com presteza. Lá vai a velha pra cima do atleta, que nem a esperou chegar para devolver-me a bola, e assim por mais alguns pares de vezes sucessivas. Foi assim que a sexagenária senhora, com seus cabelos grisalhos tingidos de lilás, foi iniciada na nobre arte do basquete, ou basquetebol, como diria ela ao relatar o episódio a Renata, que raras vezes riu tanto na vida.

É incrível como uma pessoa tão inquieta, viva, curiosa, devoradora de livros, com tanto bom gosto e tanto amor pela vida e por tudo de belo que esta pode nos oferecer, como Renata, pudesse apaixonar-se por um tipo medíocre, anódino e obscuro como Mortara. Mas, já disseram, repetiram e cantaram tantos, o amor tem razões que a própria razão desconhece. Além disso, não há dúvida de que Mortara era um homem bonito, alto e fisicamente atraente e que possuía tudo para dar a Renata a ilusão de segurança da qual ela sempre careceu e, naqueles anos, carecia ainda mais. Mas que triste ilusão! Exatamente daquele momento em diante, a vida de Renata perderia todo o brilho que tivera antes. Justo ela que tanto apreciava ter e freqüentar amigos de todas as nacionalidades que formigavam na São Paulo daqueles anos, ela que gostava de exibir-se, dirigindo-se a cada um na respectiva língua, excetuados os húngaros, balcânicos e centro-europeus, que quase todos falavam alemão, feneceria e silenciaria, encerrando-se entre as quatro paredes da sua pequena casa. De resto, como poderia ter sido de outra forma? Ela, sem forças para assumir publicamente a sua situação e a de Giulio nem se fale, como poderiam, ainda mais naqueles anos de chumbo, apresentar-se aos demais?

É verdade que sempre houve exceções; alguns casais alemães, amigos italianos e vários brasileiros que viria a conhecer por meio dos contatos de trabalho. E a todos encantava. Provavelmente, todos esses amigos aceitavam a farsa, a compreendiam e se acomodavam a ela, muito mais do que os participantes envolvidos no duvidoso triângulo. Mas até pelos sentimentos de culpa, pelo pudor hipócrita próprio da época e pela insegurança generalizada, eram eles os primeiros a se retraírem. Tudo isso para não falar da extremada misantropia de Mortara, da sua falta de imaginação, de idéias e de assuntos. Não que ele fosse algum empreendedor ou um profissional bem-sucedido. Sua oficina de galvanoplastia jamais progrediu, vendeu-a, empregou-se numa tipografia e vegetou até que o negócio de Renata cresceu para transformar-se numa fábrica de quase cem operários à qual ele se associaria.

Até que ganharam bastante dinheiro. Mas a sovinice de Mortara jamais permitiu que Renata o fruísse como tanto lhe teria gostado. Renata só passou a curtir um pouquinho a vida, quando a partir de 1955 recomeçou a viajar para Itália, uma vez a cada dois anos. Eles iam sempre, alternadamente, buscar modelos, máquinas, agulhas ou fios novos para a malharia. Nunca foram juntos, pois a fábrica não podia ser abandonada. Então, quando Renata ia sozinha, vivia e curtia. Ninguém para controlar-lhe a carteira, podia gastar, pois dinheiro havia. Pasme o leitor, ela o furtava da caixa de sua própria empresa, um pouco a cada mês, para curtir a sua Itália, a sua Milão, a sua Veneza, a sua Turim e a sua Pietrasanta, e mostrar aos parentes de lá que era bem-sucedida aqui!

Claro que percebi tudo logo no início, mesmo sem entender claramente o que aquilo significava. Também o perceberam os vizinhos com os quais jogava peladas na rua, pulava "sela" ou brincava com carrinhos de rolemã. E não me faltavam insinuações maldosas. Maldosas mesmo? Talvez sim, talvez apenas o espírito daqueles tempos. Na medida em que crescia, naquela atmosfera insalubre e pesada, também ia entendendo a cada ano um pouco mais. Na puberdade cheguei a enfrentá-los, exigindo uma definição. Em vão. A fraqueza dos homens e a insegurança de Renata, que nunca se conformou com o seu andar claudicante e com a não aceitação pela mãe (terá sido por isso?), apesar de tão forte, jamais conseguiu reunir as forças para libertar-se.

Giulio, em meados dos anos sessenta, finalmente conseguiu colocar alguma ordem no patrimônio que possuía na Itália e pôde voltar à vida risonha e franca que sempre o agradara. Aposentado razoavelmente bem no Brasil e inimigo do inverno, virou ave migratória passando a viver um permanente verão. Passou a regular-se de acordo com o calendário judeu: deixava o Brasil em abril ou maio, logo depois da páscoa judia, para voltar em setembro, em tempos para o *Rosh Hashaná*, o ano novo judeu. Morreu na Itália, numa pequena cidade perto de Trieste, durante o mês de maio de 1981, onde fora para o encontro anual dos velhos companheiros do jornalzinho literário que tanto amara por toda a sua vida. Acabara de ser premiado por ter sido o participante que veio de mais longe e, quando começaram a dançar, morreu, dançando como vivera a vida toda.

Mortara morreu subitamente de um ataque cardíaco, em 1975. Mesmo já morando na casa de Renata, morreu sozinho e isolado, como a vida que vivera. Renata caiu em profunda depressão, mais pelo isolamento do que por ter perdido a visão e não poder mais ler. Foram anos durante os quais eu a visitava quase diariamente e sempre que podia lhe levava minhas filhas, as quais ela adorava. Talvez teve a pior das mortes. Sofreu um derrame, permaneceu lúcida sem quase poder falar, foi internada numa UTI contra a vontade e à minha revelia. É que quando ainda em vida, depois de ter sido certa vez internada numa UTI, ela me fizera prometer que jamais seria internada numa unidade de terapia intensiva. Durante os três dias que ainda viveu, íamos todos visitá-la diariamente, eu lhe pegava na mão e ela, toda entubada, murmurava: – *Come vanno le bimbe?* (Como vão as meninas?) Estavam ali a seu lado e ela as viu.

Livros consultados

CALIMANI, R. *Storia del Ghetto di Venezia*. Milano: Mondadori, 1995.

EBREI DI *Livorno tra due censimenti - 1841-1938*: memoria familiar e identia. A cura di Michele Luzzati. Comune di Livorno: Belforte Editore Libraio, 1990.

GOTTLIEB, B. *Family in the Western World*. New York: Oxford University Press, 1993.

KERTZER, D. *O Sequestro de Edgardo Mortara*. Rio de Janeiro: Rocco, 1998.

LA COMUNITÀ *ebraica di Firenze nel censimento del 1841*, a cura di Lionella Viterbo. Roma: Edizioni di Storia e Letteratura, 2004.

MACFARLANE, A. *História do Casamento e do Amor*. São Paulo: Companhia das Letras, 1990.

MILANO, Attilio. *Storia degli ebrei in Italia*. Torino: Giulio Enaudi Editore, 1992.

POLIAKOV, L. *De Cristo aos Judeus da Corte:* a história do anti-semitismo I. São Paulo: Perspectiva, 1976.

______. *De Maomé aos Marranos:* a história do anti-semitismo II. São Paulo: Perspectiva, 2ª ed., 1996.

STILLE, A. *Uno su mille, cinque famiglie ebraiche durante il fascismo*. Tradução de D. Panzeri. Milano: Mondadori, 1991.

E-MAIL DO AUTOR: gbolaffi@uol.com.br

COLEÇÃO PARALELOS

1. Rei de Carne e Osso
   Mosché Schamir
2. A Baleia Mareada
   Ephraim Kishon
3. Salvação
   Scholem Asch
4. Adaptação do Funcionário Ruam
   Mauro Chaves
5. Golias Injustiçado
   Ephraim Kishon
6. Equus
   Peter Shaffer
7. As Lendas do Povo Judeu
   Bin Gorion
8. A Fonte de Judá
   Bin Gorion
9. Deformação
   Vera Albers
10. Os Dias do Herói de Seu Rei
    Mosché Schamir
11. A Última Rebelião
    I. Opatoschu
12. Os Irmãos Aschkenazi
    Israel Joseph Singer
13. Almas em Fogo
    Elie Wiesel
14. Morangos com Chantilly
    Amália Zeitel
15. Satã em Gorai
    Isaac Bashevis Singer
16. O Golem
    Isaac Bashevis Singer
17. Contos de Amor
    Sch. I. Agnon
18. As Histórias do Rabi Nakhman
    Martin Buber
19. Trilogia das Buscas
    Carlos Frydman
20. Uma História Simples
    Sch. I. Agnon
21. A Lenda do Baal Schem
    Martin Buber
22. Anatol "On the Road"
    Nanci Fernandes e
    J. Guinsburg (orgs.)
23. O Legado de Renata
    Gabriel Bolaffi